"如果可以再见面，
　　她一定会嫁给我。"

寄信人：

燃夏

笑佳人 —— 著

北京联合出版公司

图书在版编目（CIP）数据

炽夏/ 笑佳人著. -- 北京：北京联合出版公司,
2023.5
　　ISBN 978-7-5596-6848-6

　　Ⅰ.①炽… Ⅱ.①笑… Ⅲ.①长篇小说—中国—当代 Ⅳ.①I247.5

　　中国国家版本馆CIP数据核字(2023)第060318号

炽夏

作　　者：笑佳人
出 品 人：赵红仕
监　　制：一　航
选题策划：航一文化
出版统筹：康天毅
责任编辑：牛炜征
特约编辑：储　紫
封面设计：光学单位
版式设计：罗佩佩
插画支持：東夏卿卿　茶姚　织糖以礼

北京联合出版公司出版
（北京市西城区德外大街83号楼9层　100088）
北京联合天畅文化传播公司发行
三河市嘉科万达彩色印刷有限公司　　新华书店经销
字数：200千字　　880mm×1230mm　1/32　7.5印张
2023年5月第1版　　2023年5月第1次印刷
ISBN 978-7-5596-6848-6
定价：45.00元

版权所有，侵权必究
未经许可，不得以任何方式复制或抄袭本书部分或全部内容
本书若有质量问题，请与本公司图书销售中心联系调换。
电话：010-58208568　010-64258472-800

目录
contents

第一章　立夏 ……………… *001*

第二章　小满 ……………… *024*

第三章　芒种 ……………… *059*

第四章　夏至 ……………… *082*

第五章　小暑 ……………… *111*

第六章　大暑 ……………… *140*

番外　如果那年没有错过 ……………… *179*

第一章 立夏

榆城上空，白色的飞机穿过重重云雾，顺利降落机场。

飞机还在滑行，乘客们已迫不及待地打开手机，各个方向都传来了新消息到达的"叮叮"声。

初夏坐在靠窗的位置。旁边的中年男士开始从行李架上取东西，初夏没有急事，继续看这期经济杂志的最后两页。她看得专注，中年男士取下行李坐回位置，瞟了眼旁边从飞机起飞后一直在看那本全英文杂志的年轻女孩，有些鄙夷地收回视线。

现在的年轻人越来越会装了，不就是英语吗，谁没学过？可惜这女孩漂亮的脸蛋了，如果不是她一直在装文化人，他本想与她聊两句的。

飞机缓缓停稳，乘客们开始排队往前走。

初夏合上杂志装进挎包，见队伍还很长，拿出手机开机，收到一条榆城旅游局发来的欢迎短信。她笑笑，给北京送她上飞机的表哥发平安消息。表哥没有回她，应该在忙工作。

今天是周五，初夏故意挑这个时间回来，想给爸爸妈妈一个惊喜。她左手挎包拖小型行李箱，右手拿着手机排队往前走。

榆城是个旅游城市，在国际都颇有名气，初夏是土生土长的榆城姑娘，这里的水土与景点她很熟悉。但在北京读书六年、工作两年，榆城的经济迅速发展，每年初夏回到故土，都会发现一些新变化。初夏拖着行李箱，一路悠闲漫步，心情愉快地观察着机场出现的新设备。

走了十几分钟，终于到达机场大厅出口。玻璃门自动打开，熟悉的闷热气浪迎面而来。

榆城的夏天，除非下雨，平时热得人一分钟都不想在外面多待。初夏加快脚步，去打出租车。

"许初夏？"

忽然听到有人叫自己的名字，初夏疑惑地看向马路对面。那里有个穿蓝色短袖的男人惊喜地朝她挥手，确定没喊错人后，他还朝她跑了过来。

男人中等身材，颜值小帅，当他来到面前，初夏看见他左边眉毛上边有颗豆粒大小的黑痣。靠这颗痣，初夏认出来了，笑着说："方跃？"

方跃挺高兴，眼神明亮地看着初夏："是啊，感谢班花还记得我。"

他与初夏是高三同班同学，当时初夏不仅是九班的班花，校花都当得起。她长得漂亮，很多男生想追她。可初夏性格安静，生活自律，每年期中、期末考试成绩都在年级前十名，学霸的身份让绝大多数蠢蠢欲动的男生自惭形秽，默默退后。方跃记得，有个成绩与初夏难分伯仲的男学霸正式追求过初夏，但也被初夏拒绝了。

后来高考结束，初夏以七百多分的成绩考入全国最好的语言院校。

方跃成绩普普通通，还算顺利地考入了省内重点大学。最后一次同学聚会后，方跃与初夏从一起奋战高考的同班同学，变成了天各一方、不再常联系的微信好友。

初夏很少发朋友圈，一旦发了，几乎所有共同校友都会给她点赞。方跃觉得，初夏根本不会去点赞的那堆头像里，看看有没有他这个普普通通的前校友。

"你这是从哪儿回来的？"

多年不见，初夏长得更漂亮了。高中时期她给人最深的印象是清纯,现在的初夏留着披肩长发,女人味儿更浓了。男人见了美人都想套套近乎,方跃也不例外,哪怕明知自己没有机会。

初夏见到老校友也觉得亲切,竖起行李箱与他聊了起来:"北京,你来接人吗?"

方跃看看腕表,一边往机场里面看,一边说:"是啊,你去市区哪里?我开车来的,要不要捎你一路?我朋友也快到了。"

老校友这么热情,初夏不好直接拒绝,问:"我去春江苑,与你们顺路吗?"

春江苑是榆城有名的高档学区房,有些年代了,但周边各种配套设施齐全,小区居民舒适度相当高。

方跃记得,初夏的爸爸是主任医师,妈妈在一家大企业做高管,一个职业受人尊敬,一个非常有钱。

"还行,到时候我把你放在湖滨大厦那儿,你再打个车。走,你先去车上坐,里面凉快。"方跃笑着接过初夏的行李箱,指着对面那辆黑色奔驰说。

初夏只好跟了上去。她站在车旁,看着方跃将她的小行李箱放进后备厢。

方跃放下车盖,刚想去帮初夏拉开后座车门,就瞥见一道熟悉的身影从里面走了出来。他一笑,扬手招呼对方:"烈哥,这边!"

烈哥?一个多年未闻的人名闯入脑海,初夏身体微僵,抱着不可能那么巧的念头转身往后看。一个穿黑色衬衫的男人正朝这边走来,那张脸……

初夏慌乱地看向地面,一时间悸动、心虚、尴尬齐齐袭来,心中不觉五味杂陈。

韩烈这几年的气势越来越强,方跃以为女人味儿十足的初夏被老大震慑住了,笑着给初夏介绍:"这是我们老大,我们都叫他烈哥。别看他冷,其实没那么吓人,初夏,你不用怕哈。"

说完,方跃又给韩烈介绍初夏:"烈哥,这是许初夏,当年我们高中的校花,北外高才生呢!初夏也回市区,我捎她一程没事吧?"

初夏听到这里,更尴尬了。难道奔驰是韩烈的,方跃做不了主?

"算了吧,我打车也没关系的。"初夏大方地说着,朝方跃使了个眼色。

方跃也朝她使眼色,好像在说:"放心,我们老大不是那么小气的人。"

"随便,别耽误我约会就行。"韩烈语气冷淡,绕到奔驰另一头坐了进去。

方跃看着老大上车,觉得哪里怪怪的。对,刚刚老大用了"约会"这个词!中午老大是有个饭局,对方是个客户老板,性别男。正常来说,这种饭局算不上约会吧?不过这都是小事,不重要!

方跃拉开这边的后车门,叫初夏上车。

初夏瞥眼车里长腿交叠而坐的男人,去了副驾驶座,笑着说出理由:"我还是坐前面吧,等下怕你不认识路。"

方跃心想,现在开车都用导航,哪怕他就是外地人,也不会开错。初夏是怕老大吧?别说,老大那脾气,不了解他的人,坐在他身边是得发怵。

方跃体贴地没有拆穿初夏蹩脚的借口,见初夏低头坐进去了,方跃也绕到了驾驶座上。

"烈哥,喝口水。"方跃拿出两瓶矿泉水,一瓶先递到后面说。

韩烈接过来,拧开瓶盖仰头灌了几口。

方跃将另一瓶递给初夏:"新买的。"

初夏忙道:"谢谢。"

"客气什么。"方跃一边发动汽车,一边问初夏,"我看过你的朋友圈,这几年都在北京?"

初夏双手捧着矿泉水放在腿上,看着前面的车流轻声回答:"是啊,毕业就在那边找了工作。"

方跃问:"那你现在回来是?"

初夏手指划了划清凉的矿泉水瓶子,目光移向窗外:"我爸妈年纪越来越大了,我一直在外面也不方便,就回来了。"

方跃点头:"嗯,早点回来孝敬孝敬爸妈,那你以后都常住这边了?"

初夏:"嗯。"

方跃莫名高兴,看一眼坐在身边的初夏,他掩饰地笑笑:"以你的文凭,这边一把好工作随你挑,不会已经定下了吧?"

初夏看看手机,查看消息似的,谈话的兴趣自然而然地淡了下来:"还没,慢慢找吧,也不急。"

方跃这点眼色还是有的,他打开音乐,专心开车。

初夏一直低着头刷手机。

高中校友、大学校友、工作伙伴、前客户们,初夏的微信好友列表很长很长。按照首字母排序,"韩非子"位于列表中间的位置。

初夏高三下学期加的韩烈。怕被妈妈发现,初夏没有直接写韩烈的名字,而是备注了一个历史人物的昵称。

从初遇开始,韩烈便对她展开了追求。高考之前,韩烈还算克制,高考结束后,韩烈就像一团火,以燎原之势拿下了她。但这段让初夏小心翼翼遮掩的初恋,还是被妈妈发现了。

韩烈只是个高中没读完就辍学的小社会人,妈妈不同意。妈妈是个精明的成功人士,用一种让初夏无法坚持的理智方式说服了她。初夏在微信上与韩烈提出分手。

她躲在卧室,一只手拿着纸巾擦眼泪,另一只手给韩非子发消息:"我要去北京了,要专心学习。以后就不再联系了吧,祝你找到更好的女朋友。"

十八岁的年纪,分手词幼稚得可笑。

手机微微振动，韩非子在五分钟后回了她一个字："好。"

分手了，但初夏并没有删除韩烈的微信。韩烈有没有删她，初夏不知道。他的微信号就像死了一样，没有任何动静。但初夏只谈过这一次恋爱，所以她记得很清楚。

在北京的八年，初夏每隔一段时间就会梦到韩烈。

她白天并没有想他，最多在看到情侣们手牵手的身影时，会想起她与韩烈在一起的几个月。学校学习氛围浓郁，大家都在为了理想而充实自己。初夏也不例外，甚至可以说单身的她比同学们投入了更多的时间去吸收知识。但就是这样，她还会梦到韩烈。

各种各样乱七八糟的梦，有的梦境很甜，有的梦境很涩，有的梦境让她脸红心跳，怀疑自己是不是单身太久需要做点什么来平衡体内压抑许久的荷尔蒙。

总而言之，初夏还记得韩烈。

刚刚在机场相遇，初夏甚至冒出了一些浪漫幻想，譬如这难道是命定的缘分，她一回来就遇见了他？

可韩烈说，他要去赴一场约会。

现实霸道无情地击碎了初夏的浪漫幻想。不过，初夏也没有多失望。毕竟已经过去了八年，她的心早已平静如水。这次韩烈的出现只是往里面丢了一颗小石头，消化与初恋重逢的短暂冲击后，初夏就还是那个安静的女学霸了。

高速上车开得快，下了机场高速进入市区，红灯多了起来，奔驰开一会儿停一会儿，不聊聊天就太尴尬了。老大不需要他搭讪，方跃把初夏当客人招待起来。见初夏一直握着矿泉水瓶子没动，他伸出手问："拧不开？我帮你。"

初夏礼貌地笑道："不是，刚刚没觉得渴。"

说完,她微微用力拧开瓶盖,稍稍仰头喝了一小口。

方跃留意着路况,老校友见面,即使是熟人也因为分别太久没那么熟,共同话题不多,工作聊过,该聊聊感情了。

方跃逗初夏:"你不回北京了,那边的男朋友怎么办?"

听到这个话题,初夏忍不住瞄了眼后视镜。

韩烈坐在驾驶座后面,保持长腿交叠的姿势靠着椅背,正闭着眼睛休息。这样的姿势,让他白皙修长的脖子完全露了出来,中间一颗喉结有种难言的性感。他的五官极其出众,比一些当红的男星都耀眼,无论他站在哪里,都会变成那一片的焦点。

两人谈恋爱的时候,初夏十八,他二十。

八年过去了,韩烈个子更高了,肩膀轮廓也结实健硕了,显得成熟又冷峻,有股成功商人的气质。

收回视线,初夏诚实地回答高中校友:"我一直在忙工作,还没机会谈恋爱。"

方跃竟并不是很意外这个答案。

有的美女一眼就让人觉得,她身边一定围绕着很多追求者。初夏不是那样的类型,她低调安静,如果不是特意观察她,当她排在队伍里等着买单,或是单独坐在咖啡厅里,旁人很难发现身边有个校花级别的大美女。而且初夏还那么优秀,优秀的人眼光都高,就像后面坐着的那位。

"不愧是学霸,我记得高三咱们班男生几乎都暗恋你,看你天天向上,都没脸去骚扰。"方跃笑哈哈地说。

初夏茫然地回忆高中时期,并不记得自己有这么好的桃花缘,她尴尬地笑笑。

车开了一段,初夏看见前面有个地铁口,忙指着那边说:"方跃,你就在这儿停车吧,我坐地铁回去更方便。"

"好嘞!"

车停好了,方跃帮初夏取出小行李箱,笑容灿烂地说:"都回来了,以后有事随时微信联系我。"

初夏站在路边，笑着点头："谢谢了。"

太阳大，方跃示意她快进地铁站，自己绕过去上了车。

奔驰开走了，初夏松了口气，拖着行李箱走进地铁站。

黑色奔驰还没开出这段路，又堵红灯了。方跃回头看看，发现初夏已经进站了，这才朝后座的老大挑挑眉毛问："怎么样，我们高中校花不比小明星差吧？而且是纯天然美女，一点都不带整的，高中时候就这样，现在更漂亮了。"

韩烈不知何时睁开了眼睛，闻言淡淡评价道："一般。"

方跃"喊"了一声："这还一般？那你给我说说什么样的才叫美女。"

韩烈似笑非笑："听你搭讪了一路，高中也暗恋过她？"

方跃一摸脑袋："那倒没有。我有自知之明，又是校花又是学霸的，人家哪儿会看得上我？烈哥你这样的还差不多，高富帅配白富美，简直天生一对儿。"

韩烈哼了哼。

方跃听这意思，难以置信地问："不会吧，你真觉得她长得一般？眼光也太挑了吧！"

韩烈冷笑，清冷的眸子看向路边的高楼大厦："人家是高才生，我可配不上。"

方跃记起了老大的创业经历，前面几年的履历确实不太光彩。但后来可是蒸蒸日上，一日千里。

"开车。"见他还想胡扯，韩烈不耐烦地踹了脚驾驶座。

方跃缩回脖子，继续开车了。

初夏坐地铁回了春江苑。

春江苑是她读初中时家里买的房子，小区建成也有十多年了，由于物业管理得当，小区瞧着还是很新的，里面的绿化造景清雅幽静，非常宜居。

初夏一路往里走，遇到两个一起遛娃的阿姨，车里的宝宝都只有七八个月的样子，胖嘟嘟的，很是漂亮可爱。还遇到一位遛狗的年轻男士，初夏没有多看那位男士，却盯着狗瞧了好久，是只毛发雪白的萨摩耶。初夏早就想养只狗了，读书的时候没时间，工作后租的房子不许养宠物。这次回榆城，总算可以满足心愿。

坐电梯到达自家楼层，初夏一边往外走，一边翻钥匙。

"初夏回来啦？"

在走廊里遇到了邻居老太太，初夏笑着点点头："嗯，阿姨去扔垃圾啊？"

老太太提着满满的垃圾袋，一只手按下电梯，一脸嫌弃地说："你叔叔非要吃榴梿，难闻死了，我赶紧扔下去。"

初夏一笑，陪老太太聊聊天，老太太进了电梯，她才回了自己家。

爸爸妈妈都在上班，家里空无一人，四处打扫得干干净净，是家里的一贯作风。就连她的房间都窗明几净，仿佛随时在欢迎她的归来。

大件行李还在托运的路上，初夏伸个懒腰，先去洗了个澡。

洗完澡，初夏简单收拾收拾小行李箱，去厨房找吃的。冰箱里蔬菜种类还算齐全，但初夏只继承了父母的学霸脑袋，厨艺一般般。她不想自己做，从冷冻室翻出一包速冻小馄饨，看看包装袋上的时间，应该是最近新补充的，距离过期还远得很。

一个人吃了碗小馄饨，初夏将锅碗放进洗碗机，回房间午睡。

睡了一小时，才下午两点。初夏去了一趟锦绣花城。

她读研的时候，爸爸妈妈又在这边买了一套房子给她，说是女孩子婚前得有一套自己的房产。房子还在装修期间，初夏没有太大感觉，就觉得自己很幸福，衣食住行都被父母安排得妥妥当当，她专心读书就好。后来房子装修结束，初夏在里面逛了一圈便舍不得走了。与她在B市租的单身公寓比，这套新房简直就是豪宅。

新房装的指纹锁,初夏昨天已经请了家政过来打扫卫生,现在里面同样一尘不染。爸爸妈妈装修的时候非常有耐心,每个小设计都询问过她的意见。这两年初夏每次回来也会往这边添置一些小摆设,如今已经非常完美。

简约舒适的客厅,温馨明亮的卧室,宽敞雅致的书房……

初夏仔仔细细地参观了一遍即将正式入住的新家,时间竟然不知不觉到了四点多,她赶紧拿上包包往回赶。

小区外面有个花店,初夏买了一捧红色康乃馨、一捧黄色的文心兰,心情愉悦地回了家。

初夏藏到了她的房间里。

六点钟,爸爸许瑞安先回家了,都没来卧室这边,在客厅走动一会儿,又去了厨房做饭。大概十几分钟后,妈妈廖红也回来了,一边接电话一边去了主卧,几分钟后也进了厨房。谁也没发现他们的女儿已经返家。

初夏将两束花藏到背后,只穿着袜子往外面走。

厨房里,爸爸妈妈在互相交流工作上的事。初夏探头瞧瞧,然后背着手走了出来。

爸爸许瑞安转身时先发现了女儿。

初夏笑盈盈地先拿出送给父亲的文心兰说:"爸爸,我回来了!"

许瑞安笑弯了眼睛。

正在炒菜的廖红被突然出现的声音吓了一跳,回头一看,一个女孩躲在两束花后面,朝着厨房跑来了。廖红惊喜地将锅铲递给老公,高兴地接过女儿的两束花,盯着女儿白净的脸蛋问:"什么时候回来的?你这孩子,还玩这套。早知道你回来了,你爸不就多下点米了?"

许瑞安笑道:"没事,我再多炒一个菜。"

"爸爸真好。"初夏从后面抱住爸爸,幸福地贴着爸爸的后背,歪着脑袋看向妈妈,一直在笑。

为了早点做好晚饭，廖红帮着老公忙了起来，问女儿："怎么突然回来了？这回住多久？"

她从冰箱里拿出一把青青的四季豆，初夏松开爸爸过去帮忙择豆角，笑着说："我接到一个大单子，一个人翻要翻一年多，按批次交稿就行。那些稿件的技术要求不是很高，我打算开个翻译公司，先招四个人帮忙，一边消化库存，一边接新单子。"

初夏更喜欢口译业务，但这个大单子她舍不得拒绝，所以决定成立自己的公司，笔译大单交给员工，她负责把关质量。

廖红大喜："这么说，你不回那边了？"

初夏道："嗯，我在这边工作，你跟我爸也能放心。"

廖红岂止是放心，她开心得简直要飞起来了。她只生了初夏一个女儿，从小捧在手心里，之前去北京读书那是没办法，她总不能拦着女儿。女儿研究生毕业后，廖红恨不得将她绑回来，放到自己眼皮子底下才安心。

许瑞安比较关心女儿开公司的计划："开公司需要资金，你手里有钱吗？"

廖红马上说："不够的话我这儿有。"

初夏没想跟爸爸妈妈借钱，笑着解释说："我上网查过了，这种小公司只需要十万注册资金，算上办公室租金、装修等初期花销，二十万准备资金也足够了。我手里有，不用跟你们要。"

初夏读书时就开始兼职，毕业后从事高级口译，几年下来也攒了一笔钱。

"我们初夏就是厉害，妈妈在你这个年纪时，还在底层打拼呢。"廖红无比骄傲地看着女儿夸赞道。

初夏真心道："那是因为你跟我爸培养我花费了大量心血，再说我这行怎么赚也没有你赚得多。"

廖红故作谦虚道："妈妈赚得也不多啦。"

许瑞安咳了咳,提醒这对高薪的母女:"你们考虑下我的感受行不行?"

廖红马上夸老公说:"您是为人民服务,我们哪能跟许主任比?"

初夏帮腔:"就是就是,我们身上都是铜臭味儿,爸爸比我们高尚多了。"

职业高尚的许主任很受用,笑着举起炒锅颠了颠,诱人的香味儿飘满了厨房。

初夏读研期间做了一份简略的职业规划。她喜欢口译,但不喜欢一直给别人打工,更没有进军外交部的野心。

综合她的性格考虑,初夏认为开公司会是她事业的终极目标,毕业后她在北京工作的两年就是在为此打基础。在大公司里观摩同类公司的运转方式,锻炼自己实战能力的同时,也积累了一批老客户,包括自己开公司后可能需要合作的兼职翻译能手。这次接到的大单子,直接成了她辞职创业的契机。

吃完晚饭,一家三口坐在沙发上分析初夏的创业规划。

开公司的流程有些复杂,不过备齐资料,找个代理机构,一个月也能搞定全套手续。

翻译这行纯属脑力劳动,租到写字楼简单装修下就可以开始招聘。细节方面,妈妈廖红提出协助女儿物色写字楼,选拔前台、会计,翻译人才的选拔需要初夏这个小老板亲自操刀。初夏在B市的表哥是程序员,已经揽下了替初夏做网站的差事。

初夏与妈妈聊得热火朝天,爸爸许瑞安切了水果端过来,笑眯眯地旁听。

"开公司我帮不上忙,以后医院有资料需要翻译,我可以介绍过来。"许瑞安朝女儿眨了下眼睛说。

廖红道:"我们公司经常需要口译服务,到时候也给你了。"

初夏真的不需要，忙拒绝道："我自己就有些客户，你们想帮忙的时候千万提前跟我打声招呼。万一我这边忙不过来也没有合适的译手，你们该找别家还是找别家。我想自己创业，如果客户都必须靠你们给我拉，那我还不如直接在家啃老。"

廖红自豪地朝老公递个眼神。

当年他们夫妻给女儿买房子，有个同事阴阳怪气地说买了房子也是便宜未来女婿，不如留着给自己养老，可他们的女儿有志气，不屑当啃老族。反观那个阴阳怪气的同事，掏出一生积蓄给"养来防老"的儿子买了一套大房子，结果儿子结婚后都不欢迎爸妈去大房子住。就这种儿子，父母真老了病了能指望他什么？

"行，前期妈妈给你把把关，以后经营公司就靠你自己了。"廖红抱着女儿说，"不过也别太辛苦了，咱们家不缺钱，身体健康排第一。"

初夏靠着妈妈看着爸爸说："嗯，你们也都注意点，别只会管我。"

这个周末，初夏就在爸爸妈妈的陪伴下去签手续代理公司、物色写字楼，中午、傍晚直接在外面吃。两天忙碌下来，初夏既感谢爸爸妈妈陪她办事，又被妈妈的碎碎念得开始头疼。

一个人在外面生活那么久，初夏习惯单身的自由了。长期跟妈妈一起住，肯定会发生一些不愉快的争执。打个比方，她去卫生间的时候因为刷微博多坐了几分钟，妈妈居然跑来敲门，问她需不需要开塞露，家里还有……

初夏都要跪了，幸好妈妈知道爸爸在家，贴着卫生间的门说得超级小声。

周日傍晚，一家人返回春江苑。走在路上，初夏收到物流通知，她从B市寄过来的大件行李到榆城了，明天上午安排派发。

"怎么寄到锦绣花城了？"廖红狐疑地看向女儿问。

初夏一耸肩："那边都装修好了，我想明天就搬过去。"

廖红不太高兴，女儿可才回来两天半！

初夏保证道："就工作日住那边，周末晚上回家陪你们。"

廖红还是不满意。

初夏却不再妥协，低头喝刚买回来的加冰奶茶。

许瑞安一如既往地支持女儿，劝老婆："初夏有自己的事业了，咱们得给她空间，而且房子装修好了还不住进去，不是白装了？"

廖红瞪向他说："每次都是你们父女俩一条心，就我是后妈行了吧？"

初夏笑了，抱住妈妈撒娇道："你才不是后妈呢，哪有后妈全款给女儿买房的，还包装修。"

廖红道："我还不如后妈呢，我这是冤大头！"

埋怨归埋怨，廖红最终还是同意了女儿的要求，不过她有点不放心。

初夏在房间里忙事情，廖红叫上许瑞安去楼下散步。

"你说，初夏会不会遇见韩烈？"旁边有人跑步，等那人跑过去了，廖红才开口。

八年前韩烈追到了她的乖乖女儿，虽然女儿懂事，被她说服与韩烈分手了，但廖红一直记着韩烈。

那时的韩烈在一家奶茶店当服务员，除了挺拔的身高、堪比小明星的俊脸外一无是处，痞里痞气的。别的奶茶小哥敬业地服务客人，韩烈心术不正，专门盯着漂亮的女孩看，油嘴滑舌的，很会讨女孩子开心。这样的小混混，怎么配得上她的女儿？

女儿去B市读书后，廖红渐渐淡忘了韩烈，韩烈却在榆城干出了一番事业。

韩烈成名后，廖红从同事口中听说了韩烈的创业史。

韩烈爸爸是开小旅馆的，地段偏僻，生意冷清，有的时候甚至入不敷出。据说韩烈的妈妈因为嫌弃韩烈爸爸穷，离婚改嫁了。韩烈爸爸后来又娶了一个，韩烈就搬去郊区与爷爷奶奶住。爷爷奶奶年纪大，管不动韩烈，只能任由他像野草一样疯长，打架斗殴辍学离家，不务正业。这样的背景，韩烈应该不会有什么前途才对。但运气这回事，真是说不清楚。

韩烈爷爷奶奶去世后，把他们的老宅留给了韩烈。

就在初夏与韩烈分手那年，韩烈郊区的老房子被征迁了，韩烈拿到了一笔巨额征迁款。他爸爸、后妈眼红想分钱，韩烈提出用两百万换他爸那套陈旧的三层小旅馆。当时榆城市中心的房价也才两万左右，两百万能买一套很不错的三居房了。韩烈爸爸、后妈商量后，与韩烈签了合同。

韩烈用剩余的拆迁款重新装修了那间小旅馆，改名三季酒店。这家焕然一新的三季酒店，便是韩烈正式创业的起点。初夏读完大学，韩烈的三季酒店成功占领榆城及周围县城的市场，成了本地最大的连锁平民酒店；初夏读完研究生，韩烈用两年的时间将连锁店开遍全国各大旅游城市，在国内声名鹊起；如今，韩烈的身家已经用亿计算了。

大众都知道三季酒店，但平时没人会注意三季酒店的老板是谁。

韩烈与三季酒店同时传到她耳中时，廖红的第一感觉是三季的老板与韩烈只是撞了名，毕竟"韩烈"这个名字很普通。可在一次商业晚会上，朋友指着远处一个西装革履的俊美男人说那就是三季老板韩烈时，廖红心里便咯噔一下。

她上网搜索了韩烈的很多资料。

韩烈的照片几乎没有曝光，但网上有很多他的创业记述以及各种采访报告。曾经有记者问他为什么给酒店起名"三季"时，韩烈的回答是——他不喜欢夏天。

这个答案让廖红心中一沉。她第一次将女儿那段短暂的恋爱，告诉了老公许瑞安。

许瑞安同意老婆的猜测，韩烈起这个酒店名字时，应该是因为他们的女儿初夏才讨厌的夏天。可许瑞安知晓这段恋情时，距离两人分手已经过去了好几年。如今人家韩烈都是酒店集团老板了，几十亿的身家，身边美女环绕，肯定早已忘了初夏。

现在老婆又提到韩烈，许瑞安不以为意道："遇见又怎么了？肯定是谁也不认识谁。"

廖红提醒他说："初夏这些年都没谈过恋爱，怎么可能忘记初恋？而且我一直都在留意韩烈的新闻，也没听说他跟哪个女人在一起。"

许瑞安还是笑："初夏是学习狂，韩烈是工作狂，现在年轻人事业心都强，你还以为人家都像电视剧里演的，漂亮女孩天天谈恋爱，有钱老板天天换女友啊？再说了，就算遇见了也记得彼此，初夏肯定不会倒追他，人家也看不上咱们这普通小市民了，你尽管放心。"

廖红不放心地说："万一他记仇，想玩弄初夏回来找初夏呢？"

许瑞安眯着眼睛看向老婆问："你最近都看什么电视剧了？还是你们老板喜欢搞这套？"

廖红生气地推了他一把，说道："算了，反正咱们谁都不许在初夏面前提他这个人。"

周一一早，初夏就去锦绣花城等着接快递。

物流 App 只显示今天派送，具体几点到达初夏不知道。她带上充满电的手机，再拿上遮阳伞，去熟悉小区环境。

锦绣花城的定位是中高端楼盘，一共十二栋楼，前面八栋都是联排别墅，后面四栋是高层。初夏住的第九栋有三个单元，紧挨着排墅区，后面三栋独立单元一字排开，看楼盘的效果图还是很恢宏大气的。

小区绿化很好，环境优美，假山、凉亭、木桥等造景充满了休闲氛围。外面超市、饭馆、美容店、电影院等生活配套设施应有尽有。出了小区穿过马路往右走，十分钟便能抵达榆城的旅游景点。

初夏昨天已经选出了两个办公室地点，其中湖滨大厦距离锦绣花城只有两公里，开车、坐地铁都很方便。不过，湖滨大厦租金贵了一些。

初夏坐在小区中央山丘上的凉亭中，深思熟虑过后，联系中介敲定了湖滨大厦的办公室。

可能从小被爸爸妈妈宠爱长大，初夏宁可租金贵些，也想让自己过得更舒适一点。而且办公室定在湖滨大厦，客户们过来了也会觉得她的公司有实力。

下午五点多，快递小哥才联系初夏去小区外面拿快递。初夏想到她那堆行李，问快递小哥可不可以送上门。快递小哥也很为难，物业不让进。初夏只好出去了。

两个超大的箱子里装的都是书，另外两个行李箱装的是衣服。快递小哥完成任务离开了，初夏举着遮阳伞，为难地看向门卫。

门卫很暖，叫人送了一辆平板拖车过来，还体贴地帮初夏把几个箱子搬到了拖车上。

"谢谢，我一会儿给你们送过来。"

初夏再三道谢，然后将伞放在行李箱上，吃力地推着拖车往九栋楼走去。

行李实在太重，推车也很辛苦。初夏走走停停，经过一栋联排别墅时，忽然听到一声狗叫。

初夏抬起头，隔着低矮的绿色灌木丛，看见一条大金毛朝她跑了过来，围着她转圈。初夏哭笑不得，她什么时候这么招金毛喜欢了？

"奶茶。"有人清清冷冷地叫了一声。

大金毛立即扭过脑袋，朝声音来源的方向看去。

初夏却在听到那声音、听到这只大金毛的名字时，心都要停跳了。

八年前，初夏高考之前。

韩非子：捡到一只小金毛，你帮我起个名字。

接着是一张小奶狗的照片，毛发蓬蓬松松的，拴在奶茶店外。

初夏被小奶狗萌化了，回他：它的毛是奶茶色的，就叫奶茶吧？

韩非子：意思是跟你一样甜？

初夏仿佛隔着屏幕都能看见韩烈戏谑的目光、嘴角的痞笑。她就不理他了。

韩烈这套联排别墅是边套，花园与旁边的小区道路被一圈灌木月季隔开。刚刚韩烈蹲在地上修剪花枝，所以初夏没看到他。现在韩烈站起来了，将近一米九的身高，挺拔得像一根电线杆子，十分醒目。

他穿得居家，一条灰色运动短裤、一件黑色T恤，头上还戴了一顶黑色网球帽。帽檐下，男人一双狭长的眼睛在认出初夏后，眯了眯。

初夏没想到会在自己的小区遇见韩烈，更没想到他现在还养着"奶茶"。

当年韩烈只是捡到"奶茶"并给它洗了个澡，让"奶茶"恢复了它本来的颜值。但如何养好"奶茶"，全是初夏去养狗的同学那里取经再打成文字一条一条告诉他的。后来两人在一起了，韩烈跷着二郎腿坐在她身边，一只手蹂躏趴在她腿上的"奶茶"，一边痞笑着说他在路边看到"奶茶"的第一眼，想的就是可以利用"奶茶"泡她。

那时的韩烈就是那么坏，坏得光明正大。他会故意用一些初夏在学校里绝对听不到的字眼，初夏脸红了，他就得意了。

所以说只谈过一次恋爱真的很亏，物以稀为贵，时隔八年还记得那么清楚。

韩烈没有与她打招呼的意思，初夏手上用力，继续往前推车，一只手推，另一只手扶着放在最上面的行李箱，怕行李箱摞得不稳晃下去。

她要走了，"奶茶"跟着走了两步，嗷呜嗷呜的。就像以前她去韩烈的出租屋时，每次她要走了，"奶茶"都嗷呜嗷呜的，黑黑的大眼睛巴巴地望着她。

八年了，"奶茶"居然还记得她，金毛真是长情的狗狗。

"站住。"灌木月季前的男人突然喊道。

初夏下意识地停住脚步，用余光看见韩烈扔了手里的剪刀，放着大门不走，后退几步再从里面跨了出来。他长得又高又健壮，跨个花丛跟奥运会上的跨栏运动员似的，这样的他更像初夏记忆中的韩烈，与奔驰车里被方跃喊烈哥的时候不一样。

初夏好奇韩烈叫住她做什么，叙旧吗？

韩烈走过来，"奶茶"去了他身边。

韩烈弯腰揉揉"奶茶"的大脑袋，扫眼初夏脚下雪白的运动鞋，他直起腰，面无表情地看着她说："我喊的是'奶茶'。"

初夏："……"

所以他是让"奶茶"站住？

初夏因为用力推车累红的脸更红了，丢人丢得无地自容，只想在人间蒸发。她加快脚步，并且记住了韩烈的别墅位置，发誓以后进出小区都会绕路走。"奶茶"竟然又跑了过来，一边跟在拖车旁慢跑，一边扭头望着她。初夏告诉自己这是前男友的狗狗，与她已经没有关系了。

"你也不嫌热，现在遛了，晚上乖乖给我在家待着。"韩烈不紧不慢地跟了上来。他腿长，走得慢也轻轻松松追上了初夏，与她保持两步的平行距离。

初夏抿着嘴唇，觉得韩烈是想看她推车的狼狈样子。否则只要他想，一定有办法带"奶茶"回家。

行李箱上贴着物流信息，韩烈靠近拖车，修长的手指点在物流单上，忽地笑了下说："原来是你自己的，我还以为高才生毕业后专门送快递了。"

初夏就知道，他追上来肯定有遛狗以外的动机——羞辱她。

六月的榆城是一年里最热的时候，傍晚也是一天里最闷的时候，都快六点了，太阳还在天边流连，金色的阳光刺得人必须眯着眼睛走路。

初夏额头冒出了汗珠，汗水顺着她光洁潮红的脸庞往下滚动。

当年嫌贫爱富甩掉奶茶店服务员的富家女，现在狼狈地推着拖车，被甩的奶茶店服务员不知得了什么际遇已经住起了别墅。此情此景，初夏突然想到平时刷微博时首页自动冒出来的一些狗血剧模式的广告，什么村姑女友学会化妆后打脸小三，什么被甩的穷男友的真正身份居然是总裁……

初夏真心希望韩烈别变成那么无聊的人。她记忆中的初恋是美好的，断了就断了，不想再发展出什么狗血剧情。

"箱子里装的什么？看着挺沉的。"韩烈突然敲了两下她的箱子问。

初夏想，如果前男友真有那么无聊，那她配合一下，他出完当年被甩的气可能就会走开。

"衣服、书。"初夏平静地答。

韩烈呵了声："倒是没变。"

这种满是讽刺的语气，更加坚定了初夏的猜测。

她故意捧前男友，好满足他膨胀的虚荣心："现在我满地跑，没前途。看你都住上别墅了，出门车接车送，那才是人生赢家。"

韩烈笑笑说："都是被逼出来的，不拼出点成绩来，交到漂亮女友早晚也会被甩。"

果然如此！作为被逆袭前男友打脸的前女友，初夏唯有低头表示羞愧。

"你也住这边？"韩烈挑起了新的话题，指着前面几排联排问，"哪栋？"

他一只手插着口袋走得轻松问得也轻松，初夏汗流浃背，喘着气说出了肯定会让逆袭前男友更得意的数字："九栋。"

九栋是高层，但这里的高层最小也是两百平方米的，房价千万起步。

韩烈眯了眯眼睛说："年纪轻轻就能自己买房了，不像我这种拆迁暴发户。"

初夏这才得知韩烈能住在这里，全靠家里赶上了拆迁。如果韩烈自己创业住别墅，初夏被他打脸羞辱也会因为佩服忍一忍。可现在两人半斤八两,他靠拆迁,她靠爸妈买房,谁也没比谁高贵。

懒得再扮演满足他虚荣心的前女友,初夏拐个弯,宁可绕远也不想给他当陪聊。可她一拐弯,"奶茶"嗒嗒嗒自动导航拐了过来,韩烈也过来了。

初夏只能忍着,都是业主,她管不了韩烈在哪儿遛狗。

"用不用帮忙?"

在跟着她走了几十米后,韩烈仿佛才发现前女友需要帮助一样,淡淡开了口。

初夏冷冷道:"不用。"

韩烈一挑眉:"嫌我是暴发户,给你帮忙都不配?"

初夏没力气与他吵。

韩烈突然抓住拖车扶手,从旁边帮忙推。

初夏见他非要纠缠,索性让开地方,全都给他,反正也是他害自己绕远路的。

韩烈正式接过拖车,并将行李箱上的遮阳伞丢给她说:"自己拿着。"

傍晚的紫外线指数也能达到四,初夏"啪嗒"撑开伞,拉开与韩烈的距离,独自走在一旁。"奶茶"左看看右看看,然后跑到了初夏后边,走在初夏的影子中。

韩烈看眼"奶茶",冷笑道:"它倒是长情。"

初夏皱了皱眉。

"长情"是褒义词,韩烈那语气,明褒"奶茶",暗贬谁呢?是贬她当年与他谈了一个多月恋爱就甩了他?初夏这八年虽然不是为了韩烈才一直单身,纯粹是没有遇到合适的人,但至少她一直单着。而韩烈自己说过他要去约会,说明他被她甩了之后至少交过一个女朋友,那韩烈有什么资格讽刺她不够长情?

手机突然响了,是她妈妈廖红打过来的。

初夏目测了下她与韩烈之间的距离,才接听电话:"妈,你下班了？"

韩烈抿了下唇。

廖红打电话只是询问女儿今天都做了什么，初夏一一报告，包括她已经跟中介定了办公室地点，包括她已经收到了快递并搬回了家，最后还撒谎说已经在外面吃了晚饭。等初夏挂了电话，前面就是九栋楼了。

初夏想接过拖车。

韩烈用脚踢了下底下那两大箱子书问："这个你搬得动？"

初夏搬不动，在北京时她叫的是上门取件。那边的快递小哥非常辛苦且敬业地跑了两趟，才将两箱子书从她的书房搬到了外面的拖车上。就算她可以将箱子放到玄关，接下来也要从箱子里取出那堆书一一放回书房，不知道要跑多少回，倒不如直接将箱子抬进书房，省了书房到玄关来回跑的力气与时间。

"我帮你搬到书房，你替我给'奶茶'洗澡，咱们两清。"

初夏看向旁边的"奶茶"，是有点脏了。

"上次什么时候洗的？"她问。

"半个月前？记不清了。"

在照顾"奶茶"上面，他的懒散倒是没有变。为了自己省力，也为了"奶茶"，初夏同意了韩烈的条件。

初夏住在九栋楼的九层，901室。

她走在前面开门，换好拖鞋后从玄关柜中取出一双白色鞋套递给门外的韩烈。韩烈没接，朝她抬起一只大脚。

初夏这才注意到他穿的是拖鞋，好吧，拖鞋不好用鞋套。她只好从鞋柜里取出她买给爸爸的备用凉拖。

那颜色和大小一看就是男用的，韩烈笑了笑问："男朋友的？"

初夏懒得解释："书房在里面，我去给'奶茶'倒水。"

"奶茶"早跑进去了，在干净的地板上留下一串浅浅的爪印。

韩烈见了，没有换初夏拿出来的新拖鞋，一手提一个行李箱直接进去了。

初夏端着水出来,就见地板上多了两行拖鞋印。她咬了咬嘴唇,忍了。

韩烈又跑了两趟,将两个沉甸甸的大纸箱搬到了初夏的书房。就凭这两箱子书,韩烈信了初夏在奔驰里说的话,这八年她一直单着没恋爱。

再次从书房出来,韩烈看见初夏蹲在"奶茶"身边,认真地检查"奶茶"的清洁情况。

女孩的披肩长发扎成了一个简单的马尾辫,前面的碎刘海儿早被汗水打湿沾在了额头上,脸颊红扑扑的,像两个小苹果,狼狈是狼狈,好看也是真好看。

初夏长得很清纯,一双眸子干净灵秀。别的女孩子去店里买奶茶看到他都会偷偷地多瞄几眼,初夏不一样。她背着书包站在柜台前,仰着头认真地研究上面的菜单,然后平静地告诉他:"我要一杯乌龙奶茶,中杯,谢谢。"

韩烈故意给了她一大杯,然后笑着观察她。

可傻姑娘居然没发现,拎着奶茶直接走了,让韩烈时刻准备抛过去的电眼电了空。

第二章 小满

初夏以前帮"奶茶"洗过澡,现在小"奶茶"变成大"奶茶",洗澡的工作量增加了好几倍。

她在淋浴间里忙,隔着玻璃门,韩烈懒散地抵在盥洗台上,一只手撑着台面,另一只手拿着手机。韩烈用的是一款大屏手机,但他手指够长,单手玩得也很溜。

初夏提醒他:"你可以去外面等。"

韩烈轻嗤,眼皮都没抬地说:"我怕你敷衍了事。"

初夏只是不想与他同时待在卫生间。

他要监工,初夏半蹲在"奶茶"旁边,专心致志地给"奶茶"洗澡。

韩烈给"奶茶"洗澡时,"奶茶"很不老实,总会甩韩烈一身水。现在"奶茶"乖得像看到了亲妈,一动不动,初夏也并没有出现湿身的情况。韩烈放下手机,插着口袋往外面走。

初夏见了,皱眉道:"你要么换上拖鞋,要么别四处乱走。"家里干干净净的地板,都被他的大脚印弄脏了。

韩烈背对她耸耸肩膀,去了客厅。

初夏的新居装修非常小清新,韩烈站在里面显得格格不入。

他四处看看,去了厨房。冰箱里还没有采购蔬菜、肉类,只有几包速冻食品，还有酸奶、饮料。韩烈拿出一瓶矿泉水，一边踢掉脚下的拖鞋，一边赤着脚走到客厅沙发上，一屁股坐了下去。初夏的手机就放在他面前的白色小茶几上。

韩烈看眼卫生间，大声问：“你手机密码多少？我手机没电了，用你的手机叫个外卖。”

初夏装没听见。

韩烈：“放心，地址填我家，回去我转你外卖钱。”

初夏这才报了一串数字，是她的生日。

韩烈记得，但他什么都没说，解锁后打开外卖软件，随便点了个半小时后送过来的外卖，送达地址改成了他的住宅。点完了，付款之前，韩烈将初夏的手机设置成静音，又拿出自己的手机拨了一个号码。

他这边拨出去的备注是"乌龙奶茶"。初夏的手机静悄悄地跳出一个来电，屏幕显示：韩非子。

韩烈："……"

这就是她给他的备注？

虽然韩烈高中辍学了，但他有限的文学素养还是知道韩非子这号人物的，好像是什么法学派代表人物。除了都姓韩，他与韩非子有什么共同点吗？

韩烈快速删除了初夏手机上的这条通话记录，恢复正常模式，然后举着初夏的手机去了卫生间。

他敲了敲淋浴间的玻璃门说："九十八元，付下款。"

初夏抬头，露出一张累得红扑扑的小脸。手机屏幕跳转，"叮"的一声提示付款成功。

韩烈将手机放到盥洗台上，又出去了。

他慢悠悠地喝完一瓶矿泉水，初夏终于给"奶茶"洗完澡了。她也出了一身汗，帮"奶茶"吹干后，初夏直接将"奶茶"带到门口，清亮的眸子淡淡地看向沙发上的男人。

韩烈走到厨房前，穿上他的拖鞋。

他一出去，初夏立即关上了门。"奶茶"在门外嗷呜了两声。

初夏有点难受，就听见韩烈冷笑的声音："叫个屁，跟老子走。"

初夏突然庆幸"奶茶"不会说话，不然跟着韩烈这样的主人，肯定也学得一嘴粗话。

地板要收拾，箱子里的书也要拿出来摆好，初夏决定等忙完这一切再痛痛快快泡个澡。

拖完地，初夏接到一个电话，让她去小区门口拿外卖，应该是韩烈点的那个。

挂了电话，初夏看着手机，皱皱眉，先从微信通信录里翻出了八年没联系过的韩非子。换过好几次手机了，当年分手以及分手前的聊天记录早消失了，聊天框里一片空白。

韩烈的头像是一颗戴着墨镜的金太阳，光芒四射、耀眼又够装，很符合他现在拆迁暴发户的气质。

初夏发消息过去：你的外卖到了，南门去拿。

消息发出去后，初夏去了书房，收拾了一会儿书，微信提示新消息。

韩非子发了一个红包给她。

初夏点开，是外卖费，九十八元不多不少，外带红包封皮上的"谢谢"二字。收了红包，初夏顺手删除了与韩非子的聊天框。

后来进出小区，初夏真的故意走了另外一条绕远的路。

初夏那间办公室的前租户精心装修过，走时带走了部分东西，留下了几套办公用具。她对办公室的墙漆颜色还算满意，但办公桌、挂画等，初夏准备按照自己的心意重新购买。

接下来的一周，初夏白天逛家居城，晚上做些笔译，过得非常充实。

购买的办公桌、沙发、花瓶、挂画、灯具、打印机等陆续送到了办公室，初夏按照提前画好的简单设计图一一摆好，一家小翻译公司终于有了要开始经营的样子。九十平方米的公司，分成前台待客区、会议室、经理办公室、员工办公室，整体装修温馨舒适，安静清雅，书香气很浓。

办公室刚装好，妈妈廖红便帮初夏搞定了前台与财务。

妈妈在电话里只告诉她今天会有两人去公司报到，初夏穿着一套白色小西装坐在前台的位置，一边整理笔译大单子需要用到的专业词汇汇总，一边等人。

第一个到的是个看起来只有二十多岁的年轻男士，身高目测有一米八，长得很……帅。

年轻帅哥停在门前，看看里面的初夏，又看看玻璃门上贴着的公司名称与logo，笑容灿烂地推开门，与初夏打招呼："这里是雅乐吧，你是前台？"

初夏坐在前台的位置，也难怪人家会猜错。

她随手按下保存键，站起来欢迎新员工："你好，我是许初夏，雅乐的老板。你是张榕榕？"

妈妈给了她两个名字，财务张榕榕、前台罗玉，没有提性别。既然这位年轻帅哥猜她是前台，那他无疑是财务张榕榕了。只是一个男的叫张榕榕，有点怪怪的。初夏惊讶了一下，然后就保持了礼貌的微笑。

年轻帅哥却笑了，朝初夏一伸手道："老板好，我是廖姨推荐过来的前台罗玉。刚刚看你坐在那里吓我一跳，还以为我得跟竞争对手PK岗位！"

初夏："……"

妈妈居然给她招了个这么帅气阳光的男前台？

看出她的惊讶，罗玉自我介绍道："是这样的，我本来在春江苑那边开文印店。廖姨说你要自己开公司，怕公司都是女员工出了事没人帮忙，问我有没有兴趣。文印店现在生意越来越差了，我正好也不想干了，老板，你看我行不？打印那些操作我都会，除了打印还需要我做什么？"

初夏对前台的要求除了打印东西、招待客户，其余就是临时想起来的杂事。罗玉的工作经验、气质形象给她当前台足够了，而且妈妈居然挖了小区文印店的老板过来，说明罗玉这个人很靠谱。

初夏只是有个问题不明白。

"文印店生意再差，也比当前台赚钱吧？"请罗玉坐到沙发上，初夏好奇地打听。

罗玉摸了摸鼻子说："我不差钱，就是想找点事情做。我学历低，费脑子的干不了，太累的也干不了，当前台还行。"

学历低又不差钱，难道与韩烈一样，都是拆迁户？关系到罗玉的隐私，初夏没有多问。谈过薪资问题，罗玉正式成了初夏的第一个员工。财务张榕榕是第二个。

愿意来初夏这种小公司当会计的张榕榕，学历令人意外地漂亮，大学毕业后有过三年名企工作经验，人长得也很清秀。初夏看完张榕榕的履历，同样问了一个问题："你怎么不在启元做了？"

启元是大企业，福利待遇肯定比她这里好。

张榕榕苦笑，捏着自己的手指解释说："我也没想过离开启元，那边工作环境好，前途也好。只是我运气不好，组长犯了错害公司损失了几百万，挖了个坑让我背锅。虽然公司没让我赔钱，但我的名声也毁了，大企业不要我，我也懒得去试了，只想找个省心安稳的工作。"

初夏明白了，笑着鼓励她道："没事，我这边刚开始，咱们一起加油，争取早点换个大办公室。"

张榕榕用力地点点头。

初夏安排罗玉、张榕榕下个月3号，也就是周一正式上班。剩下半个月，初夏通过招聘网站招了四个翻译：两个熟悉笔译、口译的专业译手，一个大学应届毕业生，一个大四实习生。

到了月底，初夏公司的各种手续准备齐全。表哥替她做的网站也顺利上线，雅乐翻译公司正式营业。

三季酒店集团的办公大楼里，韩烈靠在椅子上，双脚搭着桌子，无聊地转着手机。

接完一个电话，韩烈刷了下朋友圈，发现很少更新状态的"乌龙奶茶"发了一条开店消息。韩烈从头看到底，笑了。

那天听她与她妈妈讲电话提到什么办公室，竟然真的自己开公司了。他与初夏的共同好友只有一个方跃，所以方跃的评论在韩烈这边便成了一枝独秀。

方跃：校花厉害啊，好，以后我们公司有需要都找你！

乌龙奶茶回复方跃：谢谢！

方跃回复乌龙奶茶：不客气，我们老板有钱。我照顾你生意，这叫肥水不流外人田。

乌龙奶茶回复方跃：嗯，希望有机会可以合作。

热情与冷淡的聊天，暂且进行到了这里。韩烈扯扯嘴角，看向外面的办公室。

方跃的办公间离他还算近，从韩烈的角度，能看见他正捧着手机一脸花痴。如果不是要在初夏面前装暴发户，韩烈真想在下面跟评一下，再看看方跃会怎么变脸。

公司开业第一天，初夏接到了两个高中校友介绍的单子，都是笔译：一个是公司简介稿，一个是产品项目介绍。内容不难，初夏直接交给了部门组长。

虽然翻译部目前只有四个员工，初夏也挑了一个有领导能力的员工做组长。以后她可能会经常去外面跑口译单子，她不在时，新单子便靠组长分配。

今天初夏主要培训两个新手了。

王燕是刚从学校里走出来的毕业生；徐楠过完这个暑假才步入大四，来她这边做实习生。英语专业出来后从事外贸服务的比较多，愿意进翻译公司的多是性格内向安静的选手，初夏自己也不例外。王燕、徐楠看起来都很专注，初夏讲解的时候两人听得聚精会神。

"这批稿件有很多专业术语，我把我遇到的那些总结到这个 Excel 里面了，你们一人一份，翻译的时候先在里面搜索查找。如果里面没有，你们就自己搜索，记得汇总到里面，下次遇见可以直接用。"

王燕、徐楠点点头。

初夏没有给她们太大压力，说："这是我之前的译文与原稿，你们先看一遍再开始翻译。刚开始翻译会慢一些，质量优先，速度慢慢来，很快就能上手了。"

工资是底薪加提成，初夏并不担心有人故意偷懒。换句话说，一个翻译的工资与他的业务能力是成正比的，效率高能力高，工资也会跟着涨。

早上八点半上班，下午五点半下班。因为刚开始单子少，没有必要加班，员工们陆续打卡离开了。

初夏没急着走，坐在办公室批改王燕、徐楠的稿件。

"老板还不走吗？"

前台罗玉敲敲门，声音快活地问。

罗玉长得很阳光，声音也给人一种活力四射的感染力。初夏笑了笑，对着笔记本屏幕说："还要等一会儿，你先走吧。"

"OK！"

罗玉走后，初夏在办公室逗留到六点半，批改工作才忙完。

肩膀有点酸，初夏做了一套办公室肩颈保健操，缓解了疲劳才关掉电脑、公司各个办公室的灯以及空调，锁门下班。

走出湖滨大厦,马路上熙熙攘攘,私家车、公交车你堵我,我堵你。下班高峰,想必地铁也是人挤人。马路对面的金泰是榆城有名的商业综合体,初夏饿了,决定先去吃点东西再回家。

穿过马路,走进繁华的金泰,空调释放的冷气吹得初夏身心舒畅。

美食店集中在三、四、五层楼,初夏一个人,慢慢悠悠地从三层开始逛,太多顾客排队的店她不想去挤,店里冷冷清清没几个顾客的可能东西不好吃。逛到四层楼,初夏才挑了个队伍不长不短的中餐店,主打的是榆城本地菜。

中餐店外面摆着一排椅子,初夏领了号,走到队伍后面坐下,低头玩手机。

工作了一天,初夏只想刷刷微博和朋友圈。刷微博的时候,初夏发现她关注的漫画大神更新了。

大神这部作品画的是女孩与黑狼,女孩是猎人的女儿。猎人进山后一直没有出来,女孩担心爸爸,去山中寻找,没有找到爸爸,却遇见了一个赤着身体躺在血泊中的少年。善良的女孩救了受伤的少年,少年醒来,睁开了一双蓝色的眼睛,开口时,露出了尖尖的獠牙。

上期连载到这里,一看有更新,初夏立即点开长图,聚精会神地看了起来。

少年就是黑狼。女孩家乡的传说,山上有狼人,狼人平时是狼,只有月圆之夜会变成蓝眼睛的人。

发现自己救的是狼人,女孩害怕极了。她想逃跑,人身的黑狼不许,他一只手捂着被女孩用白色丝巾包扎好的伤口,另一只手将纤弱的女孩扛到肩上,进了深山。黑狼来到一处洞穴,他将女孩丢到干草铺成的床上。

女孩可怜地蜷缩成一团,眼角流下晶莹的泪水。黑狼坐在洞口,面无表情。

女孩哭着哭着睡着了,黑狼走进来,阴影笼罩了无辜的女孩。

黑狼要对女孩做什么?吃了她,还是?

可大神一贯会吊胃口,长图就在这里结束了!

初夏恋恋不舍地准备重新再看一遍。

"平时就看这个?"

耳边突然响起熟悉的不屑的声音,初夏皱眉往旁边一看,果然是韩烈。他身上还是黑色短袖、运动短裤的搭配,不过今天他没穿拖鞋,是双黑色运动鞋。见他盯着自己的手机看,初夏马上按黑了屏幕。

她从小就是学霸,同学们包括爸爸妈妈都以为她只会看专业书籍。大学里她偶尔看个偶像剧,舍友们都像看到大猩猩会打电话一样大惊小怪,弄得初夏住学校时暂且放弃了刷剧的爱好。毕业租房后,少了舍友围观,初夏做什么都自在多了。

没想到,在这人来人往的金泰会遇到半熟不熟的前男友。没有理会韩烈,初夏看向前面,再有三个人就轮到她了。

"我跟你说话呢。"韩烈双手插着口袋,故意对着她后脑勺吹了口气。

初夏摸了把被他吹乱的头发,回头不耐烦地看了他一眼:"你怎么会在这里?"

韩烈朝餐厅里面抬抬下巴说:"我来吃饭,好吃的店都是人,看见熟人就过来了。"

熟人?初夏往队伍后面看了看。

韩烈挡住她,修长的手指点了点她手里的排号小票:"熟人就是你。你这是两人的小桌吧?咱们俩正好。"

初夏看着小票上的数字,心情有些沉重。她不想与韩烈有不必要的接触。

八年前她太单纯,被他的脸、他的痞笑、他叫人面红耳赤的情话撩得小鹿乱撞。现在初夏已经二十六岁了,她明白什么叫现实。

如果韩烈是她从小认识的朋友,即便他只有高中没毕业的文化水平，只是个拆迁暴发户，初夏都不介意继续与他来往。但韩烈是她的前男友，除了那段无疾而终的感情，没有其他共同语言的前男友，两人真没有必要强做朋友。

"号给你，我有事先走了。"

初夏将小票递过去，同时站了起来。

韩烈嘴角那抹套近乎蹭饭的痞笑瞬间凝固了。

没有接她的小票，韩烈抬起头，狭长的黑眸冷冷地盯着她："什么意思，就这么不想和我一起待着？"

他声音不低，前后玩手机的等餐餐友们都悄悄看了过来。

初夏不想与他吵，弯腰将小票放到她的座椅上，抱歉地道："我真有事。"

说完，初夏快步往这层下去的扶梯那边走。

韩烈抓起那张小票，沉着脸追了上去。

初夏一直没有回头，跨上扶梯从四楼下到三楼，心头那股难过才缓了些。

韩烈是她的初恋，如果可以，她不想让他难堪，让她觉得她看不起他。只是，真没有必要再来往了。

初夏走得很快，离开了金泰，她直奔旁边的地铁站。

这边到锦绣花城坐地铁只需要一站，比开车方便多了。

初夏考过驾照，但她暂时还没有买车的打算。

现在的地铁还是很拥挤，初夏上来后不想再往里面走了，转个身，就准备站在门口这边。结果她一转身，韩烈面无表情地跨了进来，上来后站在了她旁边。

初夏尴尬地看向车门底部。

他怎么跟来了？想知道她是真的有事，还是看不起他不给他面子？

地铁出发了，惯性让初夏朝韩烈那边歪。韩烈左手攀着上面的扶手，右手插着口袋，初夏歪过来时，他嫌弃般往后侧了侧。幸好地铁很快就稳了,初夏继续看车门。

韩烈接了个电话。

"什么事?"

"不是约了周三?"

"周四也行,不过这是最后一次,再改就不用见了。"

地铁上有点吵,但初夏与韩烈站得近,听见手机另一头是个女声。是女朋友想延迟一天再约会吗?

韩烈挂了女秘书通知他有个合作方临时改约的电话,手机放回裤子口袋,视线一转,再次落到了初夏脸上,竟意外发现刚刚还尴尬低头不敢面对他的前女友,现在站得笔直,脸上也换了一副平平静静的表情。

韩烈哼了声,他倒要看看她怎么圆谎。

地铁到达锦绣花城旁边的站点,初夏下车,韩烈跟了出来。

初夏走自己的,出了地铁站,经过一家比萨店时,初夏推开玻璃门走了进去。

比萨店人不多,初夏坐在一个靠窗的四人桌旁。黑影一闪,韩烈坐在了她对面。

初夏低头研究桌面的菜单。

韩烈冷笑道:"不是说有事吗?现在又没事了?"

初夏选好了,朝走过来的服务员小哥点单:"你好,我要一份A套餐。"

服务员小哥看眼她对面的韩烈,热情地推荐了一款爆款双人套餐。

初夏淡淡解释道:"我们不是一起的。"

服务员小哥尴尬了。

韩烈直接点了一份一样的A套餐,摆摆手叫小哥快消失。

服务员小哥走了,韩烈敲敲初夏那边的桌子,盯着她问:"你到底什么意思?"

初夏看向他,直接道:"没有,我只是觉得跟你一起吃饭太尴尬,影响胃口。"

韩烈笑了下,靠到后面的沙发上说:"我还是第一次听人说我长得会让人倒胃口。"

初夏随便他怎么理解,低头玩手机。

韩烈看看窗外,再看看对面把他当空气的前女友,心塞。但他知道该怎么瓦解前女友不知真假的平静。他拿出手机,敲字。

初夏的微信弹出了一条新消息。

韩非子:你该不会不敢见我吧,怕你会重新爱上我?

初夏脸红了。不是因为他自以为是的猜测,而是因为这么直白的字眼。

爱,八年前她与韩烈都没提过什么爱不爱的,更何况现在。只有韩烈这种拿光芒四射的金太阳当头像的自恋狂,才会如此自负。

脸红是生理反应,冷静过后,初夏理智地回复:第一,我从来没爱过你;第二,我没有兴趣当第三者。

初夏一直都觉得,她与韩烈那段顶多是喜欢,是青春期少女懵懂的悸动,算不上爱。

爱应该是成熟的、坚定的,一旦爱了,便只有生死才能将陷入爱情的两人分开。

"叮"的一声,韩烈的手机屏幕亮了。他看一眼初夏,大拇指指腹一滑,聊天框跳了出来。

乌龙奶茶:第一,我从来没爱过你……

只看到这几个字,韩烈的胸口就像被陨石击中一样,闷得他有几秒都停止了呼吸。

记忆突然回到了八年前。

也是类似今日的一个夏天,韩烈像往常一样在奶茶店打工。他是柜台接待小哥,送走一位客人又来一位新的,忙得没有时间四处乱看。另一个小哥忽然从旁边杵了他一下,让他往外面马路对面看。

韩烈抽空抬头,隔着一条马路,看见他的女孩与一个打扮精致的中年女士站在一起。中年女士对着奶茶店不知道在说什么,女孩在他看过去的时候低下头,双手轻轻地摩挲着裙子边缘,像在班主任面前认错的乖乖学生。

韩烈在中年女士的脸上看到了初夏的影子。是她的妈妈吧?韩烈心中生起不好的预感。

当天晚上,他收到了女孩的分手短信。她说她要专心学习,她说以后不再联系了,还祝他找到更好的女朋友。

韩烈猜得到廖红与十八岁的初夏说了什么。

"你看看他,连高中文凭都没有。二十多岁的时候可以靠脸当服务员,等他三十多四十多了,奶茶店都嫌他老,就算他想改行又能做什么?当装修工,送外卖,进工厂做体力活?就算你不介意他工资低、工作不够体面,你好意思带他去见家人朋友吗?你好意思让朋友知道你的男朋友是这种人吗?

"长得帅有什么用,你们在一起有什么共同语言?你跟他聊经济聊政治聊艺术,他与你粗话连篇。以后你们生了孩子,他能教孩子什么,全靠你一个人?当你开始嫌弃抱怨他的时候,他也会烦你唠唠叨叨,等荷尔蒙引起的激情退去,你与他之间还剩下什么?

"初夏,谈恋爱没有你们想的那么简单。你好好考虑清楚,妈妈希望你做出正确的选择。"

韩烈看见廖红的第一眼,就知道廖红不是电视剧里演的那种为了拆散儿女姻缘丑态尽出的女人。她优雅又体面,她甚至都不用警告他,与他谈判,就成功劝服了她的乖乖女儿。初夏果然嫌弃他了。

韩烈不怪她,是他不够好。不过,分手那么轻易干脆,也许初夏是真的没有爱过他。

韩烈将手机装进了口袋,背靠沙发,目光阴郁地盯着窗外路过的车辆。初夏分不清,自负的他是因为哪个理由变成这样的。

服务员小哥端了两份套餐过来,分别摆在她与韩烈面前。

初夏饿了,先喝了口果汁。她习惯小口小口地吃东西,对面没人初夏会四处看看。韩烈在那儿,初夏只好点开视频软件,一边看剧,一边吃。

韩烈没用叉子,而是直接扯下两块比萨叠在一起,一口咬掉三角形的尖儿。

初夏专心看剧。

韩烈吃完比萨,三两下解决掉套餐里的香辣鸡块,咕噜咕噜几口吸干果汁,提前结束了用餐。

初夏才吃完四分之一的比萨。

韩烈将擦完手的纸巾丢在装比萨的托盘里,走了。

初夏松了口气。

比萨她吃完了,鸡块只吃了三块,喝了半杯果汁。擦去嘴唇上的油渍,初夏一只手拿手机,另一只手拎包,走出比萨店。

快八点了,夜色终于笼罩了大地,不过榆城的中心地带一片繁华,处处灯光闪烁。

与比萨店隔了几个店面有家水果店,初夏进去逛了逛,买了一串颗粒饱满的巨峰葡萄。结了账,初夏对旁边的各种门店没了兴趣,直接回小区了。

门禁是人脸识别的,初夏顺利通过。

小区主干道两旁移栽过来的是银杏树,每棵都有腰粗。初夏往前走了一段,旁边突然有人"嘿"了声。初夏提着葡萄转身。

韩烈姿态怠懒地靠着右手边的那棵银杏树,白色的路灯灯光打在他脸上,像是电视剧中的高光时刻。他有一双传说中象征着薄情的薄唇,"嘿"她一声后,韩烈又吸了一口手中的金色香烟,然后往前走了几步,对着路灯灯杆捻灭烟头,再将剩了大半的香烟弹进了旁边的垃圾桶。

做完这一切,韩烈朝她走来了。他手里拎了一杯奶茶。

初夏喜欢喝奶茶,以前在一起的时候,每次见面韩烈都会送她奶茶,但现在不是以前了。她保持之前的速度继续往九栋楼走。

韩烈侧个身,跟在她身后。

初夏最近进小区都会刻意绕远路,今晚既然已经遇见了,初夏便没有再绕。前面就是韩烈的边套别墅了,主人不在,家里黑漆漆的。韩烈没有回家,陪她往前走。

初夏不懂他要做什么。

韩烈终于开口了,低沉的声音像是响在她耳边:"我知道你没爱过我,刚高中毕业的小女生懂个屁爱。"

初夏选择当个安静的聆听者。

韩烈突然拦在她面前。

初夏停住脚步,皱眉看过去。

韩烈狭长的黑眸深沉如墨:"不过我不明白,你现在会不会爱上我,跟第三者插足有什么关系?"

初夏不习惯听"爱"这个字眼,尤其这时候韩烈还注视着她。

她看向一侧,神色淡然地说:"我记得机场遇见那天,方跃想捎我一程,你提醒他别耽误你的约会。"

韩烈点头:"嗯,那天是有个约会,朋友介绍的相亲对象。微信发过来的照片挺漂亮,没想到是P过的,真人连你都不如。"

初夏淡然的脸色维持不住了,什么叫连她都不如?她很丑吗?

韩烈好像发觉自己说错话了,笑了笑:"对不住,我不是那个意思。总之,就是相亲对象长得太丑,我饭都没跟她吃,更别提深入交往了。所以我短时间内会继续保持单身,空窗期内你对我旧情复燃,算不上第三者插足。"

"谢谢,不过我没有兴趣。"初夏绕过他,走了过去。

韩烈追上来,玩味地问:"为什么没兴趣?当年你甩我是嫌我没钱没前途,现在我有钱了。"

初夏好像有点明白韩烈纠缠的动机了。

他还是介意当年被她甩的旧怨,故意用这种方式讽刺她爱慕虚荣。

"没兴趣就是没兴趣,跟你有钱没钱无关。"

"我明白了,你还嫌我学历低,配不上你。"

初夏想了想,她不会将韩烈纳入男友备选的几个原因里,确实也包含了因为韩烈的学历导致的共同语言缺乏,索性默认了。

韩烈批评她:"你这是歧视,谁说学历低的男人就不配谈感情?一男一女在一起,互相喜欢,互相照顾,与学历有什么关系?打个比方,你跟你男朋友走在路边,这时候突然一辆车朝你们开过来,难道男朋友学历高就会舍身救你,学历低就会把你推出去送死?真爱假爱还与学历挂钩了?"

初夏看着前方,澄清说:"我没那么想过。"

韩烈:"那你为什么对我没兴趣?"

初夏真的很好奇他的脑回路,上下打量他一眼:"我为什么要对你感兴趣?你是有钱,你有马云有钱吗?你是很帅,你有娱乐圈的小鲜肉帅吗?因为你学历低,我就对你感兴趣?"

韩烈:"……"

他发现初夏变了,十八岁的初夏非常安静,有种沉浸在自己世界的疏离感。他追求她的时候她话不多,追到手了,初夏的话也少得可怜,而且很轻易就会被他撩得红透耳根,从来不会长篇大论地撑他。

等他回过神,初夏已经走出几步了。

韩烈慢悠悠跟着,回撑:"说得好像马云、小鲜肉愿意跟你谈恋爱似的。你那么抢手,至于在北京混了八年都没人追,还得回老家找?"

初夏头也不回:"要你管。"

韩烈又追了上来,将一杯奶茶举到她面前。

初夏一把推开:"不需要。"

韩烈一笑:"谁说送你了?我看见你发朋友圈了,你都创业了,我突然也想开个店。可我只会卖奶茶,你说我开个奶茶店怎么样?"

说完,他往奶茶杯里插上根管,自己吸了起来。

初夏对韩烈还是有一点感情的,与爱无关。因为有过牵绊,所以她希望韩烈能做点什么,而不是当个游手好闲、不思进取的拆迁暴发户。

她认真思考了韩烈开奶茶店的可能。

据她的了解,韩烈在奶茶店打过至少两年工。奶茶店小小的店面,对一个有经验的人来说,只要有本钱,经营起来应该不难。

"你已经决定好了吗?"初夏问。

韩烈收起玩笑的神色,点点头:"今天我在金泰观察了一天,那边的奶茶店生意都不错,应该挺赚钱的。"

这话也正好解释了两个人为何会在金泰巧遇,同时也让初夏明白,他是真的想创业。

马上到九栋楼了,初夏脚步没慢,加快了语速:"奶茶店如何经营你比我懂,你真想开,我建议你先做好规划,找熟悉这方面的朋友问清楚前期需要准备什么,包括前期资金投入、市场调研等。而且你是餐饮行业,要求可能更高。"

韩烈一直跟着她来到了九栋一单元的大堂入口。

初夏要进去了。

这边灯光比路灯亮,韩烈看着她被盛夏余温炙烤得微红的侧脸,笑着道别:"知道了,谢谢高才生指点,以后有不懂的,我再找你请教。"

初夏想说她真的不是很懂,可韩烈已经转身走了。

男人背影修长挺拔,左手插在运动裤口袋里,右手提着奶茶。走到台阶前,他忽然转身,一双黑眸朝单元门看来。

初夏愣了几秒,这才面无表情地收回视线,提着葡萄进去了。

回家后,换上拖鞋,初夏拎着葡萄去了厨房。

葡萄很新鲜,初夏一只手提着整串葡萄,另一只手拿专用剪刀将葡萄一颗颗地剪下来放进洗菜盆，清水洗了三遍后才装进果盘。

端着葡萄来到客厅，初夏挑了一部新上映的电影，一边吃葡萄一边观看。

放在茶几上的手机微微振动，是妈妈廖红打来了电话。

初夏一边按下遥控器的暂停键，一边咽了葡萄后接听。

"下班了吗？吃晚饭了没有？"

"早吃过了，在看电影。"

"一个人在电影院看？"

"不是，在家看的。"

"你说说你一个小年轻，才八九点钟就闷在家了，回来这么久了，没有联系以前的同学吗？"

初夏悄悄调低音量，继续播放。

她微信列表里加了很多的同学，从初中到研究生各种班级群也都还在，不过早就被她屏蔽了。

初夏其实不擅长交朋友，因为每个阶段同龄人喜欢的那些娱乐活动，她都没有兴趣。她不喜欢逛街买衣服，不喜欢打耳洞染指甲，不喜欢唱KTV聚餐，不喜欢追星看演唱会，不喜欢加入社团锻炼社交能力。初夏喜欢看书，喜欢泡在图书馆自习。

初夏比较大众的爱好是看漫画看剧，看的时候是安静的个人活动。当舍友们兴高采烈地讨论哪部日剧韩剧美剧或是大红的漫画，初夏也想过加入其中。可舍友们传递过来的"学霸居然也看这个"的眼神，渐渐打消了初夏与人讨论的激情。

学霸的生活大概都是枯燥的，就连初夏从事的工作也显得毫无激情。

翻译，别人说什么她就翻译什么，大脑里两种语言快速转换，却有一定的边界束缚着思维的活跃范围，不需要她去创造一样产品，不需要她去迎合谁的脸色。接到一份单子，她只需按时到达工作地点、准确完成翻译任务、收工离开。

在很多人看来，初夏是个无趣的人，活得也很无趣。初夏没觉得她这样有什么不妥，别人同情她过得无趣，她却享受这种有序平稳。

廖红深深地担忧起来。

女儿读书的时候，廖红一度为女儿的高度自律、沉迷学习感到骄傲。可现在女儿已经到了谈恋爱结婚的年纪，却还像以前一样宅在家里不出门，好酒也怕巷子深。再过几年女儿过了三十岁，就不好找男朋友了。廖红决定帮女儿拓展交际圈。女儿不出门，她就带女儿出去。

很巧，周二中午，廖红收到一份婚礼邀请，一位赫赫有名的生意伙伴离异后又要结婚了。新郎五十二岁，新娘二十五岁，邀请她与家人于本周日中午十一点去他的别墅参加婚礼。

这位老总在榆城的商业圈很有分量，出席婚礼的基本都是榆城的豪门人士。以廖红的身家其实不够资格获得邀请，但廖红的老板地产巨头罗涛有这个资格，而她又是罗涛的亲信之一。不过，廖红能被这位即将迎娶娇妻的老总记住并发下请帖，靠的还是廖红自己的魅力。

初夏是校花级别的美女，可她太过低调。廖红年轻的时候不但是校花，还是一位魅力四射追求者无数的校花。美人老了也是美人，虽然今年廖红已经五十三岁了，但她强悍的工作能力、优雅美丽的外表、自信从容的气质，依然很令男人们欣赏。

"周日啊，那天我得去医院。"听老婆介绍完新郎新娘的身份，许瑞安并不遗憾地说。

初夏的性格更像爸爸，许瑞安很少会参加廖红的各种商业联谊活动。

廖红朝他笑笑说："没事，我本来也没打算带你去。"

带老公做什么？她要带女儿去！

周五下午，初夏接到妈妈的通知，约她晚上一起吃牛排，吃完去逛街。

初夏搬去锦绣花城前答应过周末回家陪爸爸妈妈，现在妈妈主动邀约，初夏当然要接受。

雅乐还没有下班，廖红开车过来接女儿，顺便参观参观女儿的公司。

初夏在敲电脑，忽然听见前台那边罗玉欢快的声音："廖姨来啦！"

初夏手指一停，走出办公室。

廖红正在询问罗玉在这边做得怎么样，五十出头的她身材保养得极好，穿一条大方优雅的黑色裙子，要腰有腰要腿有腿。而且廖红非常白，初夏奶白的肤色便是遗传自老妈。

廖红去翻译部参观的时候，四个员工一个财务都被老板的妈妈惊艳到了。

"怪不得老板这么漂亮，原来阿姨这么美！"

"说良心话，阿姨的气场比老板强太多了！"

"像不像女王与小公主？"

廖红听到这句，当面拆女儿的台："她这样哪里像小公主？小书呆子还差不多。"

初夏："……"

她溜回了自己的办公室。

罗玉狗腿地端了两杯咖啡过来，放好就出去了。

廖红走到女儿的办公椅后面，看向她的笔记本屏幕问："还要多久？"

初夏："半小时吧，你来得太早了。"

廖红端着咖啡坐到旁边的沙发上，漫不经心地打量着这间办公室："你上学的时候我忙来忙去没时间陪你，现在咱们俩反过来了。"

初夏笑笑，继续忙工作。因为妈妈在等，初夏准时给自己下班了。

母女俩走进电梯，一电梯里的人齐刷刷先看向廖红，初夏已经习以为常。

廖红开车来的，上了车，廖红批评副驾上的女儿："你说你，年纪轻轻还没有我的回头率高，你不该反思吗？"

初夏笑道："有漂亮妈妈才有漂亮女儿，我为您感到骄傲。"

廖红一瞪她："少贫嘴，我告诉你，你已经二十六了，别只会天天玩电脑，皮肤也要保养起来了，天生丽质也需要维护。"

初夏安安静静地听着，反驳也没有用，她讲不过妈妈的。

廖红带初夏去了一家需要提前预约的西餐厅。

餐厅里流淌着悦耳的钢琴曲，初夏除了陪客户应酬，只有跟妈妈在一起的时候，才会来这种地方吃饭。

等菜的时候，廖红示意女儿看一个方向："你看看人家的打扮。"

初夏视线微微转过去，看到两个面对面坐着的年轻女孩，打扮得都很漂亮，一人一张烈焰红唇。初夏上班前也化了淡妆，只是她穿得非常职场，毫无特色。她知道妈妈要说什么了。但化妆是项技能，需要天分，初夏没有那种简单几下就能让自己形象大变的神奇能力，也没有兴趣去学。

"我饿了。"初夏率先举起白旗。

廖红看着女儿清纯漂亮的脸蛋，找到了一丝安慰。这丫头虽然不会化妆，可她长得嫩，眼睛又灵秀，看起来还像个学生妹，这种自带减龄效果的美貌是别人羡慕都羡慕不来的。

吃完牛排，廖红带着女儿去了商场。

廖红先给自己挑了一套礼服。

初夏好奇地问："妈妈最近有活动？"

廖红提着裙子走向试衣间，解释说："周日要去参加一场婚礼，你爸爸没空陪我，你陪我走一趟吧。"

她回头朝初夏递个"不许拒绝必须去"的眼神，然后笑着关上了试衣间的门。

初夏站在门外，想到了小时候。

妈妈总是有各种宴席要参加，需要带上她的时候，妈妈会将她打扮得特别漂亮。到了地方，那些叔叔阿姨便会笑着夸她好看，懂礼貌的初夏必须一一笑着回应，一场宴席下来，初夏笑得脸颊都要僵硬了。

初夏不禁质疑她回榆城的决定了。

廖红对自己的礼服很满意，挑完拉着初夏去了年轻人的专柜。专柜小姐很会看人，推荐了几款白色、浅绿等淡色的裙子。

廖红却认为女儿平时够素够低调了，明明长了一张可纯可艳的脸，为什么一直往素了打扮？她做主，帮初夏挑了一条红色的露肩礼服。红色妖艳性感，但整体又大方简约。

"去试试，穿出来不好看再说。"廖红将女儿推进了试衣间。

初夏无奈地换上这条价格五位数的礼服。

说实话，廖红也无法确定女儿的上身效果。女儿小时候她还能左右女儿穿什么，后来随着女儿越来越大，有了自己的品味。如果女儿不喜欢，她买回来小姑娘也拒绝穿。女儿搬去北京后，只有放假才会回家，冬天衣服厚，女儿裹得严严实实的，夏天穿得又太保守，廖红连女儿现在的身材情况都不是非常了解。不过，廖红目测女儿应该能达到C，撑得起那条礼服。

"啪嗒"一声，试衣间的门开了。廖红迫不及待地看过去。

初夏神色淡淡地走了出来。

廖红先打量女儿的身材。初夏身高一米六八，比例完美，是天生的衣服架子。别看她平时穿衣服随便，其实该细的地方细，该丰满的地方丰满，再配上那一身奶白的肌肤，这么一穿，只凭一双雪白漂亮的肩头、纤细匀称的小腿，走到哪里都少不了回头率。

专柜外面路过的几位女士都停下脚步，羡慕地看着初夏。

初夏走到镜子前，前后看看，发现不是很露，就没有发表多余的意见。既然都答应陪妈妈去了，她便会按照妈妈的心意打扮，免得在宴席上让妈妈难堪。除了礼服，还需要搭配首饰、高跟鞋、手包。

难得有机会陪女儿逛街，廖红还给女儿买了一堆高档护肤品。

今晚的初夏，真是满载而归。

韩烈牵着"奶茶"在小区里逛了一圈又一圈，都没有等到九栋一单元 901 室亮起灯。

他皱皱眉，给乌龙奶茶发消息：我准备开店了，还差个店名，高才生帮忙想想？

初夏还在妈妈的车上，看到韩非子的消息，内容都没看便心虚地忽略了该条，翻朋友圈去了。

廖红专心开车，没注意她这边。

初夏有点担心韩烈继续找她，幸好直到下车，都没有新消息。

提着大包小包回了春江苑的家，陪爸爸坐了会儿，初夏进了自己的房间。

坐到床上，初夏看看手机，回复韩非子：想不出来，你自己想吧。

韩非子：这么久才回，我还以为你在绞尽脑汁帮我起名字。

初夏不想多聊，知道他不喜欢什么，便敲字：陪我妈逛街。

这招管用，韩非子果然消失了。

初夏在爸爸妈妈面前当乖女儿，韩烈将开奶茶店的琐碎工作交给手下小弟，他去应酬了。

短短八年从白手起家到身家几十亿，这经历听起来顺风顺水，然而天时地利人和缺一不可。旅游业的蓬勃发展、榆城旅游城市的名气是韩烈的天时地利，做生意的人脉是韩烈一点一点养起来的。

周六，韩烈从他真正的别墅出发，开着他的黑色跑车"轰隆隆"地去机场接人。如今的他很少需要求人办事了，亲自来接的都是好哥们儿。

韩烈是白手起家，赵秦与他不一样，是真正的豪门公子，要学历有学历，要头脑有头脑，长得也帅，家里老爷子一死，他就能继承千亿遗产。

四年前韩烈忙生意忙得焦头烂额，冲动之下买了机票去 B 市。想见的人见不到，韩烈随便挑了家酒吧买醉，喝着喝着看见有人动刀子，韩烈头脑一热，攥住了对方的手腕。对方的目标是赵秦，韩烈一出手，那伙人以为他是赵秦的保镖，便想将他一起解决。

韩烈窝了一肚子火没处烧，这帮人撞上来，韩烈也没有解释什么，直接干了起来。

他十六七岁的时候没少打架，这一晚打晕了不少人，自己也挨了两刀子，一刀在胳膊，一刀在肚子上。打完了，韩烈酒醒了，这都什么事？

酒吧里乱糟糟的，韩烈捂着肚子回忆自己为什么会跟人干架。这时候赵秦走过来，将他扶走了。

赵秦欣赏韩烈的身手，想雇他当小弟。韩烈忙着创业，哪会稀罕给他当小弟？

在医院躺了两天，韩烈又飞回了榆城。

赵秦塞给了他一张名片，韩烈看一眼就扔进了垃圾桶。

可回到榆城后，他之前遇到的麻烦突然自行解决了。韩烈一猜就是赵秦帮了忙，拿了好处，韩烈也没有矫情，赚到第一个十亿时，韩烈送了赵秦一瓶好酒，从此开始了两人只谈玩乐、不谈生意的纯粹友谊。

"老钱三婚，叫你过去喝酒没？"坐进跑车，赵秦问韩烈。

韩烈系好安全带，狭长的黑眸里全是不屑："叫了，懒得去，你这次过来就是喝酒去的？"

赵秦羡慕他的自由："你没有老子管，我不行。老头子自己没空，打发我过来走人情，既然都叫你了，你也一起去吧，我一个人没意思。"

韩烈一挑眉："一个人？上次那个超模分了？"

赵秦是典型的花花公子，换女友比换衣服还快，闻言只是笑笑："早分了，最近还没遇到对眼的。你呢，初吻还留着？"

"谁告诉你老子没亲过女人？"韩烈爆了句粗口。

赵秦手捏着烟搭在车窗上，睨着韩烈笑道："装，去沙滩美女穿着比基尼从你面前经过,你都不好意思看,一看就是雏。"

韩烈道:"那是她们长得丑身材差,老子比你挑。"

赵秦没说话,风吹得他眯了眯眼睛,打量开车的韩烈。

韩烈这人身上有股野劲儿,穿着西服痞帅痞帅,打起架来立即化身禽兽。赵秦不太健身,身上就两块腹肌。韩烈比他厉害,整整六块,戴着墨镜躺在沙滩上,经过的美女眼睛都往他身上瞄,可韩烈理都不理。

这种身材这种身家,就赵秦认识的,真没有韩烈这么洁身自好的。

"老实说,你该不会是弯的吧?"赵秦往车窗那边挪了挪,拉开与韩烈的距离。当年韩烈不要命地替他拦刀,一开始赵秦怀疑韩烈想巴结他,可韩烈从没有求过他什么。现在看来,韩烈极有可能看上了他的色!

赵秦忽然有点冷。

韩烈指指高速旁边的护栏说:"再满嘴喷粪,信不信我撞上去?"

赵秦不信:"你舍得将你的家产留给你那亲爸后妈?"

韩烈当然不舍得,他赚的钱,那些人一分都别想占便宜。

晚上韩烈做东,请赵秦在榆城浪了一夜,第二天两人都睡到了九点。

韩烈先起来,吃了早饭,十点钟他去客房拍门。

赵秦一身酒气地起来了,洗澡前让韩烈给他安排司机。

韩烈:"安排个屁,从我这儿到他们家最多走十分钟,自己过去。"

赵秦从浴室后退出来,打着哈欠问:"这么近你都不去?太不给老钱面子了吧?"

韩烈怒道:"我烦他小老婆,上个月遛狗,'奶茶'在他们家门口拉屎,他小老婆看见了,你没看见她那眼神,好像是我拉的一样。"

赵秦差点笑尿。

韩烈下楼去了。

过了半小时,赵秦穿着一身西装,人模人样地下来了。

韩烈在沙发上靠着。

赵秦四处找了一圈问:"'奶茶'呢?你们不是人在狗在?"

奶茶在锦绣花城,韩烈招待朋友,没时间遛狗。初夏回来后他常用的保姆都派去了那边,这边请了新的。

"你是来看'奶茶'的,还是来看老钱的?"韩烈敲敲腕表,提醒赵秦时间。

赵秦扯扯领带,出发了。

韩烈看看院子里的大太阳,继续在家里吹空调。

钱总的别墅已经聚集了一批宾客。

廖红几乎都认识,有人与她打招呼,她便带着初夏走过去。她穿着一身黑色经典款礼服,气质雍容。平时她总是能压过女儿的光芒,今天却成了陪衬女儿的绿叶。

廖红故意的。

注意到在场的男士女士老的少的都在关注她身边的初夏,廖红笑得更优雅了。

"初夏,这位是杨阿姨,你还记得吗?"

"杨阿姨好。"

被称为杨阿姨的富太,惊讶地看着一身红色露肩礼服的初夏,很难将这个大美人与记忆中文静秀气的初中女孩联系到一起:"这,这是初夏?我怎么感觉好久没见过初夏了?大学毕业了吗?"

初夏大方地迎着附近宾客们的目光,笑着点点头:"嗯,已经在工作了。"

廖红也没有解释女儿已经大学毕业四年,是二十六岁的大女孩。

一圈招呼下来,初夏的笑肌又出现了久违的僵硬感。妈妈与朋友们聊得热闹,初夏一个人坐到了临窗的小茶几旁。这边阳光很盛,虽然里面有空调,但大家都默契地避开了这个高紫外线的位置。

阳光明媚,初夏一身红裙坐在沙发上,露在外面的肌肤白得发光。

单身的男士们陆续围了过来。

初夏以礼貌的微笑迎接,身穿西服的男士抱着猎艳的心情与她攀谈。这个时候,如果美人有兴趣与他们结交,都会尽量附和他们的话题。

初夏没有兴趣,男人们表现出来的意思太明显,她不喜欢。也有矜持绅士的,可初夏性子淡,绅士们得不到想要的回应,渐渐也失去了兴趣。能在这里出现的年轻男士,身边都不缺乏美女环绕,让他们死缠烂打地追求一个冷美人,真没有必要。

初夏能在普通高校当校花,但放在充斥着各类美人的圈子,对于这些看惯美女的富豪来说,初夏虽美,却不至于让他们放弃尊严去追捧。

茶几上放着一本书,初夏坐下后就开始看了起来。有人过来攀谈,初夏将书放到一旁,攀谈的人走了,初夏继续静静地读。

赵秦走进来,视线无聊地扫视一圈,不由得被那边美得发光的初夏吸引住了。这幅场景就像一帧转瞬即逝的电影画面,赵秦忍不住拿出手机,先拍了一张。与认识的宾客打过招呼,赵秦端起一杯红酒,嘴角绽开一个迷人的微笑,朝初夏走去。

他坐在初夏旁边,没有急着搭讪,而是先靠着沙发优哉游哉地四处看看,然后再像才注意到身边有女孩在看书一样,将红酒放到茶几上,朝初夏手中的书看去。

初夏笑了笑,露出封面给他,是本历史人物传记。

赵秦轻嗤道:"一看就是老钱摆出来装文化人的。"

在今天的众多搭讪者中,他的开场白最新颖。

初夏都不知道该怎么接了。

赵秦笑着朝她一伸手:"我是赵秦,奉家里老爷子命过来给老钱贺喜,美女是?"

初夏与他握了下说:"我叫许初夏,陪我妈妈过来喝喜酒。"

赵秦抬起头,想看看美女的妈妈他认识不认识。

初夏帮忙指了指。

赵秦不认识，但廖红的气质与美丽让他十分欣赏。

"我要是来跟你相亲的，就凭阿姨的状态，我都娶定你了。"赵秦语气认真地说。

初夏微笑。

赵秦在她身边坐了十分钟左右，走了。他另外找个安静的角落，给韩烈发消息：如我所料，好无聊。

韩烈看见了，没回。

赵秦需要陪聊，自己吸引不了聊天对象，他将刚刚拍的美人照片发了过去：这个怎么样？

韩烈拿着纸笔，正在设计奶茶店的 logo。

瞥见赵秦发了图片过来，韩烈随手点开，又随随便便地瞄了眼照片。照片中的红裙女孩微微低着头看书，只露出一张美得发光的侧脸。

韩烈一下子从慵懒靠着沙发的姿势，改成坐姿。

再看那照片，初夏一双纤细匀称的小腿完全露在外面，露肩礼服让她雪白美丽的肩颈一览无余。

"靠！"

韩烈与初夏谈恋爱的时候，都没见过她穿裙子！

聊天框又跳出了一张照片。

赵秦：这是她妈妈，有其母必有其女。想想她老了也会这么美，你心动不心动？

韩烈认出廖红后，便将廖红的照片删除了。本来还想冲过去找初夏的，知道廖红也在后，韩烈顿时不冲动了。

他问赵秦：怎么，你看上她了？

与此同时，韩烈已经在心里编辑了一条警告随时准备发过去，警告姓赵的趁早死心。

赵秦却非常失望地回了一条：没，美是美，太木了，没意思。

韩烈呵呵一笑，回了句：是你魅力不够。

韩烈损他魅力不够，赵秦嘲了回去：你行你过来，你能在她面前坚持三十分钟，我转你三十万。

韩烈滑动屏幕，盯着照片中的初夏。他能在初夏面前坚持多久？

初夏真的很喜欢看书。韩烈为了追她，跟着初夏去过图书馆。不过他魅力很够，是初夏在他面前静不下心看书。

走了会儿神，韩烈回赵秦：三十万羞辱谁？

赵秦：有种你来，输了我愿意让你甩三十万羞辱。

韩烈摸了下鼻子。

说实话，他还真想试试自己在初夏眼里的魅力减没减，但不是今天。

韩烈回道：不去，老子忙着呢，别烦我。

赵秦没再回复了。

韩烈将初夏的照片保存到手机，保存好了继续看。

看着看着，韩烈突然放下手机，捞起了沙发上的记事本与铅笔。

他在设计奶茶店的logo，脚下散落的纸张上全是他不满意的作品，但初夏的红裙子给了韩烈灵感。

很少有人知道，韩烈喜欢画简笔画，三季酒店的logo以及他的名片，全是他自己设计的。

没有灵感的时候，可能三天三夜也画不出好作品，此刻灵感充沛，韩烈只用了三分钟。修修改改，韩烈撕掉这张涂抹混乱的草稿，在新的一页上重新画了一张。

设计好了，韩烈靠到沙发上，伸了一个大大的懒腰。

下午两点多，老钱的婚宴结束了。初夏穿着细细的高跟鞋，陪着妈妈与熟人们道别。

终于可以上车了，初夏选择坐在后排，坐好了便将高跟鞋脱下来，解放双脚。

廖红笑着问女儿："我看你跟几个帅哥在一起聊天了，怎么样，有谈得来的吗?"

初夏系上安全带,疲惫地靠着椅背说:"还可以吧,加了几个微信。"

廖红挑挑眉毛:"跟妈妈说说,都有谁?"

初夏打开手机,最上面五个聊天框都是今天新加的,两个年龄相近的女孩,三位男士。这些人廖红都认识。

"冯传鑫。"

"他啊,我记得他好像有未婚妻了。"

初夏默默地在冯传鑫的备注里加上"有未婚妻"的后缀。

"郭洛。"

"郭洛?他才十九吧,跑去加你的微信做什么?"

初夏:"……"

她真没看出来这位郭洛才十九岁,他长了一张国字脸,声音也低沉,初夏一直把他当三十岁看的。

经妈妈提醒,初夏给郭洛的备注里加上了"小七岁"的后缀。

"赵秦。"

"这人很有钱,也很花心。"

初夏懂了,给赵秦的备注添加上"花花公子"。

还有两个女孩,廖红简单地评价了下,都是可以交往的,前提是人家能想起来叫上初夏一起玩。

一场婚宴女儿收获不多,廖红有点失望,但情况基本在她的预料之中。这种级别的豪门宴请,年轻的男人们少有专情的,廖红只是带女儿出来见见世面,没有从顶级富二代里挑女婿的打算。廖红非常了解自己的女儿,她觉得,女儿比较适合那种小有身家,但又成熟稳重的知性男人。

"回家吃晚饭吧?"开出别墅区,廖红看眼后面问。

初夏摇摇头说:"不了,直接去锦绣花城吧,晚上懒得跑了。"

廖红没有坚持。

外来车辆进入小区需要登记,初夏让妈妈直接将车停在锦绣花城的南门,她穿好高跟鞋,提起遮阳伞下了车。

廖红隔着车窗叮嘱女儿:"记得自己做饭,别总叫外卖,外面的东西不干净,小心吃出胃病!"

初夏撑着浅蓝色的伞,笑着朝妈妈挥手。廖红瞪眼女儿,开车走了。

初夏原地站了会儿,转身往里走。

从南门看,锦绣花城是一个倒着的"土"字结构,沿着南门这条主干道走出联排区,正前方就是九栋楼。但这条路会经过韩烈的边套别墅,平时初夏会换条路走,可今天她穿着细高跟,不想绕了。

这个时间,外面太阳暴晒,小区外面几乎没有人闲逛。

初夏撑着伞往前走,她留意的是韩烈的别墅附近。走着走着,身后突然传来一声熟悉的"嘿"。像那晚一样轻佻,但又带着一点不确定。

初夏攥紧了伞柄,没有回头,继续往前走。

"许初夏。"

这回对方直接叫了她的名字,而且距离拉近了很多。

初夏犹豫几秒,停下来,侧身往后看。

对面韩烈左手拎着一个物美购物袋,右手拎一袋水果,穿得还是那么休闲,白色短袖黑色运动裤。

彼此打了照面,初夏没什么表情。韩烈非常刻意地从她的脸往下看到了她的高跟鞋,又看了上来:"真是你啊?我差点没敢认。"

初夏转身就走。

韩烈大步追了上来,走到她面前,然后一边倒退着走路,一边看她。

初夏放低遮阳伞,挡住自己的脸,也挡住他的。

戏谑的笑声从伞下传进来:"害羞了?说说,穿这么漂亮,跟谁约会去了?"

初夏不理他。

她有伞,韩烈只能看到她的肩线以下。

初夏这件红礼服简约大方，胸口的风景露得恰到好处，若有若无的一点浅沟看得韩烈口干舌燥。礼服的顺滑让韩烈想到了电视上的巧克力广告，裙摆遮到了膝盖以下，只露出一双纤细白皙的小腿，踩着高跟鞋啪嗒啪嗒。

韩烈第一次看到初夏的脚面，白白净净的，十根脚指头粉粉嫩嫩的，像她一样可爱，然而可爱的女孩却不想理他。

前面就是韩烈的别墅了，他咳了咳，将两袋东西换到左手，右手贴住初夏的伞边内缘往上抬。

初夏皱眉。

韩烈一脸正经道："不逗你了，正好我也有事找你，去我那边坐坐？"

初夏刚要说"不去"，韩烈举起那袋水果，得意地道："我这两天研制了几种奶茶，你帮我试试口感。你要是说好喝，我就准备开张了。"

现在大街小巷的奶茶店越来越多了，看菜单似乎翻来覆去都是那几样。但即便是同一品牌下的分店，调制出来的奶茶也不是一个味道。

八年前，韩烈当服务员的那家奶茶店是初夏意外光顾的，但至今为止，初夏都认为那家店的奶茶最好喝。让她觉得好喝的奶茶全是韩烈调制的，分开好多年后，初夏从那里经过时又去了一次。服务员小哥早换了一拨，奶茶的味道也变了，变差了。

如果韩烈说他会调制酒品，初夏会认为他在吹牛，但韩烈的奶茶……

初夏无法否认，她馋了。

"走吧，我认识的都是大老粗，就你一个喜欢喝奶茶的，你替我把把关。"韩烈捏着她的伞边，牵着她往他家走。

初夏还在犹豫。

韩烈压低了声音说："最多耽误你一小时，如果你觉得难喝，我就不做这个了。"

初夏看眼他手里的水果袋，点点头。

韩烈笑了，松开她的伞，在前面带路。

他的别墅从外面看很漂亮，花园、草坪修剪得整整齐齐，周围一圈月季花开得繁茂。

韩烈才走到门前，里面就传来了"奶茶"急切的叫声。

门一开，"奶茶"热情地扑到了韩烈腿上。韩烈揉揉它的大脑袋，请初夏进去。"奶茶"发现初夏来了，立即抛弃了韩烈，围着初夏转圈哈气。初夏摸了摸"奶茶"柔顺发亮的毛发。

不得不说，韩烈将"奶茶"养得很好，八岁的金毛依然活力四射。

别墅里面是简欧风格的装修，处处干净整洁。初夏想起了韩烈曾经租住的出租屋。

因为他养了"奶茶"，初夏才同意去他那边看看。韩烈租的老小区，楼梯间里贴满了小广告。那样的环境让初夏很不习惯，出人预料的是，韩烈的出租屋被他收拾得很干净，颇有年代感的茶几上居然还摆了月季插花，阳台上也种了很多绿植。她想，这是一个单身又干净的奶茶小哥。

韩烈在玄关换上拖鞋，又从鞋柜里取出一双崭新的男人大拖鞋扔到她脚边说："新的。"

初夏看出来了。

她脱下高跟鞋，将一双白皙的小脚伸进了那双海蓝色的巨拖中。初夏很白，拖鞋的颜色衬得她的双足就像开在海水中的小白花。

韩烈移开视线，提着东西朝开放式厨房走去，背对着她说："你随便找个地方坐，我去弄奶茶。"

初夏站在玄关前，四处观察一圈，然后朝厨房旁边的白色吧台走去。她想看看奶茶的调制过程，就像去奶茶店买奶茶一样。

吧台中央摆了一束新鲜的红月季，应该是从外面的花园剪的。

韩烈将购物袋中的东西一一取出来，扫眼坐下来的红裙女孩，放水洗手后，背对初夏忙了起来。

他先泡了一大桶乌龙茶。泡茶需要时间，利用这个空当，韩烈连着洗了几个玻璃杯。

初夏的视线始终没有越过他的胸口，只看他挺拔清隽的身影在干净的厨房挪来挪去，看他用那双修长白皙的手清洗玻璃杯，看他仔细地擦去玻璃杯上的水迹。

"奶茶"不甘寂寞地跟着韩烈走了两圈，后来绕到初夏脚下，淘气地咬她的拖鞋。这双拖鞋太不合适，初夏穿得松，"奶茶"轻轻一叼就叼走了。

初夏用脚去抢"奶茶"嘴里的拖鞋。

韩烈举着擦干的玻璃杯走过来时，初夏还在与"奶茶"抢鞋。她低着头，披肩长发散落到脸侧，透过细细的发丝，韩烈不小心瞥见了初夏松垂的领口，以及里面泄露的皑皑雪景。

韩烈血流加速，为了避免发生鼻血事故，他将玻璃杯放到吧台上立即转了过去。

初夏终于将拖鞋抢回来了。

"奶茶"趴在她脚下，下巴贴着地，偶尔甩下大尾巴，一双黑白分明的大眼睛可无辜了。

"叼你拖鞋了？"

乌龙茶泡好了，韩烈过滤茶汁，抬头看了眼初夏。

初夏点下头，专注地看着散发出浓郁茶香的茶汁，没有发现韩烈加深的眸色。

韩烈做的第一杯是乌龙奶茶。

调制结束，他站在吧台对面，将装着乌龙奶茶的玻璃杯放到初夏面前，然后一俯身，双肘撑在吧台上，狭长的黑眸静静地看着她。他的领口几乎与初夏的视线平行，初夏去拿奶茶时，不小心瞥见了他领口里面的结实胸肌。韩烈就看见女孩忽然脸红了。

他奇怪地往下看看，明白了。真是，都二十六了，脸皮还与十八岁时一样薄。

"你先尝,我接着做。"

"嗯。"

第三章 芒种

韩烈新调的这杯乌龙奶茶,让初夏想起了八年前喝过的那个味道。

其实也记不太清了,初夏只觉得好喝,甚至比记忆中的模糊口感更让人享受。香醇的甜味儿仿佛一条欢畅的溪流沿着味蕾一路奔波到了全身各处,好喝得让眼前的一切都变得比平时更明亮,包括背对她清洗杧果的那道挺拔的身影。

韩烈的背影,初夏看得太多,记忆很深。

初夏去奶茶店时,喜欢默默地看奶茶小哥、奶茶小妹调制奶茶。她第一次去奶茶店时没有注意过韩烈的长相,但她记住他的手了,修长白皙,非常好看。那天的奶茶很好喝,第二天初夏放学后又去了那家店。

店里有一个收银员和两个奶茶小哥,两个奶茶小哥一个体形修长,一个中等个子。初夏轻易就分辨出了高个子才是昨天为她调奶茶的那个。

当时韩烈在给前面的客户调奶茶,另一个小哥要接她的单。韩烈往柜台这边看了眼,看到她,突然将手里调到一半的两杯奶茶交给了同伴。快速交接完,韩烈微笑着走到她面前,问她点了什么。

初夏这才发现,这个奶茶小哥长得很帅,那种不输娱乐圈明星的帅。

屏幕上的男明星通常都带着妆容,韩烈脸上干干净净的,飞扬挺拔的眉,狭长锐利的眼,笑起来带着点轻佻戏谑的味道,似乎在传递一种暧昧的情绪。

十八岁的初夏已经是漫画迷了，面前突然出现一个长得像漫画男主角一样的帅哥，初夏有种心脏被袭击的强烈感觉，咚咚咚的快速心跳触动了全身一系列的连锁反应。初夏脸红了，她垂下视线，重新说了一遍："乌龙奶茶，中杯。"

"收到，美女稍等。"韩烈朝她眨下左眼，笑着去调制奶茶。

初夏第一次买奶茶没有看调制奶茶，她走到一旁看手机。

奶茶好了，韩烈从柜台后面递给她，初夏接了奶茶就走了。

离开奶茶店没几步，韩烈追了出来，指着她手里的奶茶尴尬一笑道："不好意思，我记错单子给你做的是大杯，老板让我过来跟你收下差价，可以吗？"

初夏忽然想起昨天她喝的也是大杯，提出补他两份差价。

韩烈说谢谢，拿出手机让她扫码。

初夏扫码付款，付完了，韩烈没有走，高高瘦瘦的奶茶小哥，低头朝她一笑说："我看你挺投缘的，可以加个好友吗？"

他声音很好听，眼睛好像也会说话。初夏隐约意识到，他并不是单纯地想与她做普通朋友，可鬼使神差地，初夏同意了。

加了好友，韩烈与她道别。

他进店不久，初夏收到了他发来的红包，正是她买的两杯奶茶的价格。

初夏发了一个问号过去。

韩非子：那两份算我请你。

"好喝吗？"

韩烈切完柠果，回头看向初夏。

初夏从回忆中走出来，捧着玻璃杯点点头又喝了一口。

韩烈笑道："别喝太多，还有好几杯要你试。"

初夏就将手里的玻璃杯放回吧台，听话得像个小学生。

韩烈逗她说："还可以再喝一口。"

初夏移开视线，没有理会他的逗弄。

后面的一个小时，韩烈做了七八种奶茶。因为种类多，韩烈还拿了纸笔出来，列上每种奶茶的名称，要求初夏试喝完一种口味后，马上在该口味奶茶下方打分、简要评价，譬如说甜度合适不合适，加冰量对口味的影响等。

他考虑得这么仔细，看起来对创业一事激情十足，且深思熟虑。

初夏配合地打分，评价。

A4纸上的字越来越多，最上面一行是韩烈写的，龙飞凤舞有种艺术美。初夏的字清秀隽丽，整整齐齐的，像是在做高考题。

韩烈坐在她旁边，一只手搭在腿上，另一只手撑着下巴，视线在她笔尖逗留几秒，便移到了脸上。

盯着初夏看之前，韩烈还瞥了眼刚刚被他摆在吧台上用来看泡茶时间的电子表，15:55。

初夏微微低着头写评价，但余光中，看得见韩烈的脸对着她的脸。是在看她写的东西，还是在看她？初夏后知后觉地想起来，她穿的是件露肩礼服，现在韩烈坐得这么近……

"可以帮我倒杯水吗？"初夏一边写，一边客气地问。

韩烈笑了："当然可以。"

临走之前，韩烈看向电子表，15:58。

赵秦还说他在初夏面前坚持不了半小时，事实是他魅力不减当年，初夏只能坚持三分钟。

将一杯清水放到初夏面前，韩烈又去书房拿了一张纸与铅笔，回来后搬起一把椅子坐到了初夏对面。

初夏朝他看去。韩烈坐得远，薄薄的A4纸铺得平整，她看不出他在写什么。

初夏继续写自己的评价，一共八杯奶茶，她写了合计近八百字的简评。

"给。"

初夏站起来，将纸张推向韩烈，准备走了。

她在婚宴上喝了一些酒水，又在韩烈这里喝了奶茶，初夏想回家解决下生理问题。

韩烈拿着他的A4纸从吧台对面绕过来，递给她说："我设计的logo，你点评点评。"

他还会设计logo？这个技能超出了初夏对韩烈的认知，她接过A4纸，抬高些看去。

纸面上是一幅几笔勾勒出来的简笔画，穿吊带裙子的女孩坐在吧台前，双手捧着奶茶吸吸管。女孩留着蓬松的披肩发，双眼享受地眯成了两条线。明明那么简单的人物，初夏却看到了一丝她的影子，但这种漫画的感觉比真人更美好。

韩烈单手插着口袋，另一只手点在女孩的吊带裙子上："裙子会是红色的，跟你这条一样。店名我也想好了，就叫夏日奶茶。"

他的胳膊横在她眼前，他的声音从头顶传下来，直抵初夏的心。

又是眉眼似她的红裙女孩logo，又是带着"夏"字的店名，韩烈什么意思？

"谢谢你带给我的灵感。"韩烈低头朝她一笑，"等我开业赚钱了，给你发个大红包。"

初夏不需要大红包，真诚地建议他改个名字："夏日奶茶太片面了，奶茶是四季皆可的饮品……"

韩烈拒绝道："但夏日与这个logo很配，谁冬天会穿吊带裙？再说了，我记得好像有家酒店叫什么春天大酒店，也没见客人们只挑春天去那边住。你这人真是，让你帮我起名字你说不会，我好不容易开窍想了个好听的，你还泼我冷水。"

初夏听他执着于这个 logo，便开始挑剔 logo 的问题："这种图片是不是有点复杂了？ logo 用字母或汉字更简明醒目。"

韩烈挑眉道："像你那个 Yale 似的？不是我说你，那个真丑。你要是没钱请专门的设计公司，我可以帮你画一个。"

初夏明白了，韩烈不会改 logo 或店名。

"你自己的店，你喜欢就好。"初夏将他的画放到吧台上，拎起包包往门口走。

韩烈抄起画跟在她身后，金毛也吧嗒吧嗒地跟着。

"奶茶"是一只很聪明很黏人的金毛。韩烈这些年忙酒店生意，经常一出差就是好几天，养得"奶茶"格外珍惜主人在家的时候，也格外讨厌主人离开。跟着韩烈、初夏走了一会儿，看看前面的玄关，"奶茶"忽然意识到了危机：主人又要走了！

说时迟，那时快，"奶茶"突然加速，冲到前面叼起初夏的高跟鞋便往二楼跑。

初夏、韩烈："……"

"奶茶"跑得快，金色的身影转眼就消失在了二楼。

初夏扭头看韩烈。

韩烈一耸肩："老毛病，喜欢叼鞋，越急着出门的时候它越叼。你等等，我去抓它。"

说完，韩烈穿着拖鞋啪嗒啪嗒地爬楼梯去了。

初夏看看剩下的那只高跟鞋，只能站在原地等。

楼上动静不小，根据韩烈啪嗒啪嗒的跑步声，初夏推测"奶茶"也在跑。韩烈骂骂咧咧的，大概是追不上"奶茶"。

没多久，"奶茶"叼着高跟鞋沿着楼梯下来了。初夏立即跑向楼梯那边去拦截。可她脚上的拖鞋太大，才跑两步一只拖鞋就飞了出去。回头穿的工夫，"奶茶"已经蹿下楼梯，冲向了一楼宽敞无比的大客厅。

韩烈又跑了下来，去客厅逮"奶茶"。"奶茶"绕着茶几跟他转圈。

地板光滑，韩烈打了几次趔趄，气得他踢开拖鞋，光着脚追，还想越过茶几去扑"奶茶"。"奶茶"机敏地刹车再转身，又逆时针溜了。开着空调的别墅，韩烈跑出了一身汗。

"不管了，你自己想办法！"

速度不如狗，韩烈一屁股坐到沙发上，罢工了。

"奶茶"叼着高跟鞋蹲坐在斜对面，隔着茶几盯着主人看。

初夏头疼，韩烈那么拼都追不上"奶茶"，她试都不用试。

"'奶茶'过来。"初夏准备换个办法。

"奶茶"歪头看看她，一动不动。

初夏走到门前，拉开门，指着外面问"奶茶"："想不想去外面散步？"

"奶茶"尾巴一晃，立即跑了过来，还聪明地将高跟鞋放到了初夏脚边。主人抛下它不可以，带它去散步很可以！还了高跟鞋，"奶茶"还跑去老地方叼来它的遛狗绳，让初夏给它系上。

看着"奶茶"水汪汪的大眼睛，初夏不忍心毁约了。她看向还在沙发上坐着的韩烈。

韩烈懒洋洋地说："外面那么热，要遛你自己去遛。"

初夏看看时间，四点半了，紫外线指数还是五。

初夏不想穿着高跟鞋、露肩礼服在外面晒太阳，她摸摸"奶茶"的大脑袋，与韩烈商量："我先带'奶茶'去我那边，吃完晚饭再送它回来，可以吗？"

韩烈看着门边的红裙女孩，考虑了一会儿才勉勉强强同意了："行吧。不过我要出门，晚上九点左右才回来。"

初夏道："好，你回来后直接去9号楼下等我，我送'奶茶'下来。"

韩烈懒洋洋地说："OK。对了，你有空再给它洗个澡，又有阵子没洗了。"

初夏没理他，蹲下去替"奶茶"系好遛狗绳，然后一只手撑伞，另一只手牵着"奶茶"走了。

"奶茶"毫不留恋沙发上的主人，见初夏不方便关门，还体贴地抬起一只爪子，将门推了回去。

韩烈眼睁睁地看着门缝越来越小，"啪嗒"一声，关上了。

这回空荡荡的别墅只剩单身的自己，连狗也没了！

韩烈今晚确实有个应酬。

公司最近与一家床垫品牌签了供货合同，对方老板来榆城旅游，提出与韩烈一起吃顿饭。这点地主之谊，韩烈当然要尽。

出发之前，韩烈问赵秦有没有兴趣一起去。

赵秦问他："男的女的？"

韩烈："刘天衡，五十多了。"

赵秦："那算了，我晚上七点的飞机。"

言外之意，如果吃饭对象是个美女，他或许会改签。韩烈也没有说去送送什么的，直接挂了电话。

五点半，韩烈开着黑色奔驰去提前订好的酒店赴约。他与刘天衡打过交道，算是熟人，所以直接穿了一套运动装过来的。

侍者带他到包厢前，推开门，韩烈直接往里走，走了两步停下来，黑眸眯了眯。包厢里面坐着一位穿着十分清凉性感的美女。

韩烈知道自己没有走错包间，那这位美女……

"韩总是吧？我是刘婧，我爸爸在里面。"美女大大方方地站起来，指了指包厢里面的洗手间说。

韩烈挑下眉毛，走了进去。

侍者从外面带上门。

"常听我爸爸提起韩总年轻有为，今日一见，韩总比我想象的还年轻。"刘婧朝韩烈走来，伸出了手。

韩烈印象中的刘天衡长得普普通通，也可能是年纪大了再帅也帅不到哪去。但刘天衡这个女儿真的漂亮,看起来只有二十出头,但说话做事非常有女强人的范儿。

"过奖,都快三十了,算不上年轻。"韩烈没有去握刘婧的手,同时笑着给出理由,"不好意思,才从外面过来,手上都是汗。"

刘婧信他才怪。

看破不说破,刘婧笑了笑,坐在了韩烈对面。

她穿了一条性感黑裙,一坐下两条雪白修长的腿一览无余地展现在了韩烈面前。韩烈扫一眼便移开了视线。

如果赵秦在,肯定会笑话韩烈这个老童子鸡脸皮薄。只有韩烈知道,他是真的欣赏不来。也不知道从什么时候开始的,韩烈见了这些所谓的性感会影响胃口。

刘天衡从洗手间出来了,看到韩烈热情地要来个拥抱。韩烈同样以天热为借口拒绝了,鬼知道老男人刚刚在洗手间做了什么。

韩烈只想招待刘天衡,刘天衡却三句话不离他的爱女。短短十多分钟,韩烈已经非常了解刘婧的生平了。天生娇女、名校毕业、经商天才,现在在刘天衡的公司当副总。用刘天衡的话说,比刘婧聪明的女孩没有她漂亮,比刘婧漂亮的女孩没有她聪明。

韩烈一点都不买账,他觉得初夏样样都比刘婧好。他保持一个商业合作伙伴的风度,陪刘天衡父女吃了一顿晚饭。

"榆城晚上哪里好玩?小韩,你带我们去逛逛。"

"不巧,我晚上还有事。刘总需要的话,我叫个人过来。"

"算了算了,不麻烦了,我们自己随便逛逛好了。"

八点左右,韩烈开车回了锦绣花城。

他先打开电脑处理了一批邮件,忙完去卫生间冲了个澡,换上家常短袖大裤衩。韩烈顶着一头擦得乱糟糟的短发靠到沙发上,给初夏发消息。

韩非子：我回来了，你送"奶茶"过来吧。

初夏在看剧，收到消息，她看看舒舒服服地趴在茶几旁的"奶茶"，问他：不是说好你来我楼下接它？

韩非子：累了，不想动。你不想跑就把"奶茶"赶出来，它自己会回来。

或许"奶茶"真的有那么聪明，但初夏不放心。"奶茶"这么好，被人哄骗偷走怎么办？

暂停电视剧，初夏换上运动鞋，牵着"奶茶"出门。

这时已经晚上九点了，空气微凉，有些老人在并肩散步，也有年轻的夫妻带着孩子下楼玩耍，小区里反而比白天热闹。

走出九栋楼，不用初夏带路，"奶茶"直接沿着中间的主干道朝韩烈的别墅走去。真是一只聪明的金毛，她又开始考虑自己的买狗计划了。因为"奶茶"，她对金毛的了解最多，初夏也喜欢金毛。可韩烈住在这边，发现她养了金毛，会不会以为她故意跟他养一样的狗？

下个周末去宠物店看看吧，养宠物也需要缘分。

韩烈的别墅亮着，初夏走到门前，按响门铃，里面很快传来啪嗒啪嗒的拖鞋声。"奶茶"仰头朝初夏哈气，初夏就想起韩烈穿着拖鞋追奶茶追不上，还差点打滑摔跟头的滑稽画面。

门开了，初夏垂下睫毛，嘴角的笑还没有完全收起。

韩烈站在明亮的玄关灯下，看着门口的初夏。

意料之外地，她早换掉了那身露肩的红色礼服，休闲长裤将脚踝都藏得严严实实，就连上面穿的都是一件白色长袖薄衬衫，V领稍微叫人觉得凉快了点。

"你不觉得热？"韩烈接过她递来的遛狗绳，戏谑地问。

初夏怕热，但她更怕蚊子。小区里绿化好，蚊子也多。

还了"奶茶"，初夏转身跨下台阶。身后响起关门声，还有脚步声。

初夏回头。

韩烈大步跨下台阶,一只手插着口袋,另一只手牵着"奶茶"。他朝初夏笑笑说:"我溜达两圈吹吹头发,顺便送你回去。大半夜的,你一个美女比'奶茶'更容易丢。"

初夏看向他的头顶,一头短发的确是湿的,否则她都要怀疑韩烈是故意溜她。明明可以去接"奶茶",非要她来送,她送来了他又要去遛狗。

"你自己溜达吧,不用你送。"初夏往回走了。

韩烈默默地牵着狗,保持四五步的距离跟着她。

初夏看得见地上的影子,一人一狗,影子先被路灯拉长,又变短,再拉长,似曾相识的情形。

高三最后的那两个月,韩烈经常去学校门口等她放学。学校离家只有十分钟左右的路程,初夏与同小区的两个女生搭伴步行回家。

韩烈第一次去的时候,初夏很慌,怕他当着同学们的面与她打招呼。那时韩烈已经明确在追求她了,初夏虽然没答应,可看到他她会心虚。但韩烈没有叫过她。

明明是已经步入社会的奶茶小哥,他却故意挎着个单肩书包,穿着干干净净的白衬衫,看起来就像一个普通的高三生,唯一不普通的是他的脸——校草级别。

他在后面,初夏不敢回头,怕两个同学看出她与韩烈认识。直到跨进小区,初夏才会在刷门禁卡的时候往后看一眼。韩烈就站在马路对面,她回头的时候,他笑笑,一边从口袋里拿出手机,一边转身。

不出一分钟,初夏会收到他的消息。

韩非子:早点睡,不许熬夜做题。

九栋楼到了,初夏一步步跨上台阶。她不知道韩烈走了没,也没有回头看。

坐电梯上了楼,初夏鬼使神差地去了主卧的阳台。主卧没有开灯,初夏隐在黑暗中,朝楼下看去。

楼下没有人，主干道上，有个身形修长挺拔的男人牵着一只金毛，穿着拖鞋啪嗒啪嗒地走着。他背对着初夏，拿着手机。就在他放下手机的时候，初夏收到了一条微信消息。心跳乱了一拍，初夏拿出手机。

妈妈廖红发来的，提醒她早点睡觉，不许熬夜。

初夏笑了，真的可以这么巧。就像她从来没想过，隔了八年，她还会再遇见韩烈。

周一早上初夏去了公司，十点钟左右，她出发去机场接安德森夫妻。

安德森先生与安德森太太住在纽约，平均年龄六十多岁了。去年夫妻俩去北京旅游，初夏陪译了三天，夫妻俩对她很满意。他们这次来榆城前早早与初夏打过招呼，初夏也答应亲自做导游了。榆城是她的家乡，初夏对这里的所有景点了如指掌。

她提前半小时到达机场。

安德森夫妻居然还带了一个金发碧眼的小男孩过来，是他们的孙子，叫丹尼斯。丹尼斯六岁了，出了机场后东看西看，对中国的一切充满了好奇。

安德森太太对带孙子出游这件事似乎真的很烦恼，一路都在向初夏吐槽她的儿子。丹尼斯的爸爸是个工作狂，最近与老婆在闹离婚，两人吵得不可开交，将丹尼斯丢给了他们，让老夫妻俩必须带上孙子来旅游。小孩子太淘气，照顾起来很累。与忧愁的安德森太太相比，安德森先生风趣幽默好脾气，也更愿意包容丹尼斯的种种小问题。

下午安德森一家要在酒店休息，初夏将他们送到预订的酒店，约好五点再过来陪同他们游玩。别看安德森夫妻年纪大了，但二老身体健康、游兴十足，在榆城繁华的商业街一直玩到十点，才结束了今天的行程。

初夏将他们送回酒店，直接打车回锦绣花城。

经过韩烈的别墅时，二楼的方向传来一声"嘿"。初夏仰头。

韩烈惬意懒散地撑在阳台的护栏上，手里夹着半截香烟，他穿着一套睡袍，腰带松松地系着，露出大片结实的胸膛。因为初夏站得低，这个角度还能清清楚楚地看见韩烈睡袍下的两条大长腿，幸好他里面穿了条四角内裤，不然初夏要长针眼了。

韩烈吐了一口烟圈，微眯着眸子问她："这么晚才回来，约会去了？"

初夏明早还要去陪安德森一家爬山、逛寺庙，回家洗个澡就要睡觉，没时间陪他闲聊。她继续往前走。韩烈继续撑着护栏，看着初夏进了九栋楼，他才折回房间。

第二天早上，他起床去晨跑。他本就有晨跑的习惯，搬进锦绣花城后，跑得更有动力。他已经摸清了初夏的上班时间，晨跑时并没有想着与初夏偶遇什么的，不过早上跑到九栋楼下，初夏竟然出现了，还穿了一套白色的运动装。

"奶茶"最先朝初夏奔去。

初夏这才注意到韩烈，他似乎跑了很久了，黑色短袖的胸口处湿了一片，英俊的脸庞上汗光点点，在晨光中闪闪发亮。平时的韩烈懒散随意，此时的他充满了成熟雄性的荷尔蒙气息。

初夏迅速收回视线，揉揉"奶茶"的大脑袋，要走了。

韩烈直接拐个弯，跑在她身边。

"起这么早，去哪儿啊？"

"陪客户爬山。"

"老外？"

"嗯。"

"男的女的？"

"都有。"

"爬山不去五岳，来咱们榆城做什么？"

"……"

不怪韩烈瞧不起榆城的山，榆城一带最高的山峰海拔才五百多米。如果说五岳是国内旅游业山峰类的顶级流量，榆城最有名的山，充其量只能算作三线小明星。但榆城山清水秀，风景优美，来榆城爬山得到的不是身体极限的挑战，而是置身于山林远离闹市的悠闲享受。

安德森夫妻年纪大了，还带着六岁的孙子丹尼斯，榆城的矮山正适合他们。

初夏没有像大多数导游那样，硬塞一些外宾未必感兴趣的历史记载给安德森一家，她发现安德森夫妻对沿途的花草树木更感兴趣。除了介绍树木品种，她还讲了很多树木类的相关趣事，比如说哪些树适合做家具，哪些树常用于园林造景。

爬山路上遇到两位卖饮料、黄瓜的本地老农，安德森夫妻非常惊讶，他们更习惯正经的景点超市。初夏顺便普及了国内的便捷支付系统，以前路边摊都收零钱，现在也改成扫码支付了。金发碧眼的丹尼斯买了两根黄瓜，吃得津津有味。

在山上逗留了两小时，九点半，初夏领着三人前往附近的名刹古寺。

进寺需要门票。初夏让安德森一家在树荫下等，她排队去买票。在队伍里站了一会儿，忽然听到有人喊"韩烈"，她不禁朝后看去。

隔了二十多米的距离，她真看到了韩烈。

他穿了一身休闲装，头上戴着网球帽。就在初夏发现他的时候，韩烈转了过去，在他对面，一个打扮得超级有气质、长得也很漂亮的年轻女孩，笑容甜美地走到了韩烈身边。韩烈太高了，女孩仰着头看他，眼睛里像落了星光。韩烈也在笑，两人不知聊了什么，韩烈陪着女孩朝相反的方向走了。

俊男美女相约旅游胜地，又是相亲吗？还是早就定了恋爱关系的男女朋友？初夏收回视线，安静地站在队伍中。

买到票，初夏与安德森一家重新会合，一起进了这座历史悠久的千年古刹。

寺里飘着令人心神安宁的香火味儿，初夏一边留意淘气的丹尼斯别走丢了，一边微笑着给安德森夫妻讲解国内的礼佛文化。她的心是静的。

韩烈想吐血。

榆城最有名的山便位于这座古刹旁边，韩烈分析过后，觉得初夏会来古刹的概率能达到80%。所以韩烈去公司开了一次会，会议结束后他便自驾来了这边。在售票点附近等了半小时，初夏真的出现了。

韩烈计划在买票时与初夏"偶遇"，然后顺理成章地跟在老外一家后面"蹭导游"。万万没想到，他还没有与初夏打招呼，竟然真的偶遇了一个人，刘天衡的女儿，前晚他在饭局上认识的富家大小姐刘婧。

韩烈知道初夏看见他了，但他必须带刘婧离开，否则他纠缠初夏，刘婧纠缠他，他的拆迁暴发户身份容易被拆穿。

"你经常来这边爬山吗？"刘婧笑着问身边的俊美男人。其实那晚她已经看出韩烈对自己没有兴趣，也已经死心了。可今天两人在景点偶遇，刘婧忽然又看到了希望，也许这就是她与韩烈的缘分。

韩烈心不在焉，回头看看，初夏与老外一家已经进了寺。

"偶尔。"韩烈拿出手机，随便翻翻微信，朝刘婧道歉道，"不好意思，我得回趟公司，刘小姐自己逛吧。"

刘婧保持微笑："好的。"

韩烈转身往回走，直接去了停车场。

刘婧看着男人挺拔的背影，皱了下眉。先是热情地推荐她去爬旁边的山峰，现在又毫不犹豫地丢下自己离开，韩烈到底是什么意思？

初夏一行人在寺里逛了一个多小时，十一点多走出来，准备回市区吃饭。景点外有专门供游客打车的站台，初夏刚要打车，一辆黑色奔驰停在了她面前。

车窗放下，韩烈坐在驾驶位歪头朝她一笑说："回市区？正好我也要回去了,捎你们一程。"

初夏下意识地看向他的后座,空空的,没有人。

"不用了,我已经打车了。"初夏客气地说。

韩烈不相信地说:"手机刚拿出来,哄谁呢?少废话,上车。"

说完,韩烈朝安德森夫妻挥挥手,自我介绍说他是初夏的男朋友,今天专程来给女朋友当司机。这几句英语并不难,韩烈的发音也意外地清晰标准。

韩烈长得帅,还不要脸,笑得十分自然,仿佛他真的是初夏的男朋友。拆迁暴发户的身份,也让韩烈身上多了股成功男人的味道。

在安德森夫妻看来,韩烈是个又帅又有魅力的男朋友。

安德森太太第一个向初夏表示了她对韩烈的欣赏,夸赞初夏有眼光,两个人很般配。

初夏不想解释太多,免得坏了安德森夫妻的好心情。这种情况下,她只能配合韩烈的表演。

后排正好坐安德森一家,初夏坐到了副驾驶座。大家系好安全带,黑色奔驰出发了。

安德森太太对韩烈很感兴趣,上车后便与韩烈聊了起来,问他做什么工作的,今天不用上班吗。

初夏正要替安德森太太翻译成中文,韩烈直接用英语聊了起来,好在还算流利,只是吹得太厉害,居然说自己是个律师。

初夏变成了听客,听韩烈一边开车一边吹牛。不过,韩烈流利的口语让初夏感到意外。

初夏仔细回忆她以前对韩烈的了解,忽然发现她对韩烈几乎没有什么了解。高三下学期韩烈不温不火地追了她两个月,其间两人微信里聊得最多的是小金毛,没有聊过任何关于彼此家庭的话题。高考结束,初夏与韩烈才偷偷地恋爱了一个多月,就被妈妈发现然后无疾而终了。

那短短的一个多月,除了韩烈的外表与他在她面前表现出来的部分性格。至于其他的，初夏只知道韩烈高中没毕业就辍学了，知道他会调好喝的奶茶，知道他喜欢干净喜欢养花，剩下的，她一无所知。

如今，她见识过他画的简笔画，又听到了他流利的英语口语。或许，韩烈高中退学前学习也还不错？经历过拆迁后韩烈自学了英语？

"想什么呢？"韩烈突然说出口的中文，拉回了初夏的思绪。

初夏看看他，说："你口语不错。"

韩烈笑："那当然，从小到大我都是英语课代表。如果我没有退学，也能考上你那学校。"

他吹得那么自然，初夏都难以分辨他说的是真是假。

前面红灯，韩烈停在堵车的车队后面，朝初夏眨了下眼睛说："他们邀请我中午一起吃饭，我已经同意了。"

初夏皱眉，她竟然漏掉了这段对话？

"喝口水。"韩烈递了一瓶矿泉水过来。

初夏包里有水，接过来问安德森一家需不需要。丹尼斯接了过去。

安德森太太又向初夏夸韩烈，夸韩烈长得太帅了，还说这么高大的男人在中国不是很常见。韩烈毫不谦虚地笑。

初夏不知道该说什么，外国不流行故意贬低身边正接受夸赞的人。但让她跟着夸韩烈，她也不想让韩烈更得意。

丹尼斯突然看着初夏说："你好像并不喜欢你的男朋友。"

韩烈嘴角的笑终于凝固了。

初夏笑了，问小男孩："为什么这么说？"

丹尼斯有一双善于发现的眼睛："第一，上车后都是他主动与你说话，你都没怎么看他；第二，他递水给你的时候，你很小心地没有碰到他的手；第三，如果你真的爱他，他翘班来接你，你一定很感动，上车后会给他一个热情的吻。"

初夏真没想到，一个小男孩竟能看出这么多。安德森夫妻似乎也终于注意到初夏与韩烈之间的异常了。

韩烈大大方方地解释，说他与初夏是通过长辈们安排的相亲认识的。虽然目前已经确定了恋爱关系，但感情还不深，他还在积极表现，希望能早日得到初夏毫无保留的爱。

这次的解释韩烈在几个表达上结巴了下，还是安德森先生根据语意帮他选的词汇。解释完了，安德森先生、安德森太太都表示理解。

金发碧眼的情感小专家丹尼斯再次发言："我觉得很难。"

韩烈一本正经地问："为什么？"

丹尼斯道："你的英语太差了。"

韩烈、安德森先生、安德森太太都笑了起来。初夏也忍不住看向另一边的窗外。

好在，了解初夏还没有完全接受韩烈后，安德森太太不再疯狂夸韩烈，开始反向夸赞初夏，鼓励韩烈继续努力。人多聊得热闹，不知不觉，奔驰开进了目的地餐厅所在的地下车库。

餐厅是初夏精挑细选后推荐给安德森夫妻的，在榆城市内本地菜餐厅中排名第一。初夏预订的是四至六人的中桌，正好便宜了韩烈。

点菜时韩烈提出由他做东，各种招牌菜都点了一通。安德森夫妻以为韩烈想在初夏面前表现他的经济实力，便没有坚持付账。

韩烈不愧是当过奶茶小哥的人，很会招待客人，饭桌上他完全抢了初夏的活儿，让安德森一家享受了一顿美味又愉快的午饭。

下午，安德森一家留在酒店休息，韩烈开车将他们送到酒店。初夏想下车，安德森先生按住了她。

目送一家人进去了，韩烈终于收起笑，朝初夏解释："那女的是我以前的相亲对象，我对她没兴趣。不过碍于是亲戚介绍的，今天偶遇我也不能一点面子都不给她，陪她逛了几分钟我就下山了，你别误会。"

初夏偏头看向他问："我误会什么？"

初夏有一双清澈明净的眼睛，韩烈第一次见她，她的眼中便如一泓静静流淌的泉水，无忧无虑，也没有过多的情绪。现在，她又用这种眼神看他了。

韩烈搭在方向盘上的左手攥了攥,笑了,看着她道:"误会我既想追你,又与别人不清不楚。"

初夏长长的睫毛垂下去,过了几秒,她一边解开安全带,一边说:"我没那么想。"

韩烈喉头一滚,探身抓住她的手腕问:"没怎么想?没误会我去那边是想追你,还是没误会我有别人?"

安全带解开了,初夏的手却被韩烈攥住了。

他穿了件黑色衬衫,现在袖口挽到了肘部上方,露出一截紧实的手臂。他的手还是像记忆中那么修长,白皙的指节分明有力,紧紧地攥着她。

初夏没有动,她思考了下刚刚两人的对话。

韩烈问她有没有"误会我既想追你,又与别人不清不楚"。前者初夏真没那么自作多情,后者她是误会了下。但韩烈不想承认与那个女孩的关系,初夏也无意深究真假,便答道:"我没那么想。"

韩烈却追问她:"没怎么想?没误会我去那边是想追你,还是没误会我有别人?"

……

他的第二个问题,不就是第一个问题的否定疑问形式吗?有什么区别?

初夏只好又回答了一次:"都没有,都没有误会。"她说话的时候,睫毛静静地垂着,都不愿意看他。

韩烈忽然很烦躁。什么是误会,什么是事实,绕来绕去,他也要被她绕进去了。

"我走了。"初夏推开他的手,带上包包下了车。

韩烈歪着上半身,看着她头也不回地混入过往的路人。这么热的天,如果没有足够的理由,他闲得蛋疼要去景点烧香拜佛?

人走远了,韩烈的思路突然顺了。他刚刚想告诉她的是,他跑过去就是为了追她,所以她不该"误会"他跑过去是为了追她。如果初夏没有"误会",就意味着她看出他的心意了。

可初夏人都走了,走得那么平静,说明她还是误会了啊!

初夏打车回了锦绣花城。

在外面晒了半天,初夏上楼后拉上窗帘,然后直奔卫生间洗澡。花洒落下来的水温柔舒适,初夏闭着眼睛,脑海里突然冒出韩烈与漂亮女孩说说笑笑并肩离开的画面。

韩烈的桃花运一直都很旺。

他假装高中生送她放学的时候,与她同行的女孩子都喜欢偷看韩烈。有次约会,初夏去奶茶店等他下班,竟然还撞见过一个女生主动求加韩烈好友。虽然韩烈拒绝了,并明确表示他已经有了女朋友,那个女生还是站在柜台前缠了他好久。

八年后重逢,韩烈对她提过两次相亲经历了。重逢才多久,按照这个频率,过去的八年,韩烈不定谈过多少次恋爱呢。当年妈妈为了让她心甘情愿与韩烈分手,给她讲了很多道理。除了说明两人学历造成的交流、社交问题,妈妈还问了她一个问题。

"就算你们没有分手,就算他追随你去了北京,你们不用面临异地恋的问题。可你在学校里读书,他在外面打工,一周可能只有周末能见面,妈妈相信你不会背着他与别的男生暧昧,可他那样的长相与性格,去了北京少不了有女孩子喜欢他,你能确定他不会因为自卑或寂寞与别人暧昧甚至出轨?"

初夏不知道,她第一次谈恋爱,没有想那么多。

妈妈提醒她说:"想想他是如何追到你的,初遇之前他根本不了解你,还不是看你漂亮才追的?追到了他占了便宜,追不到他也没有任何损失。他的操作那么熟练,在你之前肯定也这样搭讪过别人,这样的人,他会一直清心寡欲地守着你?"

因为对韩烈不够了解,也因为妈妈分析得那么理智现实,初夏与韩烈分手了。是她甩的韩烈,想到韩烈会因此难过消沉,初夏真的愧疚过。但看韩烈相亲相得那么频繁,他应该也没有难过多久吧?

今天景点的那个女孩,怎么看都像是与韩烈约好了的,不是女朋友就是新的相亲对象。韩烈非要纠缠她解释清楚,更有可能是花花公子游戏人间。

初夏一边洗澡,一边反思了自己的问题。发现与韩烈住在一个小区,她马上决定绕路走,为的就是不再与韩烈产生任何交集。可当韩烈找上来,她因为各种原因,并没有坚定地与他保持距离。

洗完澡,初夏拿起手机,拉黑了韩烈的手机号与微信。她觉得两人不适合做朋友。

恋人的话,如果韩烈想专一地追求她,因为那些现实的因素,她也不会答应。如果韩烈想脚踏两条船,那她拉黑他就更正确了。

下午韩烈一直都在公司。

方跃是他的助理,有文件需要他签字。方跃拿着文件过来,走到办公室前,透过玻璃,看见他们向来敬业的老大居然躺在黑色的真皮沙发上,脸上盖着一本杂志。

这是睡着了,还是在想事情?方跃敲了敲门。

盖着杂志如同死尸的老板一动不动,方跃忽然有点担心,这年代猝死的精英人士还挺多的。方跃又敲了三下。

老板终于动了,拿下脸上的杂志朝他看来。方跃呼了口气,推门进去。

韩烈面无表情地签了字。

方跃从没见过老板这副失恋样,收好文件,他忍不住关心地问:"老大,你怎么了?"

韩烈瞟他一眼道："有空管我，你很闲？"

方跃不闲，抱着文件告辞！

韩烈靠回沙发，狭长的眸子看向落地窗外。

当年他是怎么追到初夏的？

其实都没花什么复杂的心思追，就算初夏不愿意承认，她与那些非学霸的高中女孩一样，都是颜控，他的脸就让她无法拒绝。之所以耗费那么长时间才确定恋爱关系，是他不想耽误她的学业，故意等她高考之后才出的手。

那是个下着小雨的星期二。

韩烈翘了班，下午两点多给她发消息，说"奶茶"跑出去了，希望她过来帮忙找。单纯的初夏果然来了他的小区。

韩烈站在小区门口接她，故意没有撑伞，装作一直在找的样子。他头发淋湿了，白衬衫也贴在身上，初夏信以为真。两人分头寻找。

其实是韩烈提前将"奶茶"交给了小区里的一位保洁阿姨，韩烈曾经帮过阿姨的忙，后来见面都会打招呼。初夏很快就发现了把"奶茶"当失物代为看管的保洁阿姨，从阿姨手中接回"奶茶"，初夏就通知他过来。

十八岁的初夏扎着一条清爽的马尾辫，一只手撑伞，另一只手抱着奶茶站在路旁，又乖又单纯。她将"奶茶"交给他，还严肃地教训他："以后小心点，别再弄丢了。"

韩烈笑着保证："一定一定，你帮了我大忙，说吧，想要什么谢礼。"

初夏什么都不要，撑着伞就走。

韩烈抱着"奶茶"挤到了她伞下。

初夏善良，虽然脸红了，但没有走开，也不知道是给他面子，还是给"奶茶"面子。

韩烈当然不能让初夏撑伞，将"奶茶"交给初夏，他高高举起伞。

小雨淅淅沥沥，工作的人在公司，孩子们在学校，小区外面几乎没有路人。

韩烈逗初夏说:"你说咱们这样,像不像情侣?"

初夏看向一旁,人也往外面走了走。

韩烈举着伞移过去,看着她红红的脸说:"要不这样,你帮我找到'奶茶',我无以回报,以身相许如何?"

他低着头,俊美的脸正对着初夏,笑得那么好看又那么坏。初夏耳根都红了,还有点生气吧,不顾下着雨,抱着"奶茶"想跑出去。

韩烈一把将人抱住了。

她撞到他怀里,太慌了,手一松,"奶茶"从两人中间掉了下去。韩烈与初夏同时反应过来去接,结果两人额头撞了额头,反倒是"奶茶"掉在韩烈及时抬起来的腿上得到缓冲,平平安安地落了地。小家伙还挺委屈,汪汪汪地朝他叫。

韩烈笑着看向初夏,她抢过伞就往前跑。韩烈追了上去。

初夏听到他的脚步声,回头看看,指着他后面一瞪他说:"'奶茶'又要跑了,你快去抓回来!"

韩烈往后一看,还没养太熟的"奶茶",果然好奇地去探索小区了。他假装不在意,看着初夏道:"女朋友都跑了,我还养它做什么?"

初夏说:"我不是你女朋友,你快去找'奶茶'。"

韩烈双手插进口袋,语气懒散地说:"既然不是我女朋友,你管我的狗?"

初夏生气了,转身往小区外面走。

韩烈靠到旁边的香樟树下,黑眸盯着她的背影。

初夏走出一段距离,不放心地回头,发现他是真的不准备管"奶茶"了。而"奶茶"沿着小区道路溜达得开心,随时可能会拐个弯消失在他们的视野,她先着急了,绷着脸去抓"奶茶"。

"奶茶"就像一个被家长关在家里多日,终于可以出来浪的淘气孩子,见初夏要抓它,小家伙迈开四条腿跑得飞快。幸好那时候韩烈跑得更快,轻轻松松地拿下了撒欢的小"奶茶"。

他抱着"奶茶"走回初夏身边,笑着向生气的女孩保证:"只要你答应做我女朋友,我保证会养好这条狗。"

初夏没笑,她还在生气。

韩烈厚着脸皮去抓她的右手,初夏躲开了,他就去抓她撑伞的左手。

"放开。"初夏红了脸,又像做贼一样左看右看。

韩烈眸色深沉,低声与她商量道:"你答应我,我马上放。"

初夏抿着嘴。

两人在路边僵持,刚刚替韩烈看奶茶的清洁阿姨,忽然从远处朝这边走来了。

韩烈朝初夏挑了下眉毛。

才高中毕业的乖学生很急,不想让阿姨看见他们这样,又不想屈服。还是韩烈心软,松开手退到了伞外。雨有点大了,他全身上下没有一处干的地方。

他抱着同样可怜的奶茶,最后问初夏:"我喜欢你,如果你也喜欢我,就站着别动,我自己过去。"

初夏立即将伞放低了,但她没有走。

韩烈笑着钻到她伞下,揉了揉她的头。

回忆叫人甜也叫人苦,韩烈打开手机,天气预报说从周四开始,未来一周都下雨。

那就周末吧,她不上班。追人也需要气氛,韩烈愿意等。

终于等到周末,果然是雨天。

"奶茶"趴在清凉的地板上,黑白分明的大眼睛半睁半眯地盯着他。养狗三千日,韩烈用得毫不心虚。

他编辑好消息,再三斟酌后,点击发送。

"嗡"的一声,消息发送成功。然而系统秒速提醒他,他被拒收了。

韩烈:"……"

第四章 夏至

初夏回春江苑陪爸爸妈妈了。

一直住在家里,父母与子女多多少少都会闹些小矛盾。但一家人只在周末聚聚共享天伦,互相交流上一周的生活工作,初夏还是很喜欢这样的生活节奏。

昨晚她就回来了,爸爸妈妈做了一桌她爱吃的菜。早上初夏睡到自然醒,厨房还有香喷喷的海鲜粥等着她。她吃饭的时候,爸爸许瑞安坐在沙发上看报纸,妈妈廖红拿着手机坐在她旁边,好像在与朋友聊天。

窗外小雨淅淅沥沥,家里的氛围安宁温馨。

吃完了,初夏站起来准备收拾碗筷。

廖红立即放下手机,笑着端走初夏的碗筷说:"我来吧,你去沙发上陪你爸。"

家里有洗碗机,妈妈只是帮她将碗筷放进去,谈不上辛苦,初夏便去沙发上坐着了。她靠到爸爸身边,跟着一起看报纸。

许瑞安瞄眼厨房,悄悄提醒女儿:"你妈妈要安排你相亲了。"

初夏:"……"

她终于也到了必须相亲的年纪了吗?

二十六岁,一个不算老,但也不是多么年轻的年纪。

初夏不是单身主义者，如果遇到合适的男人，她愿意走进婚姻生活，生个可爱的宝宝，像爸爸妈妈照顾她这样，将一个小宝宝照顾大。初夏长在一个美满的家庭中，她也想将这份美满延续下去。

想组建家庭，首先要有个男朋友。

考虑到她的性格，初夏觉得自由恋爱这条路子可能不太适合她，她不会主动搭讪男士，主动搭讪她的男士倒是年年都有，但很多人聊着聊着就自己消失了。她能接触到的男士们，只喜欢她颜值的受不了她天天泡在图书馆或不擅长聊天；既喜欢她颜值又愿意陪她泡图书馆的那批追求者中，一部分颜值不符合初夏的要求，一部分性格无法令她欣赏。

相亲的话，初夏相信妈妈的眼光。那么宝贝她的妈妈，不会随随便便塞一个糟糕的相亲对象给她。

廖红将碗筷放进洗碗机的工夫，初夏已经做好了去相亲的心理准备。

廖红洗完手擦干，又洗了一盘葡萄端过来，放到了茶几上。

许瑞安捏了一颗，一边吃一边看报纸，仿佛他并没有给女儿通风报信。初夏也捏了一颗葡萄。

廖红看着女儿乖乖的样子，直接开门见山了："初夏啊，妈妈有个朋友非常喜欢你，想介绍她的外甥给你，你看你有没有兴趣？人家把照片都给我发过来了，是个博士，在海药上班，今年三十岁，长得挺帅的，跟你一样是学霸，没时间谈恋爱，所以才耽误到现在。"

海药是有名的制药企业，这位博士的工资肯定不俗。妈妈能推荐给她，大概也很清楚对方的家庭经济情况。

"我看看照片。"初夏是个颜控，颜控不一定非要找超级帅哥当男朋友，但如果男方的颜值连她的接受底线都达不到，初夏不会因为妈妈满意便勉强自己。

廖红当然不会给自己找个丑女婿，她颇有信心地翻出了早就准备好的博士照片。

初夏接过妈妈的手机。

是张没有经过任何美颜加工的生活照,照片里的男博士站在类似公园的背景中,穿着深色的牛仔裤与格子衬衫,高高瘦瘦的,戴着眼镜,很斯文的感觉。男博士的五官虽不像娱乐圈的明星一样让人惊艳,但的确算得上帅气,是那种耐看型的。

初夏觉得还行,至少看到这张照片,她愿意进一步了解对方。

"帅吧?你爸也说不错呢。"廖红见女儿没有一口否决,开始夸起来了。

许瑞安翻页报纸,强调道:"我说的是还行,距离不错还差了点。"

廖红道:"好像你自己多帅似的。"

许瑞安挑了下眉毛,他不帅吗?如果他换张脸,当年被他切了阑尾的漂亮病人,会主动要他的电话?

廖红就是那个漂亮病人,她瞪一眼老公,继续问女儿:"怎么样?你要是觉得还行,妈妈就把你的微信给那边,你们俩自己谈。"

初夏微信好友列表已经很长了,不介意再多加一个。

做决定之前,初夏脑海里掠过了韩烈的影子。

"给吧。"

初恋只是初恋,重逢让八年前的记忆鲜活了起来,但八年前不合适,现在依然不合适。

初夏回了房间。

妈妈把男博士的名字发给她几分钟后,一个新的好友申请跳了出来。男博士叫齐皓,新好友昵称就是齐皓,头像是妈妈给她看过的那张格子衬衫照片。

初夏同意了申请。

齐皓:初夏是吗?你好,我是齐皓,不知道方不方便直接叫你初夏。

初夏:方便的。我妈妈跟我夸了你很多,她很欣赏你。

齐皓发了一个擦汗的表情包过来。

跟着是文字：长辈们都这样，其实我只是比别人多读了两年书，现在干一份死工作，没什么可骄傲的。倒是你，听说你已经自己创业开公司了，真厉害！

初夏复制他的擦汗表情包发过去：翻译小公司，你应该懂的，没什么赚头，比替人打工强点。

齐皓：哈哈，话说你看过我照片了吗？

初夏：嗯。你呢？

齐皓：看过了，很漂亮，我都不敢相信你这样的美女也要相亲。

初夏：我性格很闷的，朋友都很少。

齐皓：我也差不多，从小到大都是别人口中的书呆子。

初夏看着这条消息，正在考虑要发什么，齐皓突然问她：打字太慢，可以视频吗？

初夏愣了愣，看眼关着的房门，她调低手机音量，从床上改坐到飘窗上，然后回了：可以的。

齐皓真的发了视频邀请过来。

初夏第一次相亲，还有点小紧张。

视频接通了，屏幕上多出一张男人的脸，戴着眼镜的齐皓与照片中的形象差不多，坐在沙发上，斯文小帅。初夏礼貌地笑了下。

镜头中的女孩文静清纯又漂亮，齐皓挠了下头，突然结束了视频。

初夏："……"

这是什么意思？妈妈发给对方的是她的照骗？现在看到真人不满意了？

齐皓很快发了解释过来：不好意思，看到美女我紧张了。

他有过两次简单的相亲经历，两个相亲对象都是照片比人漂亮，不过没能继续主要是因为性格不合。这次亲戚又介绍女孩给他，齐皓看了照片很心动，但他还想确认一下，问出来的时候他以为初夏至少会耽误几分钟化妆，没想到她竟马上同意了。

刚刚那短短几秒的视频，齐皓看得出初夏没有化妆。虽然她没化妆，却也是校花级别的大美女，而且给人的感觉还那么舒服！齐皓自惭形秽了。

初夏回了一个微笑的表情。

齐皓缓了缓，再次提出邀请："我可以约你出去吃饭吗？"

初夏想，吃饭见面是相亲的必要步骤吧，见面了才能了解彼此的性格，确定合适不合适。

"好啊。"

"那就今晚？"

"嗯。"

"你稍等，我去挑家餐厅！"

初夏在锦绣花城、春江苑的家里都有几套衣服。

得知女儿已经答应了齐皓的晚餐邀请，廖红坚持让初夏穿裙子。

上次母女俩去逛商场，廖红给女儿买了两条裙子：一条是那件初夏只穿了一次就被她放到衣柜最里面的红色露肩礼服；还有一条绿色的吊带长裙，初夏皮肤白，穿起来水灵灵的，让她文静的气质多了几分灵动。

廖红翻出那条绿裙子说："就穿这条，再不穿都要秋天了。"

现在才七月，榆城到十月都照样可以穿裙子。为了表达出对相亲对象的尊重，初夏还是换上了这条裙子，并化了个淡妆。

下午五点，齐皓给初夏打电话，说他到春江苑西门外面了。

初夏："好，你稍等，我马上过去。"

齐皓："不急，你慢慢走。"

挂了电话，齐皓放下车窗，朝小区里面看去。

过了几分钟，马路对面出现了一个穿绿裙子的撑伞女孩。虽然伞面挡住了她半张脸，但齐皓有种感觉，那就是初夏。他紧张地检查自己的扮相，黑色西裤白衬衫，会不会不够正式？

FM.124
榆城斑洞

5月26日 | 第77期：

- 怎么形容雨天？
- 不要再打了！你们不要再打了！
- 好想把房子卖了去环游世界。
- 可是房东不同意。
- 方定我的状，帅是我的哈。
- 都是王子公主吗？小姐少爷玩起来了。
- 都给我站起来下地干活！
- 罐装的西柚味奈雪冒了，我也跟两周没喝了。
- 两周没喝不奈雪发情吗？
- 虽然今天是周六。
- 可你还是单休！

Q: 夏日恋三季酒店之间有什么联系吗？
好好珍惜你的夏天。"

A:
"你珍惜的咳嗽，夏天回来了。"

揭秘三季酒店起名原因
竟与初恋女友初夏有关？

总第131期　航一报社　统一刊号：YC21-2389　邮发代号：2-568　定价：5元　电话：878××78

榆城优秀报刊航一报社出品 ! Yu city good newspaper to a newspaper

榆城独家 八卦小版

记者独家爆料：

近日市优秀企业家韩烈放下繁重工作，频繁与同一女子享受生活，我们在高档小区的游乐区拍到了两人甜蜜画面。

震惊！！！
疑似优秀青年企业家
恋情曝光
韩烈×初夏？

据挖掘，我们发现该女子正是韩烈的初恋女友，让我们恭喜这一对破镜重圆的有情人。

雅乐翻译公司
现翻译公司扩大规模
招聘2名有经验的笔译人员
1名客服人员
工作地点：榆城湖滨大厦
简历可投递邮箱
chuxia@xx.com
初夏女士收

榆城日报·榆城资讯一手报道平台

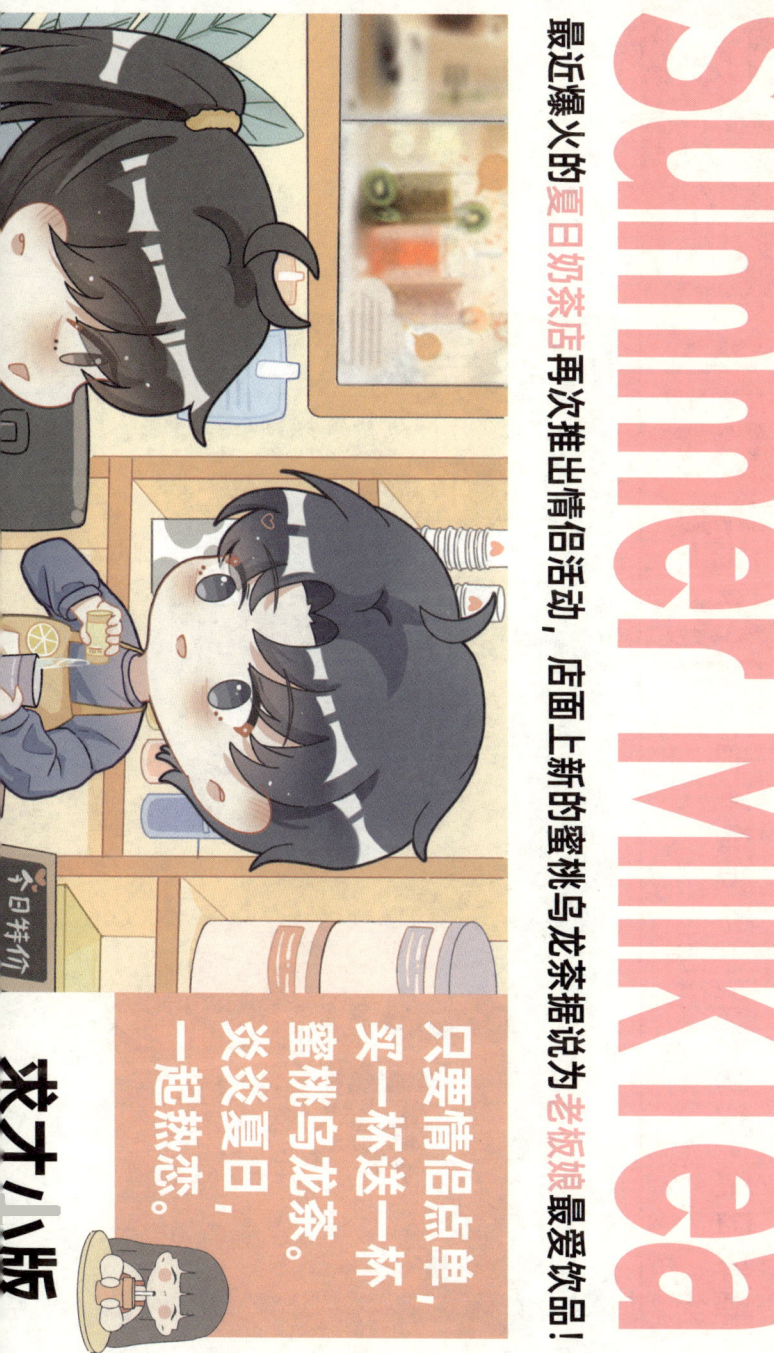

2023年5月26日 星期五 第131期

Summer MilkTea

最近爆火的夏日奶茶店再次推出情侣活动,店面上新的蜜桃乌龙茶据说为老板娘最爱饮品!

只要情侣点单,
买一杯送一杯
蜜桃乌龙茶。
炎炎夏日,
一起热恋。

天才小贩

榆城日报

YUCHENG DAILY

Fri. 2023 Vol. 131

榆城日报

榆城日报·榆城资讯一手报道平台

2023年5月26日 星期五 第131期

5月26日 星期五

Q&A

Q: "韩先生,作为城市新青年企业家,能不能分享下三季酒店创立之初为何是三季呢?"

A: "因为少了夏天。"

Q: "那请问听说最近曝火的夏日旅店与您有关系,是真的吗?"

A: "是的,我一直想开个旅店。"

航一独家采访
青年企业家韩烈

航一道!
爆爆

女孩走出了小区,齐皓对着她喊了声"初夏"。

初夏朝他笑笑,绕到了副驾驶座。

她进来的时候,齐皓最先看见的是她雪白的手臂,那种只在文字里看过的白皙让他心跳加速,紧张地移开了视线。

初夏将湿漉漉的雨伞收进自带的袋子中,放好了,她将滑到膝盖上方的裙摆往下拉拉,朝驾驶座的男人笑了笑说:"不好意思,让你久等了。"

齐皓看着前面,笑得很拘谨地说:"没有,我也才到。"

初夏嗯了声。

齐皓咽咽口水,开车出发。

下雨天路有点堵,黑色宝马时开时停,车中的气氛有些尴尬。初夏话少,齐皓话也不多,隔着网络还能聊聊,见到真人他手心直冒汗。这种尴尬一直延续到了饭桌上。

齐皓几次偷窥初夏。

他前面那两个相亲对象一个很能聊,叽叽喳喳地让他烦;另一个又特别内向,让人替她感到尴尬的内向。

初夏与她们都不一样。她安静,但她言谈大方,一个人吃东西也吃出了一种优雅的静美。

齐皓既想与她聊点什么,又不知道什么话题会引起她的兴趣。

"我第一次来这边吃,你觉得味道怎么样?"齐皓决定聊聊吃的。

初夏点头说:"挺好吃的。"

齐皓笑了,然后继续卡壳。

晚餐结束才七点,齐皓问初夏想不想去看电影。

初夏问:"最近有什么好片吗?"

齐皓是临时冒出来的想法,还得掏出手机现查。他念了几部,初夏都没有兴趣。齐皓只好提出送她回家。

初夏今晚计划回春江苑的,但是妈妈要她回锦绣花城,大概是想让她在齐皓面前展示一下小区档次。

齐皓导航到了锦绣花城。

车子不能开进去，他拿着伞下车，送初夏去楼下。

"我是不是特别笨？不会聊天。"第一次约会要结束了，为了还有第二次，齐皓举着伞走在初夏身旁，试图拉回点印象分。

初夏笑道："我也一样，希望没有浪费你的时间。"

齐皓马上道："不会不会，是我没有准备好，那我下次选好电影再请你看？"

初夏刚要答应，忽然瞥见主道旁边的一棵银杏树下靠着一个人。那人的伞举得很高，露出他俊美又带着一丝冷笑的脸，修长的右手夹着半截香烟往下放。

初夏迅速收回视线，与齐皓并肩走了过去。

韩烈看着那一高一矮两道影子，轻轻吐出一个烟圈，然后跟了上去。

初夏听到了韩烈的脚步声。

下着雨，路上没有多少人，本来只有她与齐皓慢悠悠地走着，突然加入一道声音，非常明显。也许因为她认识韩烈，才在意他的跟随，齐皓并没有意识到身后的路人与他们有什么关系，还在等待初夏的答案。

"你喜欢什么样的电影？"

初夏收回对韩烈的在意，想了想道："其实也不限于什么题材，内容吸引人就行。"

今晚上映的那几部，她真的没有兴趣看。

齐皓道："那好，我先挑几部发给你，有你感兴趣的我再买票。"

初夏点点头。

身后的脚步声突然转了方向。

初夏看了眼前面韩烈的别墅，韩烈不回家，要去哪儿？不过，去哪儿都与她无关，他不再跟着她，令初夏松了口气。

齐皓与她聊了聊锦绣花城的小区环境，没走多久，九栋楼到了。他坚持送初夏到单元门前。

两人转了个方向,到了一单元前,初夏意外地又在单元门前看到了韩烈。

他懒散地靠在需要刷卡才能进入的玻璃门旁边,一只手提着湿答答滴着水的雨伞,另一只手拿着手机。听到脚步声,韩烈淡淡地朝他们看了眼,然后微微调整方向身体转向玻璃门,仿佛只是个忘记带卡准备跟随同楼业主进去的住户。

他演技不错,齐皓就这么理解了。

齐皓只看了路人韩烈一眼,注意力重新回到初夏身上。她收了伞,灯光落在她莹白的肩头手臂。

男人都是视觉动物,齐皓也不例外,已情不自禁地开始幻想有朝一日可以抱她是什么感觉了。

初夏性格安静,他也安静,谁也不用嫌弃谁,刚刚好。

齐皓知道自己今晚表现得很差劲,但他相信这是因为两人不熟悉的缘故,以后见面次数多了,会慢慢好起来的。

"那好,我先走了,回头微信聊。"齐皓微笑着和她道别。

初夏点点头,站到了单元门前。

齐皓却没有走,继续站在那里。初夏明白了,他想看着她进去。

扫眼已经收起手机要蹭卡的韩烈,初夏选择继续装陌生人。她礼貌地提醒齐皓路上小心,然后回头刷卡,进去了。

韩烈跟着她走了进去。

前往电梯厅还要再转一次弯,齐皓一直等到看不见初夏了,才有些不舍又心情愉悦地走了。

电梯厅。

韩烈比初夏先站在一部电梯前,初夏默默走到另一部前,按了上行键。因为韩烈那边的电梯已经往下走了,她这边的电梯停在中间没有动。初夏不知道韩烈到底想做什么,她愿意等他先走。

电梯到了,门已打开。

韩烈靠着电梯门对面的墙壁,一动不动。

电梯门关上,停在那里。

初夏走过去,再次按了上行键,电梯门打开,她垂下睫毛进去了。几乎她才站稳,韩烈就跟了进来。

她按了九楼,韩烈没动。到了这个地步,初夏无法再装作不明白韩烈的意图。

"你来找我?"扫眼角落的电梯监控,初夏平静地问。

韩烈在她看监控时皱了下眉,她什么意思,怕他对她做什么?他有些无法相信,她居然会怀疑他的人品。他真想对她做什么,需要等到今天?八年前她清纯得像块软绵绵的小泡芙,他一口就能吃了她。

"我有话问你。"韩烈硬邦邦地道,"想在外面问的,没想到会不方便。"

短短几秒,电梯已经停在了九楼。

初夏不想在电梯里跟他谈私事,更不想带韩烈去她的家,所以她没有出去,而是重新按了"1"。

电梯开始下行。

韩烈笑了,她真的是在质疑他的人品,怕不小心带个色狼回家。上次如果不是需要他帮忙搬书,而且有奶茶跟着,她应该也不会让他进去。

电梯停在一楼,韩烈看向初夏。

初夏先走出去,韩烈跟上。

初夏不知道齐皓走远了没有,她不想让齐皓误会什么,便对韩烈道:"我去超市买东西,你如果非要谈,可以去儿童乐园等我。"

小区里面有个儿童乐园,位于九栋楼与后面三栋高层中间,视野非常开阔。

韩烈嫌麻烦,一边直接往外走,一边说:"我跟你一起去,边走边谈。"

初夏站在电梯厅没动。

韩烈已经走到了能看见单元门玻璃的位置。他看着不愿与他同时出现的初夏，忽然明白了她的意思。

他笑了："怕你的追求者误会？"

初夏默认。

韩烈似笑非笑，看看单元门，又看回来："行，我去儿童乐园等。"

说完，他大步走了，关单元门的时候"嘭"的一声。

初夏等了三分钟才出去。外面没有齐皓，也没有韩烈。

初夏去了一趟南门外面的超市，确定齐皓的车已经开走了，才拎着一小袋零食，去儿童乐园找韩烈。

儿童乐园只是一小片游乐场，里面有滑梯、秋千、沙地等小孩子们喜欢的玩乐设施，还有一条沿着绿化带形状搭成的长长木椅。孩子们玩闹的时候，看护人可以坐在长椅上休息。

长椅后方是一片高高的树木，夏日遮阳冬天防风。

初夏走进游乐场，看到韩烈坐在长椅中央，将伞柄歪歪地夹在腋窝下，半撑不撑的，挡住了脑袋却挡不住腿。神奇的是，他的手搭在膝盖上，指间捏着的香烟居然亮着光，没有被雨水打湿。

见她来了，韩烈掐灭烟头，将烟弹向远处的垃圾桶。没弹进去，他关注点都在初夏身上。

初夏皱皱眉，走过去捡起烟头丢进垃圾桶。

"微信为什么拉黑我？"韩烈盯着她问。

长椅是湿的，初夏没有坐，站在他两米开外处。

她反问韩烈："你在追求我吗？"

她目光宁静，韩烈的心跳跟地震一样，一阵猛跳。

他当然在追。

八年前他对她一见钟情,这八年他一心创业做大公司,不是刻意等着初夏,等什么?谁知道她在外面有没有谈恋爱、订婚、结婚?他单身到现在,主要是因为没有遇到再让他动心的女人。

现在初夏回来了。

那天早在初夏与方跃打招呼之前,还在机场里面,韩烈就认出了初夏。

她比十八岁的时候更有女人味儿了,但她依然是他记忆中的初夏,记忆一活,那感觉也回来了。

"追不追你跟拉黑我有什么关系?"韩烈没有正面回答,目光一动,落到了初夏的小腿上。这边灯光暗,她的腿还是很白,这条绿裙子,她穿得很好看。

初夏从他的答案中听出了暧昧。

其实她早就有感觉了。第一次搬书初夏相信两人是偶遇,两人住在一个小区是巧合,韩烈想开奶茶店应该也是认真的。但从他提出将奶茶店命名为"夏日"、logo 微微像她,以及他谎称她的男朋友陪安德森一家吃饭,初夏就有了他想追自己的猜测。

韩烈太帅了,初夏潜意识里可能还是受到了诱惑。直到那天她亲眼看见韩烈与一个漂亮女孩说说笑笑地走开,初夏才忽然意识到,她根本不了解韩烈。他是帅,但帅哥身边经常围绕一群女孩,不愁漂亮女孩喜欢的韩烈,为何会对她特殊?也许他就是个花花公子,当年对她也没有多认真。换句话讲,即使现在韩烈是认真的,两人还是不合适。

"如果你在追我,我不愿意。我不想与你继续纠缠,所以拉黑你。"初夏微微降低伞面说。

韩烈笑了。

不用问为何不愿意,问了就是那堆现实的问题,经济能力比颜值重要。拆迁暴发户的经济水平,依然配不上她妈妈的要求。

几十亿的身家肯定会让她妈妈满意,但如果初夏同意与他复合是因为掺杂了钱的因素，他怎么判断初夏是真的爱他，还是涉及了现实的因素？

她曾经甩过他。

那时她的喜欢是最单纯的，只是她太年轻，被妈妈一吓唬，她就选择了向现实妥协，妥协得那么快，甚至都不来问问他对未来有什么计划。好像他什么都不懂，只是个满足于现状的奶茶小哥，对未来毫无期许。

如果没有计划，他怎么会调制出那么好喝的奶茶？就算没有遇到拆迁带来的际遇，韩烈相信他现在也能凭借连锁奶茶店的生意身家过亿。

没有学历不等于没有野心，他一直有。只是初夏不知道，还没有等到他向她规划未来，她跑了。韩烈不怪初夏。一个单纯的小书呆子，什么都不懂。

可现在她已经步入社会了，她二十六岁了。韩烈想认认真真地开个奶茶店给她看看，让她知道他对未来有计划，让她再喜欢自己一次，从单纯被颜值吸引的喜欢变成成熟的爱。爱应该是冲动又坚定的，不会轻易向现实、向她妈妈妥协。

韩烈重新点了一根烟。

腋窝的伞柄被他丢在一旁。他坐在雨中，吸口烟，又问她："追你你不愿意，那我没去追你，你干吗拉黑我？普通朋友都不能做？"

初夏道："普通朋友不会假装我的男朋友陪我的客户吃饭；普通朋友不会在门口等我回来；普通朋友有话直说，不会电梯到了也不进去，演偶像剧似的在那儿靠着。"

韩烈："……"

"总之，我们不适合做恋人，也不适合做朋友，以后就当不认识。你真把我当普通朋友，就不该介意被我拉黑，换成你拉黑我，我可能根本不会发现，发现了也不会介意。"

初夏一口气说完，撑着伞走了。

韩烈一口烟憋在嘴里，咽不下去，也吐不出来。

他看向无情走开的女孩，绿色的裙子清凉柔顺，并不紧身，却也勾勒出了初夏曼妙的身材、单薄白皙的肩、柳条似的细腰，还有那双修长笔直的腿。

想到她穿成这样跟人约会，韩烈吐口浊烟，眯着眸子问她："刚刚送你回来那位，你妈介绍的？"

两人的对话韩烈听到了一点，一听他们就不熟悉。男方呆呆的，不像主动追求初夏的套路男。初夏的打扮也很刻意，不是她平时的调调。综合分析，相亲无疑。

初夏脚步停了下，想想没有必要解释太多，继续走了。

韩烈捞起放在旁边的雨伞，三两步追到初夏身边。幸亏现在天黑，路上人也不多，才没人看见他屁股上那两团被湿漉漉的长椅浸湿的圈圈。

"是相亲吧？"

初夏见他纠缠，索性承认道："是。"

"做什么工作的，跟你一样的高才生？"

"比我厉害，博士。"

韩烈心头一塞。不过，博士也没什么厉害的，钻研太多容易秃头。

韩烈抹把自己被雨水打湿的浓密短发，回想男方呆头呆脑的样子，笑着说："你们俩不合适。"

初夏没理会。

韩烈停下脚步，笑容自信轻狂地说："咱们等着瞧。"

初夏才与齐皓见了一次，她还无法判断两人是否合适。韩烈的断言，她也没有放在心上。

回到家，初夏收到妈妈的微信，问她进展得怎么样了。她直接打了电话回去，将晚饭的大致情形告诉了妈妈。

廖红在那头笑着说:"相亲都这样,以后熟悉了就有话聊了。你爸年轻的时候也是闷葫芦,后来甜言蜜语说得比谁都顺溜。"

初夏实在想象不出爸爸向妈妈说甜言蜜语的样子。她的性格与爸爸很像,容易沉浸在手头忙碌的事情中,而且不擅长也不是很喜欢社交。

"那爸爸当初怎么追求你的?"初夏忽然很好奇地问。

廖红卡了下,看眼沙发上坐着看电视的老公许瑞安,她去主卧那边的阳台跟女儿聊了,话里有点不满的意思:"你爸就是个呆子,我住院的时候,主动问他问题他才会回答我,我不问他都不看我的。后来我出院,跟他要了电话号码,他才明白我的意思。"

初夏懂了:"是你追的我爸。"

廖红哼哼道:"他要感谢他那身白大褂,不然追我的人那么多,我才不会看上他。"

初夏表示怀疑,爸爸不穿白大褂也很帅的,是那种温润的叫人安心的帅。

挂了电话,初夏分析下她与齐皓的情况,给爸爸发了一条微信:爸爸,当年妈妈追你的时候,你有心动的感觉吗?

八年前韩烈第一次喊她美女的时候,初夏就心动了,心跳得很快。

现在她对齐皓什么感觉也没有,只觉得他没有什么大问题,可以试着来往,看看两人之间能不能擦出火花。初夏想了解爸爸被妈妈追求多久才冒出火花的。

许瑞安收到了女儿的消息。他知道女儿今晚去相亲了,这个问题肯定与相亲对象有关。

许瑞安想了想,如实回答女儿:我对你妈妈是一见钟情。但医生在病人面前必须专业,所以你妈妈一直以为是她先追的我。

初夏:⋯⋯

她非常意外,可想到妈妈年轻时候的照片,又觉得爸爸对妈妈一见钟情很正常。这样,爸爸妈妈的感情便无法作为她与齐皓相亲的参考。

许瑞安叮嘱女儿替他保密，然后问女儿：你们今晚见面感觉怎么样？

初夏：还好吧，就是什么感觉也没有，再见几次试试吧。

许瑞安：嗯，聊得来当然好，没感觉也不用勉强。你还小，不着急。

初夏仿佛看到了爸爸温柔慈爱的脸，发了个笑脸过去：我都二十六岁了。

许瑞安：就是三十六岁，在我心里你也是小女孩。听爸爸的，什么都可以勉强，感情不行。找男朋友宁缺毋滥，爸爸宁可你遇到个让你心动，让你一会儿笑，一会儿又因为他劈腿哭，最后分手离婚的坏蛋；也不想你随随便便嫁一个算不上喜欢、离婚又不至于，凑合过一辈子的好人。

渣男至少让女儿体会过什么叫恋爱，发现他渣后还可以甩掉重新开始。如果换成那种刚好可以将就的，那女儿的一辈子都会像一潭死水一样，毫无活力。

当然，还有个最优解，就是女儿能找到一个两情相悦的好男人；没有最优解，许瑞安宁可女儿一直单身，也比遇到渣男、勉强嫁人强。

初夏觉得爸爸妈妈对她都很好。妈妈替她挑选靠谱的相亲对象，爸爸无条件地支持她的所有选择。

跟爸爸聊完，齐皓找她了，问她明天有什么安排。

初夏明天要去宠物店，齐皓立即表示可以陪她一起去。初夏就跟他约了时间。

韩烈一晚上都没睡太好。

他相信初夏跟那个戴眼镜的博士不会谈成，可想到两人会继续见面，韩烈还是很郁闷。

初夏拉黑他了，但他这边的好友列表里还有初夏。韩烈翻了翻聊天记录，越想越觉得不对劲儿。

初夏什么时候看出他想追求她的？如果因为看出来就要拉黑他，怎么早不拉黑晚不拉黑，偏偏在景点撞见他与刘婧同框之后拉黑？

韩烈仔细回想他们当天的谈话。初夏口口声声说她没有误会他与刘婧有暧昧，回头就将他拉黑了。

大半夜的，韩烈突然从床上坐了起来。有没有可能，初夏是真的误会他想脚踏两条船，一边追她，一边与别的女人眉来眼去？

韩烈打开灯，去了书房。

那天初夏帮他写的八百字奶茶尝后感，此刻还放在桌面上。

看着那一行行的清秀小字，韩烈笑了。

真把他当普通朋友，她会写这么多？更何况，当时他只盯着她看了三分钟，她就赶他去倒水，缓解紧张。所以，初夏就是吃醋了，吃刘婧的醋，误会他不是真心追她，才狠心与他划清界限。如果没有刘婧，初夏就算不会马上答应与他复合，也会默许他的追求。

想明白了，韩烈不怪刘婧，只想扇自己一嘴巴！怪他啊，找什么理由不好，非要编刘婧是他以前的相亲对象！

机场见面那天，他是故意误导初夏他有场约会。后来虽然澄清了，但用的也是相亲的借口。在短短的时间内又编出个相亲对象，初夏肯定把他当不安寂寞的拆迁暴发户看了。

韩烈后悔，真后悔，嘴炮一时爽，追人火葬场。别的误会没什么，这个误会不解释清楚，初夏不可能再给他机会。

手机号、微信都拉黑了……韩烈突然想到了初夏的微博。

那天在金泰排队等餐时，初夏在看一个漫画大神的连载，韩烈看见初夏的微博昵称了。他的微博号几年前就注册了，不过他除了第一年转发了几条公司的宣传稿，后面再也没有登录过，密码早忘了。他赶紧注册了个小号。

有了小号，韩烈先关注了初夏，然后给她发私信。

初夏早上七点醒了,她靠到床头,习惯性地先刷刷好友圈、微博。

好友圈没有什么新鲜事,微博有两条新消息提醒。初夏点进去看看,只是多了未关注人消息,显示出来的是微博会员发来的。初夏暂且没点开,去刷现在首页的新内容了。

有个惊喜,漫画大神在昨晚零点更新了新的《少女与黑狼》连载。

上次连载讲到黑狼少年将少女扔到狼窝,少女哭着哭着睡着了。黑狼少年走过来,阴影笼罩了少女。

初夏迫不及待地点开长图。

黑狼少年单膝跪在了女孩面前,女孩穿着裙子,此时小腿露在外面,上面有荆棘划破的伤痕。黑狼少年低下头,舔在女孩小腿的伤口上。

女孩从睡梦中惊醒,看到黑狼少年,她害怕地往山洞里面缩。

黑狼少年强行攥住她的脚踝,继续舔她的伤口。

唯美的画风,将女孩从害怕到脸红尴尬的微表情都画了出来。

舔完女孩的伤口,黑狼少年霸道地将女孩放平,搂着她睡觉了。

女孩睡不着,她看看黑狼少年,计划着逃跑。

黑狼少年伤得很重,睡得很沉。

女孩找到了逃跑的机会,就在她悄悄地走出山洞不久,她身后的草丛中忽然多了一双幽幽的红眼睛。

今日的连载便在这里结束了。

初夏被那双红眼睛吓到了,第一次没有重温长图,迅速返回了首页。

刷完所有新内容,看看消息栏"2"的数字提醒,初夏决定去看看另一条没有显示的未关注人消息。

结果她点进去,发消息的人居然是"韩非子"。

初夏愣了一下。

韩非子,戴墨镜的太阳头像,应该就是韩烈吧?

韩非子发了几条消息给她,铺满了聊天框。

"我没相过亲。机场那天是去见男性朋友,因为赌气当年被你甩,故意在你面前说成去约会。后来跟你解释,又抹不开面子承认自己撒谎,改成了与相亲对象的约会。这个方跃可以做证,不信你问他。"

"去寺庙那天我是特意找你的,晨跑时你说去爬山,我猜是那边的山。我想装成与你偶遇,没想到碰见了曾经追过我的一个人。我不喜欢她,可当时你已经看过来了,我怕被你发现我是专程去找你的,只好先拿她当幌子。后来又担心你误会我和她有一腿,才去站点堵你解释。"

"我就是想追你。"

"我嘴欠,好面子,但我真的放不下你。当年拿到拆迁款四处看房,来锦绣花城时碰见你爸妈,我猜他们是买给你的,才故意买了这边,不然哪有那么巧的事。"

"你可以拉黑我,但别误会我。我没那么坏,不会玩弄谁的感情,我是真的喜欢你还是想占你便宜,八年前你比谁都清楚。"

"你先相亲,我去创业。等你相亲失败,我再追你。"

初夏有两三分钟的时间没有动。

系统显示,这几条消息是半夜两点发来的。初夏重新看了一遍。

如果韩烈说的都是真的,四年前他买这里的别墅,为的就是有一天再见到她?在与她分手四年后,他又等了她四年?至于韩烈想不想占她的便宜……

初夏盖住手机,记忆却回到了八年前。

与韩烈确定恋爱关系后,初夏去过几次他的出租屋,看"奶茶"。在那个只有他们两人的出租屋,他的地盘,韩烈从来没有对她做过什么。

后来有天下午去看电影,韩烈选的片子特别冷,当时他们两个包场。

很文艺的电影,没有任何少年不宜的镜头。但电影播到一半时,韩烈突然歪到她耳边,问她:"可以亲你吗?"

初夏全身都僵住了。

韩烈靠了过来,他的脸挡住了电影屏幕,他的嘴唇贴上了她。

进场之前他们一人买了一杯奶茶,那个吻也充满了奶茶的甜香,是初夏迄今为止唯一的一次接吻。

后来的八年，初夏经常会梦到这个吻，甚至梦到韩烈对她做了更多。

初夏的心乱了，她对韩烈到底是什么感觉？

机场重逢，听到方跃喊"烈哥"，初夏第一个想到的是他，心跳不受控制地加快。发现真的是韩烈后，她甚至联想到了偶像剧中常见的命定缘分。上车后韩烈说他要去约会，初夏无法否认她当时情绪低迷了一下。但她很快抛开了那点低迷，毕竟现实不是拍电视剧。

再后来，初夏刻意回避与韩烈见面，撞见后，她的情绪有过两次明显的起伏。第一次是他请她尝奶茶那天，韩烈的靠近让她紧张；第二次是在寺庙前，看见韩烈笑着与一个漂亮女孩走开，初夏很不舒服。

工作与寺庙的气氛让她平缓了心情，回家后，她果断地拉黑了韩烈，因为她意识到韩烈还能影响到她的情绪。当自身意志不够强时，杜绝影响的最好办法就是隔离源头。

现在韩烈告诉她，他从来没有相过亲，他四年前就故意买了与她一个小区的房子，他还想追她。他甚至不介意她现在与人相亲，说什么等她相亲结束再继续追求她。

韩烈说了那么多，到底哪句是真哪句是假？

初夏放下手机，看向窗外。小雨还在下着，毛毛细雨。

昨晚韩烈坐在长椅上抽烟的画面闯了进来，还有他靠在电梯前等她先进去的样子。

初夏苦笑。

其实韩烈怎么想的并不重要，重要的是她心里还有没有韩烈。这八年，初夏没有刻意去想韩烈，可她也没能忘了他。是因为初恋情结，还是当初是她甩了他，所以一直愧疚？分不清楚，只是不见面的时候不想；一见面，那么多的回忆都重新冒了出来。

韩烈不说出来，初夏还能欺骗自己真的不在意了。韩烈一说他还记得，初夏的心就乱了。

初夏不知道她与韩烈会有什么样的结局,只是在她还会被韩烈影响的时候,以这种状态去跟齐皓相亲,是对齐皓的不尊重。

见面谈,还是微信谈?如果见面谈,得知她对他没有兴趣,齐皓会不会生气她让他多跑了一趟?

看看时间,才早上七点多。两人约的是下午。

现在齐皓应该还没有开始准备出门,初夏考虑了几分钟,给齐皓发消息:齐皓,你醒了吗?

齐皓醒了,虽然还躺在床上。

收到初夏的微信,齐皓精神一振,立即坐了起来,回:醒了,怎么了?

初夏问他:可不可以视频?

她先答应进行第二次相亲约会,现在又反悔了,直接文字谈不礼貌。如果齐皓生气想责备她,她也该受着。

齐皓摸摸自己睡得乱糟糟的头发,约好十分钟后再视频。他跳下床洗脸刷牙的时候,初夏也去卫生间洗脸了。洗了脸抹了化妆水,初夏梳顺头发,就去客厅等着视频了。

齐皓做得比她多,他还飞快洗了头,吹得八分干才戴上眼镜去视频。

看到他充满期待的脸,初夏尴尬地笑笑,解释道:"对不起,我早上仔细想了想,我跟你之间没有那种感觉,所以还是不要再见面了吧。本来想面谈的,又不想你白跑一趟,只好视频里说了。"

齐皓的笑容凝固了。

看着初夏清纯漂亮却无情的脸,齐皓突然想到了前面被他否掉的那两个相亲对象。他对她们不满意,是直接让介绍人转告的,删了微信后再也没有联系过。

明明约好了见第二次,现在初夏又不想见了,齐皓实在没有那个胸怀不介意。可初夏太好看了,在美女面前,他想保持风度。他甚至希望可以再争取一下。

齐皓朝初夏笑笑，一边推了下眼镜，一边说："你是说没有心动的感觉吗？我还挺喜欢你的，上次是我没发挥好，今天我们还是再见见吧。如果这次你还是没感觉，那我也不勉强你了。"

初夏回避他的视线，坚持道："还是算了吧，对不起。"

齐皓一皱眉，语气有点硬了："那你能告诉我，我到底哪里让你不满意吗？照片都是提前见过的，学历职业你也了解，是嫌我性格呆板吗？"

他在生气，初夏承认是她的错，看着齐皓说："跟你没关系，是我的问题。"

齐皓不解地问："你什么问题？"

初夏的问题是对他没有感觉，如果齐皓能给她强烈的震撼，深深地吸引她，让她再也想不起韩烈，初夏一定会毫不犹豫地与齐皓在一起。但如果她这么说了，齐皓肯定会更不高兴。

初夏只好道："我还是想试试自由恋爱，不想这么早就按部就班地相亲。"

齐皓生气道："不想相亲，你跟我相亲做什么？耍人很好玩？"

初夏歉疚地说："是我不对，我向你道歉。"

齐皓冷笑一声，挂了视频。挂断的那几秒，屏幕还卡在他生气的脸上。

初夏不怪人家，的确是她变来变去的。她编辑"对不起"发过去，又问他昨晚晚餐费多少，想要发红包给他时，系统提示消息被拒收了。

拉黑她了吗？初夏无奈，又松了口气。她做错了事，她接受齐皓的责备，以后不再联系也好。

早上与齐皓说清楚了，中午的时候妈妈廖红直接杀过来了。

接到妈妈的电话，初夏早早打开门，站在玄关等着迎接妈妈。

廖红过来后先关上门，隔绝了外面的声音才开始问女儿："你跟齐皓到底怎么回事？昨晚吃饭不好好的吗？今天人家阿姨问我你怎么反悔了,我都不知道该怎么说。"

初夏给妈妈倒杯水,实话实说道:"我对他没感觉,昨晚不好意思当面拒绝他。早上想通了,没感觉就别勉强了,也别浪费人家的时间。"

廖红对齐皓的方方面面都很满意,跟齐皓差不多家境的男人没他老实,跟齐皓差不多学历工资水平的男人没有他长得帅。女儿与齐皓无论经济条件、学历性格都很般配,齐皓唯一不如女儿的是他的颜值。

但哪有那么多样样都合适,又超级帅的优秀男人?

看着女儿乖乖的样子,廖红喝口水,喝完了心平气和地问:"没感觉可以慢慢培养,你才见一次就那么肯定了?"

初夏反问妈妈:"当年追求你的人那么多,你怎么没有挑一个慢慢培养?"

廖红提醒女儿说:"你也知道追求我的人特别多,你有吗?你这性格跟你爸一样一样的,女人大都喜欢成熟内敛的帅哥,没见几个男人喜欢内敛学霸美女的。我年轻的时候有的挑,你看看你现在,身边有几个追求者?"

初夏坐到沙发上,继续看电视:"没有就没有,我也不着急。我爸说了,就算我单身一辈子,他也不会催我去相亲。"

廖红挑眉道:"你爸什么时候跟你说的?"

初夏闭上了嘴。

廖红哼了哼,不过既然提到许瑞安,廖红坐到女儿身边,用他们夫妻的例子开解女儿说:"只要人靠谱,感觉是可以培养的。当年你爸对我冷冰冰的,我主动约他见了几次面,他还不是喜欢上我了?我看齐皓挺满意你的,等他一热情,你的感觉就来了。"

初夏看眼妈妈,忍不住说:"也许我爸当初早就看上你了呢,碍于医生的职业道德,才没有在医院追求你。"

廖红说:"不可能,他要是有一点意思,我都能看出来。"

初夏真不知道,到底是爸爸隐藏情绪的功力太深厚了,还是妈妈的天赋都在企业管理上。她都这么大了,妈妈居然还坚信是她追求的爸爸。

初夏打开微信,让妈妈看她与爸爸的聊天记录。廖红看完,人都傻了。

初夏难得有机会鄙夷妈妈:"连我爸对你一见钟情你都没看出来,就你这情商,还是让我自己谈恋爱吧,别再给我安排相亲对象了。"

廖红还沉浸在女儿与老公的聊天记录中。

老公对她一见钟情?

廖红回忆三十年前,还是找不到什么蛛丝马迹,除了她一要电话许瑞安就给了她。女儿这次相亲失败似乎不重要了,廖红敷衍地教训了女儿两句,开车回了春江苑。

下午一点多,初夏带上雨伞出门时,收到了爸爸的消息:说好的替我保密呢?

初夏笑了,笑完她不解地问:为什么要保密?你先一见钟情,妈妈知道了肯定很开心。

许瑞安没有再回女儿。

初夏猜,爸爸应该就是传说中的闷骚吧,明明喜欢却装不在意。

初夏去了宠物店。

下雨的天气,宠物店客人不多,服务员小妹热情地接待了她。

这家店是榆城最有名气的宠物店,除了售卖宠物,各种宠物用品也很齐全。

初夏先去看了狗狗区。

柯基、哈士奇、萨摩耶、金毛、贵宾、吉娃娃等常见的宠物狗都有,初夏在那几只小金毛的笼子前站了会儿,真喜欢,可是又不想让韩烈误会什么。最想要的金毛都没买,初夏对其他品种的狗狗也失去了兴趣。

服务员小妹马上推荐初夏养猫:"养狗需要下楼遛狗,养猫方便多了,美女这边看看?"

初夏跟着她去了猫咪区。

都是猫咪幼崽儿,一团团的毛线球萌死人。初夏视线一扫,看到一只与奶茶一样毛色的小猫。

服务员小妹马上介绍起来:"这是纯种英短,橘色英短很少见哦……"

她在一旁说了很多,初夏朝小猫伸出手指,小猫立即送上它圆鼓鼓的脑袋蹭了她一下。初夏在齐皓身上没找到的心动感觉,现在来了!

初夏买下了这只小猫,不过她要准备猫窝、猫粮,了解养猫须知,与宠物店约好了下周六再来领猫。

服务员小妹要给猫咪做猫牌,让初夏起个名字。

初夏跟小猫互动的时候就想好了:"叫小C吧。"

介于奶茶与香槟中间的颜色,奶茶已经有主了,小C就等于香槟了。

宠物店送了初夏一份英短照料小册子,店里也有猫窝卖,不过初夏都不是很喜欢。下午初夏逛了逛网上商城,挑了猫窝、猫粮以及各种猫咪玩具,预计三天后能全部到货。

晚饭是初夏自己做的。

她更想叫外卖,但外卖必须去小区门口拿。前几天业主委员会终于征求是否允许快递、外卖进小区的投票了,初夏果断选了同意。

吃完饭,初夏想放松放松,客服软件突然发出了提示音。

公司人员少,而且涉及到翻译报价,需要根据难度灵活调整报价标准,所以初夏既是公司老板,也是公司的客服。

初夏打开客服软件。

新客户:今晚赶急工,接吗?

雅乐翻译:请问您需要翻译什么内容?

新客户发来一张图片。

初夏放大图片，是张手写的奶茶菜单，菜单最上面还写了品牌：夏日奶茶。

初夏："……"

雅乐翻译：你是？

新客户：你们公司没有客服？还得老板兼职？

这已经相当于承认他就是韩烈了，而且韩烈也猜到客服就是她。

初夏又看了一眼韩烈的菜单。

雅乐翻译：这种菜单网上有很多，你随便搜搜都能找到对应的英文。

新客户：我不想随便，我也不差钱，直接报价吧。

雅乐翻译：翻译是按照千字算的，不足一千字也要按照一千字算。

新客户：到底多少？

雅乐翻译：四百。

新客户：这么贵？

雅乐翻译：同等难度正常两百每千字，加班急件双倍。

新客户：行吧，你把我从黑名单拉出来，我转你。

初夏还在犹豫要不要这么听话。

新客户：你说你幼稚不幼稚？我知道你微博、公司、家庭地址，如果我真想纠缠你，你拉黑我我就没辙了？读书读傻了吧？

初夏咬了咬嘴唇。

新客户：等等，你这破聊天软件怎么没有撤回功能？

雅乐翻译：你找别的公司翻吧，我不接了。

新客户：别，我错了还不行吗？

初夏没回。

新客户：我真错了。

新客户：今晚急用的，帮个忙行不行？

雅乐翻译：半小时后发你。

关掉软件，初夏去了书房。

初夏喜欢喝奶茶，平时就关注过奶茶菜单上的翻译。韩烈这个菜单她几乎没查资料，十五分钟就搞定了。打开网页版客服软件，初夏将中英文对照的菜单复制过去，发送。

新客户：这么快？微信你还没放我出来，没法转账。

雅乐翻译：不用了。

新客户：我不喜欢欠人情。

雅乐翻译：好。

初夏将韩烈从黑名单放了出来。

韩烈先发了个问号，这回发送成功了，他如约转了四百元翻译费给初夏。

初夏领了，领完又将韩烈拉黑了。这次不是必须拉黑，而是嫌他嘴欠。

于是当韩烈想"关心关心"前女友相亲进展的时候，发现自己又被拉黑了。

星期一，初夏准时去了公司。

雅乐营业三周了，小小的公司基本已经步入正轨，除了初夏以前的老客户，新订单也能保持。公司算她在内的五个翻译都处于比较充实的状态中，有时候甚至需要加班。对于刚成立不久的新公司来说，初夏这次创业还算顺利。

中午有一个半小时的休息时间。

罗玉过来敲门，笑容灿烂地问初夏："老板，我要去金泰逛逛，需要我给你带外卖吗？"

初夏中午基本都在食堂吃，想了想，请罗玉帮她带了杯奶茶。

罗玉问："那边三四家奶茶店，去哪家买？"

初夏点了最有名的一家。

罗玉比画了一个"OK"。

等初夏从食堂回来，又过了半小时，罗玉才过来。他递给初夏一份，自己手里也拿着一杯。

初夏："谢谢，一会儿我发你红包。"

罗玉吸一口奶茶，坐在旁边的沙发上跟她闲聊："我跟你说，咱们楼底下原来有家麻辣烫店，前阵子关门换人在装修，今天开张了，居然是家奶茶店。刚开业搞活动，买奶茶送玫瑰花，我这杯就是从他们家买的，味道挺不错的。"

新开的奶茶店？初夏不由得看向罗玉手中那杯奶茶。罗玉转过奶茶杯子，露出了商标，是个穿红色吊带裙笑弯了眼睛在喝奶茶的女孩。

真的是韩烈。罗玉出去后，初夏还没有回过神。这才多久，韩烈居然已经租好店铺办好营业执照开始营业了？距离韩烈告诉她他要开奶茶店，才过去半个月吧？别的不说，从麻辣烫店改装成奶茶店，半个月能装修好？

下班后，初夏走出湖滨大厦，忍不住观察了下周围一圈的临街商铺。

新开的"夏日奶茶"位于湖滨大厦的斜对面，装修得很漂亮，店外摆了两排花篮。两个年轻的女孩说说笑笑地走了出来，手里都有一杯奶茶，还有一束鲜艳的玫瑰花。

这一带距离榆城的景点湖非常近，上班族与来来往往的游客是大小店铺的主要客流量，奶茶店开在这里，只要口味不是太差，赚钱很容易。但这一带临街商铺的租金也贵得惊人，韩烈想取代原来的麻辣烫店主，得花多少钱？再有，韩烈为什么要选在这个位置？

突然，奶茶店里有人朝她挥手。

初夏转身就走。

韩烈看着她的身影走远，问身边真正的奶茶店经理小吴："记住了吗？"

小吴经理还很年轻，长得也很帅，是韩烈挑选栽培的门面。

初夏长得那么漂亮，小吴经理记住了。为了保证自己以后不会认错人，小吴经理拍了照片，拍完了，他还向韩烈显摆。

韩烈一瞪他说："谁让你偷拍了？删掉。"

小吴经理赶紧删了，删完嘿嘿笑着问："老板，你是想追许小姐吗？"

韩烈："废话。"

小吴经理看看这么帅的老板，不太明白地问："既然想追，你天天来接许小姐下班啊，为什么还让我注意有没有人来接她？"

韩烈会告诉员工，他要追的女孩正在跟别人相亲吗？他会告诉员工，他要等她认识到她与男博士不合适甩了男博士后才能出手吗？他会告诉员工，他还有一个酒店集团要管理没空天天来奶茶店盯梢吗？

当然不会。

韩烈出了趟差，星期二下午走的，星期五晚上才回来。

小吴经理每天傍晚会在初夏下班后向他报告，连续三天都是许小姐自己走的。

周五韩烈上飞机前，小吴经理激动地报告道：老板，有情况！今天有人来接许小姐了，开的宝马！

韩烈脸一沉，上周六男博士送初夏回锦绣花城，开的就是一辆黑色宝马。不用问，两人还在相亲。

小吴经理又发了一条消息过来。

韩烈不想看，过了一两分钟，手机再次振动。他点开微信。

小吴经理发了一张照片过来，是初夏拉开车门时的照片。

韩烈还没有观察司机位置的男人，看到了下面小吴经理的文字：老板，许小姐口味太重了吧，咱就不能换个美女追？老板，你条件那么好，何必找这样的啊。

韩烈皱眉，这人在放什么狗屁？

他放大宝马车的照片，认出开车的人是初夏爸爸。

韩烈与初夏在一起的时候没见过许瑞安，四年后他开车经过还没有建成的锦绣花城时，无意中瞥见挽着一位男士从锦绣花城中走出来的廖红。

廖红的气场太强了，五十左右的年纪依然能吸引路过的男人们。当年她只隔着马路看了他几眼，就害他没了女朋友，韩烈对廖红也算一见难忘。

鬼使神差地，韩烈默默开车跟在廖红与那位男士身后。

许瑞安的气质让韩烈联想到了初夏，后来夫妻俩果然开车回了他非常熟悉的春江苑。

那天，韩烈在春江苑附近逗留了很久。

他知道初夏在北京读书还没有回来，也知道初夏快大学毕业了，所以廖红夫妻是在替初夏物色房子？韩烈动用了一点人脉，查到廖红夫妻已经交了定金，韩烈立即在锦绣花城买了一套别墅。

只是韩烈没想到，初夏继续在北京读了两年研究生，还在那边工作了。

韩烈很庆幸这八年他非常忙，不然他可能早忍不住去北京找她了。现在他的事业基本稳定了，初夏也回来了，刚刚好。

韩烈告诉小吴，那位是许小姐的爸爸，然后心情愉快地上了飞机。

周五的夜晚，多么适合约会放纵，男博士居然没有去接初夏，那就只有三个可能：一是男博士太笨不知道约初夏出去；二是男博士想约但被初夏拒绝了，宁可陪爸爸也不想陪他；三是初夏已经甩了男博士。

第五章 小暑

初夏晚上陪爸爸妈妈吃了一顿饭。

周六爸爸要去外省开研讨会,妈妈也要出差,一早一家三口就各奔东西了。

初夏提着猫包去宠物店接小C。

一周不见,奶茶色的小C似乎长大了一点,圆圆的脑袋圆圆的眼睛,初夏忍不住先抱着蹭了蹭,才充满成就感地将小C放进猫包。与服务员小妹道别后,她便迫不及待地打车回家。她已经在家里给小C搭建了超级漂亮舒适的猫咪乐园,不知道小C会不会喜欢。

到了锦绣花城,初夏直接走了近道。周末是餐饮业客流高峰,韩烈肯定不在家。然而,初夏还没有走到韩烈的别墅前,就看见他打开门,穿着短袖大裤衩牵着"奶茶"出来了。

初夏抿了抿唇。

"奶茶"看到她,立即拉着韩烈往这边跑。韩烈试着拽了两把,"奶茶"坚持,他才顺从狗心走了过来。

"奶茶"直接拦到了初夏面前。

初夏可以不理人,但她拒绝不了"奶茶",只得一只手提着猫包,另一只手揉了揉"奶茶"的大脑袋。

小C从猫包的孔隙往外看,"奶茶"朝它走去。小C威胁般伸出爪子挠,小小的一只猫,如果不是毛发蓬松柔软,可能都没有"奶茶"的脑袋大。

初夏担心小C会害怕"奶茶",将猫包抱到了怀里。"奶茶"仰起头盯着猫包,似乎对里面的小家伙很感兴趣。

韩烈扯扯狗绳,将"奶茶"拉回身边,狭长的眸子睨着初夏白皙淡然的脸,吊儿郎当地讽刺"奶茶"说:"看什么看,人家另有新欢了,谁还稀罕你?"

"奶茶"当然听不懂。

初夏知道韩烈在内涵她,继续往前走。"奶茶"在后面追她。

韩烈一只手牵绳,另一只手插着口袋跟在初夏身后,问她:"黄金星期六,你家博士没约你出去?"

初夏道:"与你无关。"

韩烈眯了下眼睛,快走几步,然后转过身一边倒着走,一边盯着初夏说:"不会被我说中,这么快就分了吧?"

初夏看了他一眼。

究竟是二十八岁的韩烈变了,变得嘴欠,还是二十岁的韩烈也这样,只是当时她被他的脸戴上了一层厚厚的滤镜,没有发现他是这样的人?

初夏包里有副耳机,她拿出来,戴上。她刚放下手,韩烈便大手一挥,将她耳朵上的无线耳机抢走了一只。

初夏皱眉道:"给我。"

韩烈问她:"我那晚微博发你的私信,看见了吗?"

初夏目光垂下,然后撒谎道:"什么私信?"

她会装,韩烈还真看不出她到底看没看见,不过没关系。他抛起耳机再伸手接住,朝初夏笑了笑说:"没看见我就当面再说一遍。"

他拦在初夏面前,在初夏震惊的目光中,真的说了:"跟你分手后,我没谈过恋爱,也没有相过亲,说相亲都是骗你的,这么多年做春梦都是跟你。"

初夏:"……"

他私信里明明没有提春梦这句!

脸上的温度不受控制地攀升,初夏掉头准备绕路走。

韩烈继续跟着,看着她几乎红透的耳根说:"我知道你不信我,我也没证据证明我一直单身,但你不能怀疑我的人品。要是我真那么流氓,当年在出租屋早把你……"

初夏再也听不下去,抱着猫包跑了。

韩烈没有追,他去九栋楼一单元的单元门前等着了。

初夏并没有马上回去,她在儿童乐园附近的一条长椅上坐了很久。

感觉这东西,真是不受人的掌控,有的人方方面面都合适,她没有感觉。韩烈方方面面都不合适,可他什么都不用说,什么都不用做,就能让她深受吸引。如果八年前的她太年轻太单纯太轻易动心,现在她够成熟了吧,为什么还是想靠近?

阳光缓缓偏移,初夏身上的树荫越来越少。

初夏站了起来,回家。她心不在焉地走到单元门前,先看到"奶茶"后,才看见牵着"奶茶"的男人。

初夏翻出门卡,韩烈挡到了刷卡机前。她垂下睫毛,视线落在了他身边的"奶茶"上。

"我刚刚说的,你信不信?"韩烈摁灭烟头,问她。

初夏道:"信。"

韩烈愣了愣。

初夏抬头,淡淡地问他:"还有别的事吗?"

韩烈有,最重要的问题得不到答案,这周末他都干不了别的事。

"你跟博士还谈着?"他看着初夏问。

初夏道:"断了。"

韩烈比刚刚愣的时间更长,可能更意外的是,她居然老老实实地回答了。

激动过后,韩烈试着问:"为什么不谈了?"

初夏看向旁边的玻璃门说:"没感觉。"

韩烈心跳加快,紧追不舍地问:"那我呢?还有感觉没?"

初夏道:"没有,让开。"

韩烈见她脸色不太好看,再纠缠可能真的要生气,于是笑笑,让开了地方。初夏立即刷卡进去了。

韩烈盯着她的背影看,直到看不见人了,他才牵着"奶茶"走开。

今天韩烈休息,回别墅也是想她。

初夏如果还在相亲,韩烈还有可能去忙生意。可初夏亲口承认她与男博士已经断了,他也说出来要追她了,那好好的星期六,他为什么要浪费时间?想到他说做梦都是她时初夏红透的耳根,韩烈不信初夏对他没感觉。

有没有感觉,说的不算!韩烈去了一趟超市。

回来后韩烈先去别墅做了两杯"奶茶",然后他牵着金毛带上饮料,去了九栋楼。因为是周六,进出的住户很多,韩烈很快就找到机会蹭卡进去了。他按了九层楼,到了初夏门外,开始敲门。

初夏在逗小C,小C可能是来到新环境认生了,躲到蘑菇状的猫窝里不肯出来。

听到敲门声,初夏放下逗猫棒,疑惑地走了过去。

门上装了摄像头,初夏点开里面的屏幕,看到一只大金毛脑袋!她脑补的是邻居,突然看到两只超级大的眼睛,她真的接受无能!

后退两步,初夏一只手捂着心口,这时候屏幕里的韩烈也把"奶茶"放下去了,露出了他痞笑的脸。

初夏打开门,一脸不快地问:"你怎么上来的?"

韩烈还没说话,"奶茶"噔噔噔就跑了进来。小C正探出脑袋看主人在做什么,看到"奶茶",小C立即缩回了猫窝!"奶茶"直奔猫窝去了。

初夏怕家里发生猫狗大战,而且是奶茶对小C的单方面碾压,赶紧跑过去将小C从猫窝里抱了出来。

"奶茶"毫不客气地往蘑菇猫窝里钻,可"奶茶"比猫窝还高,根本钻不进去。

"嘭"的一声闷响,初夏抬头,看见韩烈关上门走了进来。

初夏忽然很紧张,也顾不上"奶茶"了,问他:"你找我有事?"

韩烈一抬手里的两杯奶茶,朝她一笑道:"新店开张,你帮了我不少忙,我请你喝一杯表示感谢。"

说完,他坐到了餐桌旁。

初夏觉得他今天不太对劲儿,回道:"谢谢,你可以走了。"

韩烈将一杯奶茶推到他旁边的餐桌位置上,朝初夏勾勾手指说:"这是新品,过来尝尝,给完评价我就走。"

初夏皱皱眉,将胆小的小C放进卧室,关上门后,再回到客厅。她没有坐到餐椅上,伸手抓起奶茶,站在旁边插上插管喝了两口,是菠萝味儿的奶茶,酸酸甜甜的。

韩烈坐在餐椅上,也喝了两口,放下杯子,他朝初夏挑挑眉毛问:"怎么样?"

初夏面无表情地说:"不错,你可以走了。"

韩烈耸肩,又喝两口,站了起来。

他去抓还想钻进小C猫窝的"奶茶",初夏提前站到了玄关前。

韩烈牵着"奶茶"走过来,快要经过初夏身边时,他摸摸鼻子,突然丢开绳子揽住初夏的肩膀将人抵到了旁边的墙壁上。他动作突然,力道并不是很大,初夏后背刚贴到墙壁,见韩烈低头靠过来,她还以为韩烈要亲她,不由得闭上眼睛,脸也歪向一旁。

但韩烈并没有亲上来,他只是压着她,黑眸看着她迅速转红的脸。

韩烈额头向前,眼睛看着她,嘴唇对着她的耳朵问:"说实话,还有感觉吗？"

初夏的心扑通扑通地跳，他温热的气息吹在她敏感的耳垂上，像跳动的火。

韩烈看着她红润的嘴唇，想起了两人的初吻，不知道她还记不记得。他捧住她的脸，让她转过来，贴着她的额头说："那次在电影院，咱们喝的就是菠萝奶茶。"

初夏睫毛颤得厉害。

靠得这么近她都没有反对，韩烈直接吻了上去。

刚刚那团火还只是靠得近，炙烤着她，现在这团火直接蔓延过来席卷了她，比八年前清纯的初吻热烈，比梦中放纵的画面真实。

初夏全身都在战栗。她掌心紧紧抵着后面的墙，希望墙壁的清凉能让她保持理智。可这个人是韩烈，是每一次见面都让她忍不住心跳加快的男人。

"初夏，听妈妈的，你跟他不合适。"

"初夏，爸爸宁可你单身一辈子，也不想你勉强自己。"

初夏很慌，她不知道该不该这样下去。

韩烈突然将她抱了起来，客厅有只狗，主卧关着猫，他大步朝次卧走去。初夏的次卧摆了床，方便爸爸妈妈临时想过来的时候住，不过至今还没派上用场。韩烈抱着她走进来，一脚踢上了门。

窗帘开着，韩烈先走到窗户旁，一手拉上窗帘，然后抱着初夏扑到了充满弹性的大床上。初夏始终闭着眼睛。

韩烈眼睛都快红了，他从她的额头亲到嘴角，然后深深地吻她，像每一次梦醒后又不肯醒来的继续幻想。

"初夏，你看看我。"韩烈抬起头，指腹移到她的眼角。

初夏睁开眼睛，那清澈的眸子里像静水起了涟漪，让她清纯的脸都变得艳丽起来。

韩烈笑了，他抓起她的手，两人的指缝里夹着一个红色的小袋子。

"我再给你一分钟时间,如果你怕以后后悔,现在喊停还来得及。"韩烈认真地说。

初夏的视线在小袋子上的英文处停留了几秒,然后她摇摇头。八年前她选择离开,可是一直也忘不掉。现在她想,她渴望这个男人,就算以后他们各奔东西,她也不会后悔。

得不到的才念念不忘,如果她与韩烈一直分着,她可能真的会记住他一辈子。但初夏有个问题:"你随身都带着这个?"

韩烈笑道:"才买的,你一说跟博士断了,我就知道你在等我。"

初夏别开眼。

韩烈看着她绯红的脸,决定以后真的要随身携带这个必需品了。

上午十一点的时间,烈日如火,虽然拉上了窗帘,次卧里的光线仍然能让人看清。

初夏是韩烈长达八年的渴望,当梦境终于变成现实,韩烈就像一桶尘封八年的烈酒,而初夏是唯一能点燃他的引子。星星似的一点微火掉入坛中,烈酒无声无息地在密闭的狭小空间爆炸,他人化成了熊熊烈火,他呼吸灼灼,连周围的空气都变成蒸汽,潮湿闷热。

客厅开着空调,无人的次卧并没有开。

韩烈要的是初夏,她的人她的心,并不是简单的一次欢好。

他急着确定初夏的心里还有没有他,急着重燃初夏对他的感觉,却并不急着那最后一步。光亲初夏的脸他就亲了很久,他扣着她的双手,直到掌心的汗让他们手指交握都毫无阻力。后来他在她身上的每一处停留,都不比在她唇齿间的逗留短。

初夏已经彻底沉沦。她做过那么多有韩烈的梦,其中不乏今日这样的情形。光是一场梦就能让她醒来后身心发烫,现在真真切切地发生了,她所有的理智都彻底被韩烈焚毁。

她不在乎了,分别八年都忘不了的初恋,哪怕最后两人走不到一起,哪怕事实证明韩烈就是个渣男,至少这一刻,初夏得到了她想要的。不是韩烈单方面对她的索取,初夏也从韩烈这里得到了她想要的。

为初恋画个句号也好,为体内喧嚣的荷尔蒙找个宣泄口也好,她都不在乎了。

如果疼痛是暴风雨,至少初夏也淋得酣畅痛快。

韩烈就是她的诱惑。现在最强烈的诱惑得到满足,以后便可以理智地选择进退。

……

让初夏意外的是,韩烈可能用了一小时摧毁她的理智,文学中大肆渲染的也是男人们最向往的部分,韩烈大概只用了喝一杯奶茶的时间,而且是匀速快喝的那种,不是一边看电影想起来才喝两口。

初夏忽然想到她在网上看到过的一段对话。

有人问:那个真有那么令人着迷吗?

有人答:没经历前充满想象,经历后也就那样。

现在,初夏十分赞同这个回答。仿佛一场前面高潮迭起的悬疑电影,到了终于要揭晓谜底的时刻,才发现真相味同嚼蜡。

不过,让韩烈回答那个问题的话,他可能会送上一脸只可意会不可言传的神秘微笑。

浪潮的余波终于过去,韩烈从初夏肩膀上撑起来,黑眸含情脉脉地看向他的女孩。

初夏等他很久了。

见他终于起来了,初夏垂下睫毛道:"我去洗澡。"

韩烈:"……"

刚刚亲亲的时候还很配合,怎么完事就冷漠起来了?

"说会儿话。"韩烈压着她不让动。

初夏头发都被汗水打湿了,她不喜欢这种黏腻的感觉。韩烈见她皱眉,只好让开。

分开的时候,韩烈闷哼了一声,他故意的,去看初夏,她眉头都皱起来了。"

韩烈忽然懂了,这种事情,因为生理构造的区别,男女初体验差别太大。

初夏坐起来穿衣服,韩烈跟着坐了起来,扫眼床单,他担心地问她:"要不你再躺会儿?"

初夏套上短袖裤子,若无其事地出去了。

害羞了吧?韩烈提上裤子,光着上半身躺回另半边床上,闭上眼睛,嘴角翘了起来。

初夏去了主卧。

这边开着空调,小C卧在她的拖鞋上。看到她进来,小C警惕地抬起头。初夏反锁房门,从衣柜里挑出一套衣服,进了卫生间。

关上门,初夏往挂钩上挂衣服的时候,从洗手台镜子中看到了现在的她。头发乱糟糟的,脸像发烧了一样,嘴唇前所未有地红。

刚刚的那些画面再次闯进脑海,初夏收回视线,脱了衣服去冲洗。

韩烈穿着大裤衩抱着床单和短袖走出次卧,客厅的凉气吹得他浑身舒服。主卧那边有轻微的水声,见门关着,韩烈便没过去,而是抱着脏衣服去了外面的公卫。

东西丢进洗衣机,加入洗衣液调成快洗模式,韩烈虚掩上门,快速冲了个凉水澡。洗完他全身还在往外冒火一样,太兴奋了。

他出来的时候,主卧的门还关着。韩烈纳闷地在门口听了会儿,猜初夏短时间是洗不完了,韩烈回到客厅,看看时间,十二点半了。

餐桌上还放着两人的奶茶,韩烈随便抓起一杯咕噜噜喝干净,光着脚去了厨房。初夏的厨房干干净净的,一看平时就很少用。打开冰箱,新鲜蔬菜几乎没有,大都是速冻食品。

韩烈摇摇头,拿出三袋泡面、两个鸡蛋、四根火腿肠,还有两个番茄。

韩烈没用泡面里的酱料,煎蛋火腿肠炒熟放到一旁,泡面煮熟分别装碗,"当当当"切好番茄,姜蒜爆香后放进番茄块儿,开始调卤汁。

初夏吹完头发出来,看到了韩烈在厨房背对她刷锅的身影。餐桌上已经摆了两碗番茄火腿盖面,奶茶蹲坐在旁边,似乎对那两碗面非常感兴趣。

初夏看向挂钟,居然马上要一点了。

厨房,韩烈刷完锅,拿着两双筷子走了出来。初夏下意识地垂下目光。

韩烈笑了笑,坐到餐桌对面,然后将面少的一碗推到她这边,把筷子递给她说:"吃吧。"

初夏接过筷子,坐了下去。

她头发吹干了,细细的发丝蓬蓬松松的,双颊通红,是沐浴后的常见现象。脸红,还穿了件浅绿色的短袖,更像花骨朵,秀色可餐。

八年前韩烈也想得到她,可那时候初夏太嫩了,韩烈下不去手,现在两人都很成熟。

"够吃吗,要不要我分你点?"韩烈指指她的碗问。

初夏食量不大,可能连眼前这碗都吃不完。

"不用。"初夏低着头说,说完就开吃了。

韩烈出了一身汗,胃口很好。

初夏看看碗中的面,虽然是泡面,可味道比放了酱料的泡面好吃。

她喝过韩烈做的奶茶,没吃过他做的饭,不过他二十岁时就自己在外面租房住了,一个人生活会做饭也正常。有些事,八年前谈恋爱可以不了解,也想不到去问。可现在不一样了。

"我记得以前你自己租房住,现在似乎也一个人,你家人呢?"吃了一块火腿,初夏看着他的碗问。

韩烈筷子一停,抬眸看过来调侃道:"怎么好像变成咱们俩在相亲了?"

初夏一挑面说:"你不想说就算了。"

韩烈笑了下说："没什么不想说的。我小时候爸妈离婚，两人分别组建了新的家庭，我跟爷爷奶奶过。爷爷奶奶死了把房子给我了，后来遇到拆迁，我就在这边买了别墅。我妈那边没联系过我，我爸那边来纠缠过，被我撵走了。"

说完，韩烈继续吃面，边吃边盯着初夏看。

初夏心里有点不是滋味儿，不过都过去那么久了，韩烈可能也不需要她的同情。再者，现在同情有什么用，八年前她也伤害过他。

"还有别的想问的吗？"见她安安静静的，韩烈想听她说话。

初夏摇摇头。

恋爱结婚，除了感觉，还需要考虑性格、家庭、工作。性格需要慢慢了解磨合，她对韩烈最不了解的只有家庭。

"我吃饱了。"吃完一个鸡蛋，初夏剩了半碗面。

韩烈将她的碗挪到自己面前，指着公卫说："床单我已经洗了，趁现在太阳大，你去晾上吧。"

初夏就去了公卫。

打开洗衣机，这才发现韩烈将他的短袖也洗了，怪不得光着上半身。她还以为两人有了那层关系，韩烈就彻底放飞自我了。

爸爸妈妈都在外面出差，应该不会来她这边突击检查。初夏放心地将韩烈的短袖晾在了阳台上，床单洗得干干净净的，也可以晾。

等初夏将她之前穿的衣服放进洗衣机，韩烈已经吃完饭，并且刷了碗。

家里多了一个人，还是他，初夏很不自在。让他走吧，衣服还在阳台上。

"看电视吗？"初夏走到沙发前，拿起遥控器问。

"行啊。"韩烈拿着一瓶冰凉的纯净水，坐到了她旁边。

他是客人，初夏将遥控器交给他说："你找吧，我都可以。"

韩烈也不客气，快速地跳起台来。每个台停顿几秒钟，十几个台过去了,最后定在了一个英语频道。

初夏看他:"你听得懂?"

韩烈靠到沙发上,笑道:"听不懂,不过有点声音,免得你尴尬。"

初夏说:"你如果不想看电视,可以打游戏。"

韩烈拧开瓶盖,咕嘟咕嘟灌了两口,才说:"没兴趣。"

初夏关掉电视,站起来说:"那你在沙发上睡会儿吧,衣服干了我叫你。"

韩烈一把攥住她的手腕,仰头看着她问:"你去哪儿?"

初夏面朝茶几说:"书房。"

韩烈松开了手。

初夏真去了书房。

她没有什么事,不过初夏想让自己忙起来,便打开了一个并不着急交稿的翻译文件。才翻了几百字,韩烈进来了。初夏手没停。

韩烈靠坐在她旁边的书桌上,看着工作的女人,敲敲桌子问:"咱们现在算什么关系?"

初夏盯着笔记本屏幕说:"不知道。"

韩烈盯着她的眼睛问:"恋人可以吗?"

初夏没回答。

韩烈皱眉道:"难道你想把我当炮友?"

初夏忍不住瞪了他一眼。

韩烈笑了:"不是炮友,那就是恋人。咱们说好了,从今天开始,我是你的男朋友,家庭调查也做过了,你现在同意了,以后就不能像上次那样,随随便便甩了我。"

初夏抿抿嘴唇,没有反驳。

韩烈忽然低头,盯着屏幕看了会儿问:"今天要加班?"

初夏:"嗯。"

韩烈小声牢骚道:"都当老板了,怎么还这么忙?"

这话提醒了初夏，忙问他："奶茶店刚开，你不用过去吗？"

说好的创业呢，他创得这么悠闲？

韩烈立即出去了，还体贴地替她关上了书房门。

韩烈躺在外面的沙发上，手机放在肚子上，过几秒就拿起来看看时间。以为过去了很久，但从书房出来才十分钟。

初夏要加班多久？

理智告诉他不能打扰她加班，可韩烈静不下心，他还想。

刚刚他的表现就像猪八戒吃人参果，根本没来得及细品，没有那个定力，也没有那个意识。再来一次的话，他一定会好好表现，证明自己的实力，也让初夏真正喜欢上这种自从人类诞生便传承了几千年甚至几万年的古老运动。

茶几上有个水杯，韩烈去饮水机那里倒了半杯水，来到书房门前敲了敲门。

初夏习惯地保存文档，看向门口。

韩烈推门走了进来，对上她清泉般恬静的视线，韩烈举起杯子笑了笑说："怕你口渴，给你送杯水。"

他还光着上半身，手臂修长结实，六块腹肌紧致有力却不夸张暴起。韩烈长得白，这样的身材脱了衣服堪比秀场模特，穿上衣服则会显得非常斯文。

初夏看过很多漫画，其中不乏一些尺度较大的画面，但现实里的真人韩烈是第一个。

"谢谢。"初夏继续看屏幕了。

韩烈走过来，将水杯放在她旁边。

初夏目不斜视地敲着键盘。

韩烈站在她椅子背后，双手搭在了她肩膀上，感觉她的身体立即僵硬起来，韩烈笑道："周六还加班，真是太辛苦了，我帮你按摩按摩。"

初夏道："不需要。"

韩烈继续体贴地服务女友："反正我也闲着，你不用管我，该干什么干什么。"

初夏干不下去。他的手好像带电，她无法忽视这种强烈的干扰。

就在初夏准备撵他出去的时候，客厅里忽然传来一道手机铃声。初夏看眼她放在书桌上的手机，等着韩烈自己走开。韩烈在心里诅咒打电话的人，出去接电话了。电话是秘书打来的，提醒他别忘了今晚的商业饭局，晚上六点开始。

韩烈真的差点忘了，别的可以推，今晚的饭局对象关系到酒店集团的下一个大计划，没法推。

挂掉电话，时间显示已经下午两点了，开车过去要一小时，再加上回别墅换衣服，今天下午留给他与初夏的时间只剩两小时左右，但如果他办完事马上就走，那也太渣了。韩烈可不想给初夏留下如此恶劣的印象。

灌口冷水，韩烈去卫生间拿了拖把，帮初夏打扫卫生。"奶茶"进来的时候没擦脚，在地板上留下了很多小爪印儿。

一通卫生打扫下来，差不多也要回别墅换衣服了。

"喂，我得去店里看看，你不送送我吗？"穿上短袖，韩烈靠到书房门前，直接明示道。

初夏这才合上笔记本电脑，走了出来。

她走到门口，想出去。韩烈却攥住她的手，又将人抵到了墙上，低下头想亲她。

初夏挡住他的嘴，别开脸问："不是要走了？"

韩烈亲亲她的手心，笑道："不急这两分钟。"说完，他抓住初夏的手抵在旁边的墙上，吻住了她的嘴唇。

说是不急这两分钟，韩烈这一亲就亲了十几分钟。如果不是必须走，韩烈都想再将人抱到房间里去。

嘴唇分开的时候，韩烈还恋恋不舍地轻轻咬了初夏一口。这最后一下好像咬在了初夏心头，酥酥麻麻的。亲的时候她闭着眼睛，现在垂着长长的睫毛，就是不看他。

韩烈贴着她的额头，商量道："等我走了，记得微信拉我出黑名单。"

初夏道："嗯。"

韩烈还有很多话想说，没办法，时间差不多了，他揉揉初夏的脑袋，牵着"奶茶"走了。

初夏没有跟到客厅，她站在书房外面，听见关门声，才头往后仰，茫然地看向走廊顶。

小C悄悄地来到主人身边，用它圆圆的脑袋蹭了蹭主人的脚踝。初夏笑了，抱起小C去客厅玩。然后她才发现，客厅地板被人拖得干干净净，垃圾桶都清理过了，空荡荡的垃圾袋，一个碎纸屑都没有。

韩烈一直都是非常爱干净的人。

初夏喜欢他的干净，发现他的一个优点后，初夏找到手机，把韩烈从黑名单里拉了出来。

没多久，韩非子发了一个问号过来。

初夏还在琢磨问号的意思，韩非子发了一条语音："我先出门了，晚饭在外面吃。你去超市买点蔬菜，少吃垃圾食品。"

初夏又想起了韩烈继颜值高、爱干净后的第三个优点：厨艺好。

初夏回了一个"嗯"，晚上继续吃速冻食品。这么热的天气，她不想出门买菜。

韩烈晚上专心饭局应酬，一直到晚上十点叫了代驾，他才扯扯领带，靠在后座联系初夏：睡了吗？

初夏在看书，她通常十一点睡。

不过，推理下韩烈可能的回答，初夏撒谎道：嗯，正要睡。

韩烈闻闻身上的酒气，去奶茶店怎么会喝酒？今晚去找她很容易被怀疑，他便假装信了她：睡吧，明早我做好早饭叫你过来吃，想吃什么？

如果有人愿意给她做饭,谁还想吃速冻与外卖?

初夏:你会做什么?

韩烈发了一个骚包的表情包过去:只要你说,没有我不会做的。

初夏想了想,点了葱油拌面。

韩烈:OK,睡吧,手机别静音。

初夏回了个晚安,确定韩烈没再发消息了,她继续看书。

晚上路上不堵车,韩烈十点四十分回了锦绣花城。

让代驾将车开进车库,韩烈去了九栋楼那边。他从一单元的一层往上数到九层,看见初夏的房间还亮着灯。

韩烈笑了笑,看着那么乖,其实就是个小骗子,够能装的。从初遇到今天上午,如果不是他明察秋毫,谁能看出她心里还有他?

韩烈心情好,坐在一单元前的绿化带边上,拿出一根烟抽了起来。一根没抽完,初夏熄灯了。

这么早就睡觉,还真是自律的乖宝宝。

韩烈叼着烟回了别墅,冲个澡,定好明早六点的闹钟,也破例睡了个早觉。

六点钟,韩烈准时起床,洗脸刷牙,牵着"奶茶"溜达一圈又把"奶茶"送回别墅,然后开车去了附近的超市。食材全部挑了最新鲜的,韩烈开车返回,准备得差不多了,给初夏打电话叫她过来。

七点半,初夏站在韩烈的别墅前,按门铃。

韩烈系着围裙来开门,修长挺拔的身形,短发利落,帅气又清爽。

"等等,我给你录个指纹。"韩烈叫住初夏,一边操作指纹锁,一边说。

初夏犹豫道:"这个不用了吧?"

韩烈动作一顿,黑眸危险地看着她问:"怎么,你还想哪天甩了我?"

初夏刚与他复合，怎么会这么快就做那种打算？

"没……"

"那就录指纹，就算哪天你甩了我，我也不怕你半夜溜进来非礼我。"韩烈痞笑着道。

初夏才不会做那种事，但还是按上了食指。

录好指纹，韩烈带她进去了。

早饭光吃拌面干巴巴的，韩烈还煮了现包的小馄饨，餐桌上甚至还摆了一盘切好的水果。

初夏咽了咽口水，虽然还没有品尝味道，但韩烈端上来的小馄饨与拌面，卖相还真是诱人。

"你几点起来的？"坐下后，初夏扎了片西瓜，问他。

韩烈解开围裙坐到她旁边，笑着说："还好，六点，先遛的狗。"

他坐得很近，有种强势的侵略气场，明明开着空调，初夏居然开始觉得热。

"你平时也起这么早？"她问。

"差不多吧，我有晨跑的习惯。"

韩烈吃口西瓜，将筷子递给她说："别客气，吃吧，都是我做的，尝尝味道怎么样。"

初夏接过筷子，刚要挑拌面，旁边突然传来他的"等等"。初夏疑惑地一偏头。

韩烈指向她嘴角说："这里有西瓜汁。"

初夏有点尴尬，想抽张纸巾擦掉，面前光线一暗，下巴被他托住，韩烈俊美的脸靠了过来。

昨天上午的吻是菠萝味的，今早的吻是甜甜的西瓜味儿。

热吻可能只持续了一分钟，但韩烈似乎掌握了一些技巧，分开时初夏的心还在狂跳。太欲了，像漫画中画的那样。

"先吃吧。"韩烈的声音明显比刚刚哑了，转过身吃自己的这份。

初夏尽量当什么都没发生过，安安静静地吃光了盘子里的拌面。小馄饨韩烈给她捞了十几个，初夏只吃了四五个，主要喝汤了。

"胃口这么小，怪不得那么瘦。"韩烈批评说。

初夏没觉得自己有多瘦，标准体重。

韩烈将她剩下的小馄饨都吃了。

初夏趁机去了客厅，"奶茶"寸步不离地跟着她。

韩烈三两下刷了碗，洗完手过来找她。

初夏摸着"奶茶"的大脑袋，看着他走过去的长腿问："今天要去店里吗？"

韩烈拨开"奶茶"，霸占了她身边的位置，坐下时手臂直接搭在她后面的沙发靠背上，跷起一条腿道："不去，我把我的绝技全都传授给店员了，以后不定时过去看看他们就行。都当老板了，干什么把自己搞得那么累。"

初夏觉得他真是心宽，创业初期都敢这么懒散。不过初夏没比韩烈强多少，开个公司比自己打工赚得多点就行，她也没有给自己定多高的盈利目标。

韩烈的坐姿让她有种他随时可能会抱她的感觉，初夏站起来说："我……"

"我带你参观参观吧。"韩烈打断她的话，双手插着口袋站了起来，戏谑地朝她挑挑眉毛说，"说不定这里就是咱们的婚房了。"

婚房？初夏根本没想那么远。

从某种意义上来说，她与韩烈虽然认识八年多了，但中间整整八年都是分开的。本来当初就不够熟悉，现在除了身体上的交流跨了一大步，剩下的，都需要慢慢熟悉磨合。

初夏不想参观韩烈的房子。房子都差不多，就算韩烈这栋是别墅，也就是普普通通的别墅，能有什么值得参观的？由此可见，韩烈邀请她参观房子根本就是醉翁之意不在酒。

两人刚刚吃完早饭，饭后不适合做那种运动。

"改天吧，我明天有场商务口译，得查些资料。"初夏还是要走。

韩烈盯着她问："真的？"

初夏点头，明天那场口译要求比较高，她这两天都在做内容背景调查，免得遇到专业术语卡壳。韩烈信了，牵着"奶茶"送她回九栋楼。

到了九栋楼下，韩烈拉住了初夏的手。

阳光灿烂，他狭长的黑眸电力十足，初夏看他一眼便移开了视线。

韩烈问她："白天你忙，晚上我过来给你做晚餐？"

初夏默认了。

韩烈捏着她纤细的手指，舍不得松开。

有人从旁边路过，两人这样怪尴尬的，初夏转身先走了。

韩烈摸摸鼻子，牵着"奶茶"回了别墅。

中午初夏收到韩烈的微信，说他在奶茶店，提醒她吃午饭。

初夏已经吃上了，煮的小火锅。

饭后睡个午觉，初夏继续为明天的工作做准备。

明天的客户是一家轮胎公司的总经理，姓陈名宗平，初夏之前一直都是与他的秘书对接工作。陈家的轮胎公司在榆城做得还不错，这次是与澳大利亚一家公司洽谈商业合作。

下午三点多，对接秘书突然给她发了一条消息，说陈总想与她吃顿晚饭，再跟她介绍明天需要注意的一些地方。提前沟通有助于翻译的顺利进行，初夏当然同意了。

挂了电话，初夏又通知韩烈，告诉韩烈今晚她在外面吃饭。

韩烈坐在公司的办公室里，收到了女朋友的消息。他问她晚饭在哪家餐厅，等初夏吃完去接她。初夏把地址发给了他。

晚上六点，初夏提前十分钟抵达约好的西餐厅。

陈宗平已经到了，应该是从秘书那里见过初夏的照片，看到初夏，陈宗平站起来朝她招了招手。

初夏是第一次看到这位陈总。出人意料的是,陈宗平看起来非常年轻。他可能与初夏年纪相仿,穿着一身黑色西装,俊美温和。

"陈总,您好。我是翻译许初夏,不好意思,让您久等了。"初夏笑着伸出手说。

陈宗平与她握手,笑得很平易近人地说:"许小姐客气了,我也刚到,没想到你这么年轻。"

两人面对面坐下说话。

陈宗平很会聊天,先不提工作,问初夏是不是本地人,接着就聊起了大学、高中。服务员上菜的时候,初夏已经对陈宗平有了差不多的了解。巧合的是,陈宗平与她同岁,上的同一所高中,只是初夏读的文科,陈宗平读的理科。既然是高中校友,两人的关系一下子近了很多,陈宗平先与初夏交换了微信,才开始谈明天的洽谈内容。

初夏拿出笔记本,记了一些要点。

七点半,初夏收到韩烈的消息,说他已经到了楼下,如果初夏还要再等一阵,他去地下停车场找个车位等她。

初夏:那你去吧,我可能还要一会儿。

放下手机,初夏继续看向陈宗平。

陈宗平开玩笑似的问:"男朋友催了?"

因为她回复消息中断了刚刚的谈话,初夏抱歉地点点头。

陈宗平笑道:"怪我耽误你太久,那就这样吧,该说的也差不多都说了,有什么需要补充的,明天到了公司再跟你沟通。"

初夏道:"好的。"

初夏要去停车场,陈宗平也开了车来,两人便一起搭电梯下去。

韩烈的车位距离电梯有点远,收到初夏说她下来了的消息,他便去电梯口等她。

电梯里有七八个人,初夏、陈宗平等其他人走了,他们才出来。

韩烈穿着一身休闲装站在电梯旁边,就他一个人站在那里,挺拔帅气得跟偶像剧男主似的，凡是从电梯里走出来的人，都很难不注意到他。

陈宗平没想到会在这里遇见韩烈，韩烈也没想到会遇到他。

两个身高相仿的男人互相盯着看了几秒，韩烈先开口了，朝他伸出手道："你好，我是初夏的男朋友，多谢帅哥照顾我们的生意。"

陈宗平看眼初夏，与他握了握手，然后向初夏道别："那我就不打扰许小姐约会了，明天见。"

初夏笑着说："陈总慢走，明天见。"

陈宗平点点头，去找他的座驾了。

韩烈看眼他的背影，皱了皱眉，揽着初夏的肩膀，一边走一边问她："谈什么谈这么久，他不会对你有意思吧？"

车库很闷，他身上更热。初夏推开他，保持距离道："正常的沟通工作，你别乱说。"

韩烈不放心。

开车回了锦绣花城，韩烈送初夏去九栋楼，他当然也跟了上去。

初夏先去洗澡了。韩烈坐在客厅沙发上，眼睛看着窗外，手里转着手机。

榆城很大，但对于他们这些土生土长又混出一点成绩的人来说，榆城又很小。一个方跃同时认识他与初夏，现在又多了一个陈宗平，保不住哪天又冒出来一个。陈宗平应该不会碎嘴到去初夏面前乱说，别人不一定。

其实他最开始隐瞒身家接近初夏，是想得到初夏最单纯的回应，想要不掺杂任何现实因素的感情。现在初夏不介意他拆迁暴发户的身份与他复合，韩烈已经得到了他想要的。

问题是，现在他向初夏坦白，初夏会不会生气？不坦白，将来从别人口中知道了，她肯定会更生气。

韩烈烦躁地攥住了手机。

初夏洗完澡，换上家居服走了出来，她的头发吹得蓬蓬松松的，双颊绯红，比白天多了几分妩媚。

她端着水杯去饮水机那里接水，韩烈的视线跟着她走。

今晚告诉她也得看时机，亲热前亲热后又不一样。亲热前说，韩烈觉得他今晚以及未来很长一段时间可能都得继续素着；亲热后说，"渣男"的帽子非他莫属。

韩烈不想变成初夏心中的渣男，可他想再亲亲她。

关了客厅的灯，韩烈走到初夏身后，从后面抱住了她。

初夏闭上了眼睛。

韩烈迷恋地亲她的耳垂，亲她的嘴角，两人一步步退到墙边，韩烈扣着她的双手，免得自己忍不住要更多。亲了一阵，韩烈才停下来，在初夏耳边喘气。

初夏有些意外。

韩烈想了想，问她："初夏，如果我一直在骗你，我不是拆迁暴发户，你会生气吗？"

初夏沉默了。

哪里有那么多如果，韩烈能在这个时候停下来与她谈这个，说明根本没有如果。

那不是拆迁暴发户的韩烈，为什么能在锦绣花城买别墅？

初夏突然想到了方跃，那天在机场，方跃分别叫过韩烈"烈哥""老大"。这种称呼，难道韩烈混黑社会了？初夏能接受一个奶茶小哥，但绝对接受不了那种人物。

她先推开韩烈，打开客厅灯，站到了几步之外，防备地看着韩烈问："不是暴发户，那你哪来的钱买别墅？"

哪有成功人士自己介绍自己的创业史的，那不成了炫耀？韩烈打开酒店集团的官方介绍，将手机递过去，让初夏自己看。

官方介绍只介绍了三季酒店的创立时间与如今的业务成就，并没有提到集团老板是谁。初夏不懂。

韩烈笑了笑说:"这个集团是我创立的。"

初夏与他对视几秒,再次看向手机。上面有个时间点,三季酒店创立那年,确实是她与韩烈分手的那年。

"当年我爸有家旅店,后妈一直防着我抢家产,我从没有想过。后来你甩了我,我想快点赚钱,正好遇上拆迁拿到一笔款,就换了我爸那家旅店。取名三季,是因为少了夏天。"韩烈简单地解释道。

初夏不知道该说什么。

现在不问以后也会问,韩烈主动坦白道:"我不告诉你,是想试试我在你心里的位置。如果我只是拆迁暴发户,你都愿意跟我复合,那就说明,说明你对我是真爱。"

韩烈故意戏谑着,试图蒙混过去,但初夏没那么好糊弄。

他是暴发户她也愿意复合,在韩烈看来她确实是真爱他了。那如果她不愿意复合,韩烈眼里的她是不是就成了势利女?

八年前她与韩烈分手,是她势利,觉得跟一个奶茶小哥在一起没前途。现在她决定重新与韩烈谈恋爱,除了那强烈的吸引,未必与韩烈至少别墅住了脱不开关系。可就算她虚荣势利,就算韩烈有理由这么考验她的感情,却不代表初夏就该毫无芥蒂地当他试验的小白鼠。

胸口起了一团火,但初夏不是任意爆发的性格。她走向放水杯的桌子,喝了口水。

韩烈紧张地看着她,他才没单纯到以为喝水就是没事了。

"虽然我通过了你的考验,但我对你谈不上什么真爱。"初夏放下水杯,平静地看着对面俊美的男人说,"如果你换张脸,可能咱们根本不会开始。"

韩烈不是冲动的人,初夏假装平静好几分钟才放出来的狠话,对他来说没有任何杀伤力。

他摸了摸自己的脸,笑着说:"我就长这样,没有如果。就算你爱的是我的脸,你不嫌我穷,那也是真爱。"

初夏不想看他嬉皮笑脸，指着玄关说："你走吧，我不想再看到你。"

韩烈知道她需要冷静一段时间，举起双手投降道："好，我走，但你不许拉黑我。职业上我是骗了你，可我追你的心是真的，你不能得到我就想甩了我。"

初夏冷冷地看着他。

韩烈不敢再闹，退到门前，他认真地说："你先冷静冷静，明晚我再找你。"

韩烈走了。

初夏靠到沙发上，对着窗外发呆。

她很生气，气韩烈总是骗她。从重逢到现在，他一会儿骗她要去约会相亲，一会儿又骗她在景点遇到的是前相亲女友，一会儿又澄清说那些统统都是假的。现在韩烈居然告诉她，他拆迁暴发户的身份也是假的，他其实是一家连锁酒店集团的老板。

骗来骗去，初夏都分不清韩烈对待两人的感情，到底是什么态度了。

韩烈说他只是想知道她对他是不是真爱，可初夏如何判定他这个理由的真假？长成那样还总是油嘴滑舌地骗人，越分析越像渣男。但如果彻底按照渣男的套路剖析，韩烈应该在得到她后亮出家产，狠狠地羞辱她一番，报了当年被她甩的仇后潇洒离去。而不是一早起来给她做葱油拌面，又在可以再次亲热之前向她说出真相。

初夏很烦，但明天还有工作，初夏暂且不想了。然而，这晚她还是失眠了，翻来覆去直到快三点才睡着。

第二天早上九点，初夏按照约定到了陈宗平的轮胎旗舰店。

陈宗平临时补充了几点。九点半时，澳方老板来了，在旗舰店转了一圈，又去了陈宗平在榆城外围的轮胎制作厂。

下午三点，澳方老板满意地走了。

陈宗平先将澳方老板送回酒店，又提议送初夏回家。他坚持，初夏就同意了。

司机开车，两人都坐在后排。

"陈总认识韩烈？"初夏忽然问。昨天晚上在停车场见面时，初夏觉得韩烈对陈宗平的态度不太对。

陈宗平笑了笑，道："我与韩总的关系，还是他来告诉你比较合适。"

他有一双狭长的眼睛，韩烈也是。如果两人是普通的商业关系，彼此都没有什么好遮掩的。

初夏有了猜测。

韩烈说过他的家庭背景，爸爸、妈妈离婚后都组建了新的家庭，爸爸那边的孩子肯定姓韩，陈宗平应该是韩烈同母异父的弟弟吧。

锦绣花城到了。

陈宗平送初夏下车，朝她一伸手，微笑着道："你是个很好的翻译，希望我们还有机会合作。"

初夏回握，等陈宗平上车了，她才进了小区。

昨晚初夏只是生气烦躁，什么都没做，现在她搜了搜韩烈与三季酒店的内容。

韩烈是个低调的老板，网上并没有与他家庭相关的报道，初夏倒是看到了韩烈关于"三季酒店"取名的解释。他说他不喜欢夏天，很像赌气的话。

初夏试着搜了搜韩烈的绯闻，没有。也是，又不是娱乐圈的明星，绯闻铺天盖地。

初夏没有拉黑韩烈，五点半时，韩烈发了一条消息过来：我现在回去，晚饭想吃什么？

初夏想，一个渣男老总，不会无聊到给他想报复的前女友做晚饭吧？

昨晚初夏很生气，现在她冷静多了。她能理解韩烈想看看她是不是真爱他的心理，初夏只是气他的反反复复，真假难分。可要为她做晚饭的韩烈，让初夏更愿意相信他。

跑了一天，初夏确实饿了。

她回复韩烈：叫花鸡。

韩烈发消息前最怕又被她拉黑了，消息发送成功后，韩烈又怕初夏不理他。直到收到初夏点的菜，韩烈才兴奋地一拍方向盘。

不过，初夏要吃叫花鸡，明显是想报复他，但他不会被一道叫花鸡难倒的。

他回了初夏一个大大的"OK"：我去买菜，等着！

初夏笑了，如果韩烈真的是渣男，他用这种方式来渣她，她并没有任何损失。

韩烈在超市逛了一小时，才买齐做叫花鸡需要的所有材料。这时候都六点多了，怕初夏饿肚子，韩烈又打包了两份熟食。

开车回到锦绣花城，韩烈将东西放回别墅，先去九栋楼找初夏。他熟练地蹭了别人的卡混进去，到了九层按响初夏的门铃。

初夏透过摄像头见他两手空空，没有开门，问他："鸡呢？"

韩烈笑道："你厨房东西不全，我来接你去我那边。"

初夏这才开门。

门刚开，韩烈立即挤了进来，一边将初夏按到玄关柜上，一边用脚踢上门，抱着初夏的腰急切地亲吻起来。

初夏根本没有时间反抗，便被他用那种极欲的方式亲了几下，心头麻麻的。

不知过去多久，韩烈终于停了下来，贴着她的额头道："对不起，谢谢。"

对不起他自作聪明骗了她，谢谢她愿意相信他。

初夏偏头，脸很红，语气很淡地说："不用谢，我只是势利，你有钱我反而占了便宜。"

韩烈笑道："我知道你不是那种人，就算是，我也心甘情愿赚钱给你花。"

初夏看他一眼，垂眸说："我饿了。"

韩烈拉着她的手往外走。

从九栋楼到他的别墅，韩烈都一直与初夏十指相扣。

回了别墅，韩烈先摆好熟食，两人提前垫了垫肚子。接下来，便是韩烈的个人厨艺展示了。

按照韩烈搜的叫花鸡食谱，不算处理其他食材的时间，光一只鸡就要耗时四个多小时，其中包括一小时腌制，三个多小时的烤箱旺火、小火、微火烤。

初夏坐在吧台边上看他忙。

韩烈将处理好的鸡加入调料腌上，计时后，便脱了围裙洗洗手朝初夏走来。

初夏奇怪地看着他问："弄好了？"

韩烈朝她挑挑眉毛说："要腌一小时，我带你去参观参观二楼。"

初夏脸红了，因为他的卧室在二楼。

这次韩烈不允许她再躲，抱起人径直去了二楼。"奶茶"一直跟在主人身后，没想到主人一进门就把它关外面了。它挠了挠门，可惜主人并没有走过来，"奶茶"转了两圈，然后乖乖趴了下去，在这里等主人出来。

上次韩烈表现不佳，这次他让初夏认清了他真正的实力。如果不是一楼厨房的计时器嘀嘀响着提醒他该去烤叫花鸡了，韩烈还不会停。

亲了初夏一口，韩烈爬起来之前对她道："在这儿等着，烤好了我叫你。"

初夏没有看过那份食谱，单纯地信了韩烈的话。昨晚她没有睡好，现在有点困了，韩烈出去后，初夏便在床上睡了。

韩烈在下面叮叮当当忙了半小时，用荷叶、酒坛泥裹好叫花鸡放进烤箱，定好旺火烤需要的四十分钟，又洗洗手跑上了二楼。

初夏还没有熟睡,听到开门声,她睁开眼睛,困倦地问:"好了吗?"

韩烈笑笑说:"还没,你继续睡吧。"

初夏觉得他的笑容并不像希望她睡的意思。果然,韩烈又陪她睡了四十分钟。这次韩烈又让她躺在床上等,初夏没有那么傻了。

韩烈去厨房了,初夏去卫生间洗澡时没有锁门。韩烈定好九十分钟小火烤重新上来,听着水流声去了卫生间。初夏终于见识了韩烈这方面的能力,原来时间长短是他自由控制的。

洗完澡,韩烈又下去了。

初夏看看时间,已经十一点半了。她穿着韩烈的白衬衫走出房间,才走到楼梯前,下面韩烈又要上来了。

初夏马上问他:"还没好吗?"

韩烈仰着头,笑得不怀好意地说:"再微火烤九十分钟。"

九十分钟?看着韩烈开始往上走,初夏立即退回房间,从里面反锁了。

韩烈万万没料到她还有这一招。

"初夏。"韩烈叫她。

初夏看着门板说:"我明早再吃,今晚你睡别的房间吧。"

都已经三次了,再来九十分钟,初夏受不了。早知这顿叫花鸡会让他如此愉快,初夏一定会换一道菜。

"别的房间都是空的。"韩烈靠到门上,对天发誓说,"你让我进去,我保证今天不会再碰你。"

初夏不相信地说:"那你睡沙发吧,我明天还要上班。"

说完,初夏去床上躺着了,还关了灯,任凭韩烈怎么说她都不放他进来。韩烈没办法,真的在沙发上睡了一晚。

初夏这晚睡得很香。

韩烈睡得也不错。早上六点,韩烈准时来敲门,提醒初夏该起床吃鸡了。

初夏很困，去卫生间洗漱，发现这边只有一套洗漱用具。她漱漱口，洗了脸准备回她那边刷牙，换了衣服再过来。刚打开门，韩烈又来了，睡醒一觉的男人，活力四射。

初夏避开他的唇，嫌弃道："还没刷牙。"

韩烈说："我刷了，在下面刷的。"他怎么可能那么不讲究。

初夏扭头道："我没刷。"

韩烈笑着说："没关系，我没那么讲究。"

男人就像一团火，很快便用他的体温烧毁了初夏的理智。

再次被韩烈压到床上，初夏没控制住情绪，抓了他肩膀一把，不满他贪得无厌。她只抓不说，但韩烈明白她为何生气。

他扣住初夏的手，看着她躲闪的眼睛道："牛郎织女一年才见一次面，如果他们有一天的时间，你猜他们会做什么？"

神话传说也被他说得这么污，初夏不想回答。

韩烈趴下去咬了她手背一口，咬牙切齿地提醒她说："他们好歹一年能见一次，想想你甩了我多久，如果你早点回来，我会饿得这么狠？"

初夏垂下睫毛说："我不知道你……"

不知道他没有再谈恋爱，不知道他也没有忘了自己。

"我去找过你。"韩烈忽然说。

初夏难以置信地看着他。

韩烈拉着她的手，放到了四年前他在酒吧与赵秦认识时留下的腹部刀疤上。

初夏前几天见过他光着上半身，但她没有仔细看，现在亲手摸到了，才发现那里有道疤。

"怎么弄的？"初夏闭上眼睛，掩饰里面的水光，可泪珠从她眼角滚了下来。

韩烈吻走她的眼泪，笑道："都过去了，能等到你，怎么都值。"

第六章
大暑

好了伤疤忘了疼,更何况是四年前的疤,一个疤能换来初夏为他掉眼泪,韩烈做梦都要笑醒。他压着初夏缠绵了一小时,过后仰面躺到初夏旁边,对着房顶呼了长长一口气。

初夏抱着被子坐起来,看向他露在外面的小腹。那么久的疤,现在已经变得灰白,不仔细看很难发现。像是刀疤,有三四厘米长。

韩烈在说完他去找过她后,才让她摸的这个疤,是与找她有什么关系吗?

"到底怎么弄的?"初夏的手指轻轻按在那道伤疤上,问韩烈。

韩烈腹肌一紧,看她的眼神变得幽深起来:"男人的腹肌就像女人的胸,我劝你不要点火。"

初夏立即缩回手。

韩烈笑着将她拉下去,重新压到了她身上。

初夏意外他还想来,皱眉说:"行了,还要去上班。"

韩烈知道,自己就是太喜欢抱她,念了八年,现在终于可以天天抱了,当然要抱个够。

初夏让他亲了几口,又追问刚刚的问题。

倒也没什么要瞒的,韩烈看着她明净的眼睛,叹道:"经常会想你,那天想疯了,一冲动去 B 市找你。到了你学校外面又不敢见你,怕你已经交了新的男朋友,怕你看不起我。后来去酒吧喝酒,遇上两帮人打架,我糊里糊涂地掺和进去挨了一刀。"

他说得轻松,初夏想到他白跑一趟没见到她还挨了刀,心里又难受了。

韩烈赶紧亲她的眼睛说:"好了好了,都过去了,都快三十岁了,还喜欢哭鼻子。"

初夏捶了他一下。

韩烈又亲她,但两人都要上班,韩烈凭借自己超强的自制力坐了起来。

韩烈这边有备用的牙刷,初夏刷牙的时候,他去下面准备早饭。

昨晚烤了几小时的叫花鸡终于上桌,因为韩烈也是第一次做这道菜,味道一般般。

韩烈自我检讨说:"这次失败了,下次一定进步。"

初夏看他一眼,决定韩烈再做叫花鸡的时候,她一定不会再跟他待在一起。

吃完早饭,韩烈换上西裤衬衫,陪初夏回九栋楼换衣服。他一路跟进了初夏的衣帽间,被初夏红着脸推出去。

八点十分,韩烈将初夏送到湖滨大厦的楼下。

"我自己上去吧。"初夏解开安全带,见韩烈也想解时马上说。

韩烈顿了顿,笑道:"也行,过来给我亲一口。"

初夏没理他,推开车门下车了。

韩烈朝她挥挥手说:"行,晚上一起算。"

楼底下不能长时间停车,韩烈就开走了。

初夏看着他的车,眼底露出无奈。其实有很多话想跟他聊聊的,问问他这几年是怎么过来的,问问他的奶茶店还要不要继续开。可昨晚见面后韩烈就像一条发情的狼,光缠着她做了,都没给她机会问。

初夏进了办公楼。

下午两点,初夏接到一个陌生电话,说她的外卖到了,叫她去这层的电梯口拿。

初夏解释道:"我没点过外卖,是不是打错电话了?"

对面是个欢快的陌生男声:"没错,就是你。是杯奶茶,我们店长亲自配送的。"

初夏:"……"

她挂掉电话,保存文档,走出了办公室。

前台罗玉在本子上画着什么,看到她出来,罗玉盖上本子,朝初夏灿烂一笑问:"老板出门了?"

初夏点点头。

关上玻璃门,初夏看了眼罗玉。他是妈妈介绍过来的,如果韩烈跑到公司来,罗玉看见后会不会给妈妈打小报告,说她在与一个帅哥来往?

初夏还没想好要怎么告诉妈妈她与韩烈复合的消息,昨晚她想与韩烈聊的话题之一也是这个。

现在妈妈当然不会觉得她与韩烈在一起没前途,但当年妈妈带着她去奶茶店外面分析两人的未来时,根本不在意韩烈会不会看见她们。妈妈不在意是因为不相信韩烈会翻身,会做到有一天可以打脸她们母女的程度。现在韩烈创业成功,两人再见面,妈妈会不会有面子上的问题?韩烈对妈妈又是什么态度?

初夏一边想事情,一边沿着走廊走向电梯大厅。

她果然看到了韩烈,穿着黑色西裤白衬衫,干净又帅气。

"要去谈生意,路过这边上来看看你。"韩烈走过来,笑着解释道。

初夏还想问他怎么这么闲来着,现在不用问了。

"快去忙吧。"初夏接过奶茶,催他说。

这边有监控，韩烈猜到初夏不会给他亲，在认认真真看了她几十秒，约好晚上过来接她后，潇洒地进了电梯。

初夏一直站在大厅，电梯门关上了，她才笑笑，提着奶茶往回走。

走到半路，初夏退回大厅，一边喝奶茶一边等，大概五分钟后才返回。

罗玉见老板带着一杯奶茶回来了，懊恼道："早知道你去楼下买奶茶，就让你替我带一杯了！"

初夏要的就是他的误会。

下午六点多，谈完生意的韩烈才过来接初夏下班。

几个员工都走了，初夏锁上门，坐电梯下去。到了楼下，看到韩烈坐在一辆宾利后排，放下车窗看着大楼入口这边。

锦绣花城那栋别墅没让初夏感受到韩烈集团老板的身份，这辆宾利让她感受到了。

不仅初夏愣了几秒，对面奶茶店的小吴经理也被自己的老板帅到了，不停地看向这边。

初夏坐进了宾利。

司机专心开车，韩烈握住初夏的手，问她想吃他做的菜，还是去下馆子。

初夏忍不住问："韩总不忙吗？还有时间天天做饭？"

韩烈被她逗笑了，平时越正经的人，调侃起人越是那个味儿。

笑归笑，韩烈握着她的手道："只要我有时间，只要你想吃，我就给你做。"

这话甜言蜜语的成分太足，初夏相信他能坚持几天几个月，却不可能坚持几十年。除非韩总像她的医生爸爸一样，虽然工作忙碌，但爱好做菜。

"去餐厅吧。"

韩烈过来的时候就做了两手准备，餐厅已经预约好了，去了榆城做叫花鸡最好吃的那家店。女朋友想吃叫花鸡，他的厨艺不行，今晚去店里补偿她。

明明就两个人，韩烈还订了一间包厢。

点完菜，初夏问他："你平时都这么大手大脚吗？"

韩烈摇头，笑着给她倒茶："平时没有饭局我要么叫外卖，要么随便去路边餐馆吃。现在跟你约会，规格当然要升上来。"

初夏说："我还是更习惯定个两人桌、四人桌。"

韩烈应道："行，以后都听你的。"

也不是必须订包厢，这不是一天没见，韩烈想有个私密空间，可以和她单独待在一起。被初夏批评了铺张浪费，韩烈也不好意思再多说什么了。

吃饭的时候不适合聊一些话题，回到初夏那边，她还没开口，韩烈又发情了。

初夏："……"

她也单身八年，怎么没有他这么旺盛的需求？

两人都滚到床上了，初夏有电话。

韩烈不想让她接。

初夏按住他的手，气息紊乱地说："可能是我妈。"

目光对上，韩烈躺到了旁边。

手机在客厅，初夏去外面接，果然是妈妈廖红打来的。

上周廖红、许瑞安都出差，现在许瑞安还在外面，廖红今天回榆城了。

廖红想女儿了，问："吃晚饭没？要不要妈妈过去接你，今晚回家住？"

初夏看眼走过来的韩烈，他裤子还算整齐，衬衫上面几颗扣子都解开了，双手插着口袋靠在走廊的墙边，底下的腹肌都能看见。

初夏收回视线，对着手机说："今晚要赶个稿子，明晚再回去吧。"

廖红失望道:"好吧,早点睡,别熬太晚。"

初夏嗯了声,又闲聊两句,就挂了电话。

韩烈见她放下手机,这才走到沙发这边,坐在初夏身旁。

初夏一偏头,认真地问他:"你恨我妈吗?"

她的眼神真的很认真。

韩烈笑道:"电视剧看多了吧,我恨她做什么?你们家那么有钱,我当时只是个打工的服务员,你妈要是高兴我跟你在一起,那才奇了怪了。"

换成他是廖红,一个没出息的奶茶小哥敢哄他的乖乖学霸女儿早恋,韩烈会用一种更不客气的方式掐断女儿的感情。

抱住初夏,韩烈说实话道:"现在是不恨,当时确实气了很久。有件事我没骗你,当初我确实是看见你爸妈在这边买的房子才跟着买的。我想啊,就算你回来可能忘了我,可能还会跟别人结婚住在这个小区,我就故意在你妈过来看你的时候去她眼前晃悠,能气她一回就算报复了。"

初夏安静地听完,推开他说:"你不是说在这边买房是为了等我?"

韩烈哈哈笑道:"你单身就是等你,你有别人了,那我就给你添堵!"

他没有那么心胸狭隘去廖红面前狗血打脸什么的,但也没有那么大方,能做到若无其事地祝福他惦记了多年的女孩跟别的男人在一起。如果初夏与她的"男朋友"是真爱,韩烈添回堵就会离开;如果初夏与"男朋友"的感情不怎么样,韩烈也许会把她抢回来。

总之,他不是多坏的人,也不是多好的人。但韩烈喜欢初夏,初夏问什么,他都会说实话。

就是因为他太诚实,初夏反而生不起气来。

"话说回来,你准备什么时候带我去见家长?"韩烈抓回初夏的手,观察着她的表情问。

如果初夏根本没打算带他去见爸爸妈妈,说明他现在做得还不够,还得继续努力。

初夏没主意。

"再等等吧,咱们刚在一起,也许过段时间会发现,其实咱们并不合适。"初夏理智地说。

"哪里不合适?"韩烈靠近她,故意贴着她敏感的耳垂问,"我觉得咱们哪里都合适,合在一起,天衣无缝。"

初夏:"……"

他这是污化成语!

说话一污,韩烈人也污了,窗帘一拉,在沙发上与初夏上演了一场"天衣无缝"。

客厅的灯亮得刺眼,初夏闭上了眼睛。

这么纯情,韩烈笑她说:"怎么还跟高中生似的?"

笑归笑,韩烈很温柔。

初夏过了一会儿才跟上他的节奏。

攀着韩烈结实的肩膀,初夏又想到了网上看过的那个问题。

有人问:那事真的那么令人着迷吗?

现在初夏找到了答案。

遇到对的那个人,刚被他抱住吻住的时候,便已入了迷。

……

污完了,地点也换了,初夏靠在韩烈肩膀上,问他这些年的经历。

韩烈挑能想起来的几件大事讲了讲,讲完他也问了初夏在北京的生活。

初夏的经历比他枯燥多了,几乎是按部就班地学习、工作。

"跟我在一起,你真不会觉得闷?"初夏看着韩烈的喉结问。

韩烈翻身过来,压着她笑道:"你闷,我负责让你不闷。你本来就不闷,那我有什么用?"

合适与否,从来不是简单的兴趣相投就能决定的,否则不闷的女人那么多,为何只有初夏让他念念不忘?

　　昨晚聊了很多,也做了两三次,第二天两人都睡过了头。
　　该六点起来晨练的韩烈抱着初夏睡得像头猪,初夏如果不是被他戳到了,也不会七点钟就醒。
　　意识到韩烈只是生理构造带来的问题,并非又想拉着她运动,初夏没有推开他。躺了一会儿,她小心挪开韩烈的胳膊,坐了起来。
　　窗帘拉着,年轻的女人捡起甩在地上的睡衣,身体的曲线十分迷人。
　　韩烈不想装睡了,跳起来坐到床边,同时将初夏拉回了怀里。
　　初夏服了他,抓着韩烈的短发拒绝道:"该上班了,你能不能克制点?"
　　韩烈不想克制,初夏便抓着他的头发不松手。韩烈被她薅羊毛似的薅服了,乖乖地松开了初夏。
　　初夏先去洗澡,吹完头发换韩烈进去。
　　这时候初夏的手机响了,她拿起手机,发现是妈妈的电话。
　　卧室里能听到卫生间的流水声,初夏心跳加快,试着推了下门,发现韩烈没关,初夏秒速推开。
　　韩烈在冲澡,看到女朋友进来,他关了水刚要开个玩笑,初夏低着头先开口了:"我接个电话,你等会儿再洗,我怕我妈听到声音。"
　　韩烈看看自己一身白泡泡,能说什么呢?
　　"给你五分钟。"
　　初夏立即关上门,一边接听电话,一边往外面走:"妈妈,你怎么这么早打电话,我刚睡醒。"
　　廖红提着保温锅走出电梯,笑道:"我就知道你在睡懒觉,行了,我已经到你们口了,你要是没有藏男朋友,妈妈就直接进来了哦。"
　　初夏这套房子是廖红、许瑞安夫妻监督装修的,智能锁安上后夫妻俩都录了指纹。廖红直接进来就行,但廖红怕吓到没有准备的女儿,还是提前打了电话,顺便逗了逗女儿。女儿是个学习狂、工作狂,上次那么优秀的相亲对象都看不上,怎么可能短短几天就把男朋友带回家?

"进来了哦……"的尾音还没有落下,廖红的食指就按在了智能锁的上面。

初夏还在对着电话问妈妈现在在哪里的时候,智能锁发出了温和的电子提示音,她整个人都僵硬了。

廖红笑着推门进来,根据电话内容,她猜测女儿正懒懒地躺在床上。一抬头看见女儿穿着睡衣举着手机站在客厅,廖红还很惊讶。关上门,挂了电话,将手机放在玄关柜上,廖红熟练地找出拖鞋,边换边笑着问女儿:"起得这么早啊,妈妈想你了,做了早饭带过来,你上班前吃了正好。"

说完,廖红提着保温锅走向女儿。

初夏大脑快速地运转,试演各种可能。她觉得,妈妈肯定接受不了她这么快就与韩烈睡在了一起!

没等初夏想到什么绝妙的应对办法,廖红脚步顿住,视线定在了客厅的沙发上。

初夏缓缓回头,看到她白色真皮沙发旁边的地板上,静静地散落着一堆男女的衣服,韩烈白色的外套、黑色的西裤、黑色的四角内裤……

完了,这下根本没法掩饰了。

初夏低下头,脸颊因为被妈妈撞见私生活而通红。

廖红在大企业做高管,也是见过大风大浪的人,见女儿窘迫成这样,咳了两声,将保温锅放到餐桌上。她瞄一眼卧室那边,轻声向女儿道歉:"是妈妈不好,没有提前打声招呼。这样,你们慢慢吃,妈妈先走了。"

时代在飞速发展,现在的年轻人恋爱的速度也越来越快了。虽然女儿的恋情进展快到出乎了廖红的意料,可她能接受新事物,此时女儿的神秘男朋友肯定还在房间,身上也许没穿衣服。她决定先撤,回头再问女儿细节。

初夏大脑还在充血,妈妈主动提出要走,初夏便没有留。

廖红离开之前,还笑着朝女儿挥了挥手。

初夏原地站了几分钟,走过去捡起韩烈的衣服,心情复杂地去了卧室。

韩烈带着一身泡泡藏在卫生间的门后,听到初夏的脚步声,他探出头,用口型问她:"真走了?"

初夏点头,将他的衣服递过去。

她脸还红着,韩烈想到刚刚听见的对话,佩服道:"你妈真不错,我还以为她会气冲冲地过来搜人抓奸,至少也会催我穿上衣服出去见她。"

初夏这时候没心情听他嘴炮。

韩烈接过衣服,关上门飞快地去冲澡。

初夏换好衣服,去了餐厅。

妈妈带来的是她唯一擅长的排骨粥,下面一屉小笼包肯定是从春江苑外面的那家早餐店买的。那是一家老店,初夏小时候爸爸妈妈就经常带她去店里吃,小笼包皮薄馅儿鲜,卖得特别好。

粥挺多的,初夏自己盛了一小碗,剩下的都盛给了韩烈。

想到妈妈可能也没有吃早饭,准备过来跟她一起吃的,现在妈妈为了照顾她与男朋友没吃饭就走了,初夏越想越过意不去。

"我想今晚就告诉我妈了。"韩烈坐下后,初夏看着他说。

韩烈同意道:"我跟你一起去。"

初夏吃口粥,想了想说:"我妈对我很好,如果今晚气氛不愉快,我希望你为了我先忍忍。如果实在受不了,你可以重新考虑要不要跟我在一起,但请你不要当着她的面发作。"

韩烈一口吃了个小笼包,盯着她问:"我知道。但如果你妈坚决不同意,你会怎么做?"

初夏明白他的意思,垂眸说:"我看你的意思,你不愿受我妈妈的气,那咱们就分手;你能接受我妈妈,那我也会尽量说服她同意咱们在一起。"

韩烈笑了,摸摸她的头说:"好,咱们一起努力。"

八年前他与初夏都不成熟,八年后的现在,他有了给她幸福的基础,初夏也不会轻易因为妈妈的建议动摇了。

吃完早饭,韩烈去刷了保温锅,忙完他牵着初夏的手下楼了。年轻的情侣手牵着手,与其他情侣没什么区别。

初夏陪他去别墅换衣服、开车。

廖红并没有走。她尊重女儿与男朋友的私生活,可初夏是她唯一的女儿,一个在感情上太过单纯的女儿,不声不响地就带男朋友回家过夜了,廖红怎么可能不好奇那个男人长什么样?万一是游戏人间的那种花花公子呢?

廖红撑着伞站在九栋楼的一侧,等了很久,终于看见女儿与一个男人牵着手走出来了。那是个高挑挺拔的短发男人,身材不错,廖红目不转睛地盯着对方,直到对方露出侧脸。

光凭侧脸,廖红就认出来了,是韩烈,那个曾经被她看不起后来创业成功,如今身家几十亿的韩烈。

廖红退后几步,免得两人看到她。

附近有条长椅,廖红走过去坐下,心情久久不能平复。

女儿与韩烈又在一起了。是缘分让两人重新遇到了,还是韩烈有心算无心,准备报复女儿跟她?

女儿刚回来的时候廖红就有过这种担心,许瑞安嘲笑她狗血电视剧看得太多,可现在女儿真的跟韩烈在一起了。一个管理大酒店集团的人肯定忙得分身乏术,一个是个宅女,如果不是韩烈算计,怎么可能这么巧?

廖红捂着心口,越想越觉得要出事,一时间都不知道该怎么问女儿了。

中午，初夏主动给妈妈打电话说："妈，我晚上带他一起过去，你想见他吗？"

廖红心想，我都见过了！但她还是装作不知道的语气问："那当然想了。对了，你男朋友叫什么啊？"

电话里女儿的声音明显低了下去说："韩烈，我高中毕业后谈过的那个韩烈。"

廖红声音拔高问："他？你怎么又跟他混在一起了？是不是他一直在盯着你？"

初夏解释道："不是，我们偶然遇到的。妈，你听我说，他现在不卖奶茶了……"

廖红演戏演到底地问："那他卖什么去了？"

初夏无奈地说："我跟你说不清楚，发微信吧，你看看就知道了。总之，这次我跟他是认真的，晚上见面你别上来就给他脸色看。"

初夏挂断电话，发了韩烈创业采访的一篇文章链接给妈妈。

廖红看了几眼就关了。

她知道韩烈有钱，长得帅又有钱，再迷惑一次女儿简直不要太简单，随便来几个套路就能套住女儿。但韩烈究竟想做什么，别想瞒过她！如果韩烈真抱着玩弄女儿报复她们的心思，廖红就算不能带着女儿全身而退，也一定会让韩烈付出代价！

初夏与妈妈沟通过后，韩烈马上预订了餐厅。

今晚韩烈原本有场饭局，但生意哪有搞定未来岳母重要，韩烈毫不犹豫地推迟了饭局。

下午五点，韩烈开车来接初夏，又一起去春江苑接廖红。

初夏还是去上班时穿的那身衣服，韩烈专门回去换了一套西服，一头短发干净利落，笑起来露出一口白牙，狭长的眼睛电力十足。

他自己开车，开的是那辆还算普通的黑色奔驰。

"你告诉她男朋友是我后,你妈跟你聊过什么吗?"等红灯时,韩烈问初夏。

初夏摇摇头说:"什么都没说。"

韩烈笑着问:"你推测一下,她现在在想什么?"

初夏推测过了,看着前面即将变绿的交通灯道:"我妈其实并不希望我嫁给特别有钱的男人,她觉得男人太有钱容易花心乱搞。你看她给我介绍的相亲对象,家境可能只比我们家好一点。以你现在的身家,我妈可能会猜测你只是想玩弄我的感情,报复当年被甩的仇。"

韩烈意味深长地问:"你拉我进黑名单的时候,也是这么想的吧?误会我是花心大萝卜?"

初夏偏头看向窗外说:"是你撒谎太多。"

韩烈投降,最后跟她确定口径:"关于咱们是怎么复合的,就说从机场偶遇后我就开始疯狂追求你,还去湖滨大厦楼底下开了奶茶店。而你也在发现男博士不适合你后勇敢地遵从本心,重新接纳了我,其他的都别提了。"

遵从本心什么的,让初夏鸡皮疙瘩都起来了。

春江苑到了,韩烈将车停在小区外面,两人一起去初夏家的楼底下等。

打完电话通知妈妈下楼,初夏看向韩烈。韩烈摸摸她的头,并不紧张。他有钱了,也有对初夏的心,廖红只要讲道理,不会反对他。

等了几分钟,廖红下来了,穿了一条休闲又得体的裙子,仿佛并不是特别看重这次见面。

"阿姨好,终于可以跟您见面了。"韩烈朝廖红笑了笑,有讨好的意思,但也没有太狗腿。

廖红回了一个客气的笑说:"早闻韩总大名,今日是我的荣幸。"

韩烈忙谦虚道:"不敢不敢,其实早想拜会您了。初夏一直不回来,我一直没找到机会。"

廖红看向女儿。

初夏挽住妈妈的手,指着前面道:"好了,先上车吧,外面热。"

她挽着廖红,韩烈便走在了初夏身边。

初夏问爸爸什么时候回来。

廖红就像韩烈不在一样,笑着跟女儿聊:"他明天下午的飞机。"

韩烈插话道:"那今天先跟阿姨吃顿饭,明晚咱们叫上叔叔再吃一顿。"

廖红不咸不淡地说:"再说吧,他年纪大了,可能不想动。"

韩烈笑道:"没关系,阿姨不介意的话,我跟初夏买菜过来。我厨艺还行,晚饭我来做。"

廖红意外地看过去。

韩烈推推初夏的胳膊,一脸自信道:"初夏挺喜欢吃我做的菜的,那天她点名要吃叫花鸡,我从六点多烤到十二点,幸好味道还可以。"

初夏配合男朋友的戏,点头道:"嗯,妈,我爸累的话,明晚我们回来,咱们就在家里吃。"

廖红对韩烈有那么一点点改观了。

身家几十亿的人,想报复女儿其实很容易,犯不着亲自下厨做菜,尤其是在已经追到手的情况下。除非韩烈真的很闲,放着生意不去忙,非要先下厨伺候女儿,伺候她与许瑞安,伺候完了再玩打脸。

上了车,韩烈专心开车,其间只提醒后座的初夏给廖红拿瓶水。那种自然而然的语气,就像相恋多年的情侣。初夏听话地拿出一瓶水递给妈妈。

韩烈从后视镜看见了,嫌弃地说:"你给阿姨打开啊,怎么这么不懂事?"

初夏瞪了他一眼。

廖红撇撇嘴,自己拧开喝了两口。

车子停到餐厅大楼的地下停车场,韩烈下车便绕过来,替廖红打开车门。

廖红的目光不着痕迹地从韩烈的手腕扫到他的腰带，没有戴彰显身份的贵重名表，腰带也是普通的轻奢品牌，包括这辆奔驰，整体上都很低调。

从停车场上电梯，也是韩烈抢着按的按钮。

这都是小细节，但比韩烈在车上夸张地让女儿给她拧瓶盖更能打动廖红。

请未来岳母吃饭，今晚韩烈定的当然是包厢。不过他向餐厅提了要求，撤掉原来的大桌子，重新摆了一张四人桌，其他布置再变动变动，包厢的气氛就很舒服了。

开始用餐前，韩烈先向廖红敬了一杯酒说："阿姨，虽然有句话很俗，但我还是要说出来。谢谢您当年劝初夏先与我分开一段时间，如果初夏不走，我可能不会受刺激拼命想干出点成绩来。我能有今天的成就，有我自己的功劳，有初夏的功劳，也离不开您的激励。"

廖红在他开口的时候就准备好了。

如果韩烈说什么"我能有今天，全都要感谢您当年吧啦吧啦"，廖红肯定会当成讽刺。但韩烈将功劳分成了三份，那股讽刺意味就淡了很多。

看韩烈的眼神还算真挚，廖红与他碰了碰杯，真心佩服道："客气了，其实你有今天全靠你自己。如果你没志气没能力，女朋友跟你分手一百次，你都不会有什么改变。"

韩烈端着酒杯笑道："这么说，您是认可我的能力了？"

他笑得赖皮，廖红笑得微讽："您都被市里评为优秀青年企业家了，还需要我的认可？"

韩烈认真道："那个是虚名，阿姨的认可关系到我能不能给您当女婿。"

廖红放下酒杯，纠正说："是当初夏的男朋友。"

女儿的男朋友距离她的女婿，还有很长一段距离。

韩烈看向旁边的初夏,自信道:"都一样。"

初夏终于受不了了,看看男朋友再看看妈妈,说:"好了,你们再这么说话我要没胃口了。韩烈,你直接告诉我妈妈,你是真心想跟我在一起,还是随便玩玩的。"

韩烈收起玩笑脸,郑重地对廖红道:"阿姨,我对初夏是认真的,希望您能同意我们在一起。"

初夏也看向妈妈,黑白分明的清澈眸子里带着几分恳求。

廖红心软了,加上今晚韩烈的表现还不错,她笑了笑道:"认真就好,不过你们分开好多年了,现在复合了先好好谈恋爱,重新熟悉彼此,其他的不用着急。"

初夏点点头,妈妈比她想的更通情达理,她不禁悄悄松了口气。

韩烈只松了半口气。同意谈恋爱但不同意太快结婚,未来岳母还是在防着他啊!

吃完这顿见家长的饭,韩烈开车送廖红回春江苑。

初夏陪妈妈坐在后排,黑色奔驰停到了春江苑的小区门前。廖红一边解开安全带,一边对韩烈道:"我跟初夏先回去了,你慢点开车。"

韩烈立即透过后视镜看了眼初夏。

初夏猜妈妈肯定有话问她,便跟着要下车。

韩烈只好笑着朝未来岳母挥手,又对初夏道:"明早我过来接你。"

早高峰这个路段超级堵,初夏让他不用过来,她坐地铁去公司。

韩烈不怕堵车,忙说:"没关系,我早点到。"

初夏只好随他。

黑色奔驰缓缓开走了,初夏挽着妈妈的胳膊往小区里面走。

母女俩沉默了一分钟,廖红先问女儿两人到底是怎么复合的。

关于这点韩烈已经准备好了说法,其实基本上也是事实,初夏只是用自己的方式改述了下:"他先追的我,我一开始觉得我们不合适。后来相了一次亲，我发现我还是忘不了他。妈，都说初恋是最难忘的，您让我跟他试试吧，不然我可能一辈子都摆脱不了他对我的影响。"

廖红听懂了，女儿一是对韩烈还有感觉；二是想给初恋一个结果，不管以后成或不成，以后都不用再惦记了。仔细想想，女儿与韩烈谈恋爱，哪怕最后恋情失败也没有什么损失。钱，女儿没韩烈多；色，女儿漂亮韩烈也够帅。除非韩烈有什么那方面的传染病，否则女儿不吃亏。

廖红咳了咳，提醒女儿说："行，我同意，不过我要看他的健康证明。"

韩烈没有绯闻不代表他没有乱搞，万一韩烈真有什么问题呢？那么有钱的男人，创业期间参加过多少饭局酒局？关系到身体健康，廖红宁可谨慎一点。只要韩烈通过她最后这一个检查，她就真的同意女儿与韩烈谈恋爱。

初夏回想这两晚她与韩烈那么多次的亲密交流，无奈道："他要真是那种人，那我现在已经中招了。"

廖红拍拍女儿的手说："我没跟你开玩笑，你让他做个检查去，反正以后结婚也要婚检。"

初夏嘀咕道："人家只是想跟你女儿谈恋爱，你都想到结婚了。"

但是，晚上韩烈发来视频，初夏还是无比同情地告诉了男朋友她妈妈的想法。

韩烈有一点点不高兴，但据说拿出健康证明就能正式获取廖红的认可，韩烈翻翻邮箱，将今年三月份才做的体检报告发给了初夏。

初夏看了一遍，这张报告足以证明她的男朋友是一个非常健康的男性。

为表诚意，初夏将男朋友的体检报告转发给妈妈后，她又翻出自己去年的体检报告发给了韩烈。

韩烈还以为她发了什么，在看清图片后，差点笑裂。他的初夏怎么这么可爱呢？

他给女朋友发消息：想你了，你妈睡了吗？我去接你吧？

初夏：晚上才见过，有什么可想的。

韩烈：哪都想。

初夏：明早就见了。

韩烈：明早是明早，今晚怎么过？

初夏：八年你都能过，一晚就不行了？

韩烈：不行，你等着，我现在就去接你。

初夏叫他别来，但韩烈没有再回她了。

都晚上十点了，初夏去客厅看看，妈妈在洗澡，洗完澡应该就要睡了。

初夏坐在客厅里，不告诉妈妈吧，怕妈妈找不到她吓一跳；告诉了，又怕自己走不成了。

十几分钟后，廖红洗完出来了，见女儿呆呆地坐在沙发上，廖红奇怪地问："怎么不去洗澡？"

初夏还是说了实话，晃晃手机说："韩烈说他过来接我。"

廖红："……"

不用问，看女儿那样就是想去。

"去吧去吧，女大不中留，我早料到会有这一天了。"廖红道。

初夏跑过来抱着妈妈亲了一口，去房间收拾东西了。刚收拾好，韩烈说他到小区外面了。

初夏尴尬地跟妈妈道别，脚步轻快地走了。

廖红看着门口，有点生气韩烈跟她抢女儿，又有点欣慰与羡慕。一晚都舍不得分开，这是热恋期才有的黏糊劲儿。她欣慰女儿也能体会到这种甜蜜的感觉。

至于羡慕，当然是羡慕初夏的青春年少了。到了她这个岁数，老公出差出得乐呵，也不知道多给她发点消息。刚羡慕完，手机提示有视频邀请，是许瑞安发来的。

廖红接通视频,直接朝老公一瞪眼睛说:"你还知道发视频,我还以为你早忘了这个家。"

许瑞安一脸蒙地问:"家里出什么事了?"

廖红让他看玄关:"什么事,你女儿被人拐跑了!"

锦绣花城的别墅,韩烈与初夏疯狂运动的时候,初夏收到一条微信。

"叮"的一声,两人都听见了,初夏看向床头柜,韩烈马上亲过来,抢回了她的注意力。

运动结束,都零点多了。

初夏伸手捡起手机,刚躺回来,韩烈就从后面抱住她,要跟她一起看。

初夏点开微信,是爸爸发来的:明晚你跟小韩直接过来就行,爸爸提前去买菜,不用你们。

廖红喊韩烈"韩总",许瑞安叫他"小韩"。这态度,韩烈突然特别感动。

"以后我一定孝顺咱爸。"未来岳父不在身边,韩烈只好将感动转移到女朋友身上,对着初夏的耳朵亲了一口。

初夏听到他喊"咱爸"又起了一身鸡皮疙瘩,拨开他攀上来的手道:"是叔叔,去洗澡。"

韩烈笑笑,拉着初夏一起去洗。

热恋中的男女一起洗澡,当然不会那么单纯。韩烈看着镜子中初夏绯红的脸,坏笑地叫初夏喊他老公。初夏紧紧抿着嘴唇。

后来镜子中的画面似乎都成了残影,可初夏叫不出口,最后也只是叫他韩烈。

韩烈,韩烈,韩烈……

低低的细细的声音,属于十八岁的初夏,属于二十六岁的初夏,也属于他的初夏。

韩烈将初夏抵到门上，深深地吻住了她。

第二天下午，韩烈早早去湖滨大厦接了初夏。

他们先去对面的金泰，挑选第一次登门拜访未来岳父岳母要带的礼物。因为韩烈买了太多，最后初夏不得不帮他提两个袋子，两人大包小包地来到了春江苑。

许瑞安没有廖红脑补那么多，看女儿嫌弃韩烈买太多时，眼里却装满了要溢出来的甜蜜快乐，许瑞安就放心了。叫老婆与女儿招待韩烈，许瑞安继续去厨房做饭，把刚刚那条鱼处理干净。

韩烈见了，立即跟着许瑞安进了厨房。

他确实很会做饭，切菜切得娴熟，又快又漂亮，一看就是练家子。

许瑞安仔细回想了下，确定老婆介绍说韩烈八年前是奶茶小哥，而不是饭店大厨。不是大厨还能有这手艺，说明韩烈跟他一样，喜欢做菜。喜欢做菜好啊，女儿将来有口福了。

见过了家长，韩烈接初夏下班的时候，终于可以直接去公司里等了。

下午五点，韩烈没与初夏打招呼，领导视察般走到雅乐公司的玻璃门前，用一种观察的眼神往里面瞧。

前台罗玉看到门口突然出现了一位超级帅哥，可斯文败类，也可禁欲冷酷的那种极品。他愣了愣才绕过前台，拉开玻璃门问："您是来谈翻译业务的吗？"

韩烈上下打量罗玉。

罗玉虽然没有韩烈帅，但也是一个阳光小美男，一看就比韩烈年轻，属于小鲜肉类型的！韩烈到今天才知道，初夏公司还有这么一个小鲜肉。

"我找你们老板。"打量完了，韩烈迈进去，继续往里面走，边走边看。

他要朝里面的办公室去，罗玉不着痕迹地挡在韩烈前面，指着那边的沙发道："您先坐，我去叫我们老板出来。"

韩烈笑笑，坐沙发上去了。

罗玉觉得这个帅哥怪怪的。他去了初夏的办公室，压低声音说："老板，外面有个客户，长得超级帅，但行为有点怪。"

初夏并没有想到是韩烈，保存好文件，她跟着罗玉出去了。

这时的初夏，脸上带着要见客户的招牌微笑，直到看见沙发上装腔作势的男朋友，才变得无语起来。

韩烈还在跟她装："我这儿有个价值几亿的大单子，你们这小公司能接吗？"

罗玉嘴巴都张成了"O"形。

初夏懒得理他的玩笑，淡淡道："我还有点事，大概需要十分钟。"说完初夏就进去了。

韩烈要跟进去。

罗玉想到廖红对他的期待，像个保镖一样拦住韩烈，同时大脑里展开了各种脑补。看老板的态度，她似乎必须跟这个帅哥一起走，是欠了帅哥什么，必须出去坐下来谈判吗？

没等罗玉开口，初夏回头瞧见这一幕，只好对罗玉道："他是我男朋友，叫他进来吧。"

罗玉："……"

韩烈笑了，拍拍罗玉的肩膀说："小伙子还挺敬业，不错，好好干，有前途。"

罗玉呆呆地回到了前台。

他刚坐下，公司群里除初夏、罗玉外的另外五个员工纷纷艾特罗玉，问真是老板的男朋友来了吗，老板男朋友长得帅不帅。

这个群初夏屏蔽了消息，谁要找她都是单敲，所以初夏并不知道公司群里在讨论她与韩烈。

罗玉无法用语言形容韩烈的帅，让小伙伴们自己去看。小伙伴们都不好意思，怂恿罗玉拍照片。

罗玉便听着办公室那边的动静，听见老板要出来了，他提前打开了手机摄像，准备录个小视频。静图可能拍丑了，视频才能完全展现老板男朋友的魅力。

初夏与韩烈出来了。

罗玉拿着手机靠着椅背，手指动来动去好像在敲字，这拙劣的演技连初夏都看得出来。

初夏脸红了，韩烈大大方方地对着罗玉的手机挥挥手，牵着初夏的手出去了。

一共不到一分钟的视频，完美展现了韩烈俊美的五官与修长挺拔的身材。

罗玉传到群里，里面的员工办公室突然传来几声尖叫！

"天啊，太帅了吧！我好酸！"

才走出公司不远的初夏和韩烈都听到了。

初夏怀疑韩烈就是来秀存在感的。

女朋友员工的认可也得到了，韩烈的心情非常不错，跟初夏商量道："周末我请大家吃饭吧，你如果有其他常联系的朋友，都叫上。"

初夏没什么常见面的朋友，而她也不想用这种方式秀男朋友。

"月底公司有聚餐，你一起来好了。"

聚餐可以带家属的，既然韩烈已经跑来了，初夏不介意带上他让员工们见见。

韩烈笑道："行，我也当一回家属。"

上了车，韩烈重点问了下罗玉："他才二十出头吧，长成那样为什么来你这里当前台？"

初夏看他一眼问："长得帅就不能当前台了？"

韩烈说："我不是那个意思，我的意思是他想赚钱，去做销售都比在你这里赚得多。"

初夏解释道:"罗玉是我妈介绍来的,他学历不够,以前在春江苑那边开打印店的。"

韩烈目光变了变。

罗玉长得那么帅,廖红当初该不是打着撮合罗玉与初夏的主意吧?可开打印店的帅哥,怎么可能入得了廖红的眼,除非罗玉的工作经历是假的。

姓罗……

韩烈想到了廖红公司的大老板也姓罗,但罗老板只有两个已经三十多岁的儿子。

韩烈找熟人打听了下罗家的情况,有了解的告诉他老罗有个弟弟是私生子。当年老罗不愿意接受这个弟弟,给了弟弟一笔钱让他自己在外面住。后来这个弟弟和妻子出事死了,年纪变大的老罗心也软了,想把侄子安排到公司,侄子不愿意。其他的熟人也不知道了,都没见过那个侄子。

韩烈猜,罗玉应该就是老罗的侄子。老罗发现罗玉离廖红近,便让廖红照顾点。

排除了廖红想撮合罗玉与初夏的嫌疑,韩烈对罗玉的故事没了兴趣。

月底初夏组织员工们聚餐,餐厅是韩烈选的,比初夏以前选的餐厅高大上多了。这下子,几个员工更欢迎韩烈了。韩烈一来,他们的待遇都提高了一个层次。

韩烈现在是大老板,但他是从小人物一步一步成长起来的,谈话风趣幽默,比初夏这个老板会活跃气氛。

罗玉突然有条微信。

韩烈左边是初夏,右边便是罗玉。

罗玉的手机屏幕亮起的时候,韩烈正在吃东西,目光无意一扫,瞥见了罗玉手机屏幕上显示的半截消息:大神,有人问《黑狼女孩》的版权……

韩烈嚼了一半的烤肉嚼不动了。

《黑狼女孩》他知道啊,初夏每周定时追更,看得可入迷了。昨天晚上才运动完,初夏就翻手机看大神有没有更新,弄得韩烈有种他还不如一条黑狼的错觉。

韩烈重新审视了一番罗玉。罗玉没他有钱,可罗玉有初夏十分欣赏的漫画才华。

韩烈去翻过《黑狼女孩》漫画下面的评论,那些粉丝可疯狂了——有说要嫁给黑狼的;也有说想嫁给画黑狼的大神的;有的女孩更狠,竟然说想把大神关起来甩小皮鞭叫大神二十四小时画图的。

如果大神是个丑男,韩烈相信疯狂的粉丝舍得甩皮鞭。可罗玉是小鲜肉,女粉丝干别的倒有可能。

韩烈有了危机感。

回到锦绣花城,韩烈一边给小C铲屎,一边问初夏:"你见过黑狼大神的真人照片吗?"

初夏没见过,大神非常低调,从来不爆照。

韩烈扭头看向她说:"如果那个大神长得很帅,你会喜欢他吗?"

初夏笑了笑说:"不帅我也喜欢,帅了会更喜欢吧。"

这句话比小C的猫屎还有杀伤力,令韩烈窒息。

铲完屎,韩烈穿着大裤衩继续去卫生间给奶茶洗澡。没复合前初夏还跟他客气客气,复合了以后无论韩烈找什么借口,给猫狗洗澡铲屎的活都变成了韩烈的。但初夏喜欢看韩烈做这些事情,所以也跟着来了卫生间。

韩烈还在执着于大神的问题:"如果大神有女朋友,你也喜欢?"

初夏明白韩烈的意思了,他在吃飞醋。

初夏故意说:"喜欢啊,他就是有老婆,我也照样喜欢他。"

韩烈冷笑,没笑完,初夏接着道:"像喜欢所有已婚艺术家那样的喜欢。"

韩烈意味深长地看着她问:"那我呢,你对我是什么样的喜欢?"

初夏认真想了想,笑着回答:"对你,是喜欢喝奶茶那样的喜欢。"

她爱喝奶茶,想到奶茶心里就甜甜的。站在奶茶店里看着服务员调制都有种幸福感,捧着奶茶喝的时候,什么烦恼都没有了。

韩烈明白初夏的意思,可他不喜欢这个回答:"奶茶喝多了会腻,可能过两年你就改喜欢喝咖啡了。"

初夏只是笑笑。奶茶也许会喝腻,但她只是打个比方,韩烈又不是真的奶茶。

"你对我呢?"初夏反问道。

韩烈哼了声,低头给奶茶搓毛:"脸皮够厚的,谁说我喜欢你?"

初夏只当他临时性傲娇,并没有追问。

猫、狗都伺候好了,韩烈拉着初夏一起去洗澡,两人面对面贴着,韩烈咬初夏的耳朵:"我不喜欢你。"

初夏闭着眼睛,注意力全在他的双手上。

韩烈一边帮她洗,一边继续重复那五个字:我不喜欢你。

初夏抓住了他湿漉漉的短发。

"怎么,不爱听了?"

初夏就是不爱听,哪怕知道他说的是假话。

韩烈突然抱起她,将初夏抵在了浴室清凉的墙壁上。

初夏睁开了眼睛。

水珠沿着男人的额头、脸庞往下滚,韩烈舔了下嘴角,黑眸看着她道:"我不喜欢你。"

初夏咬唇。

韩烈突然贴上来,在她指甲抓进他肩膀的时候,对着她的耳垂道:"我只爱你,很深,很深。"

九月韩烈要去一趟纽约,考察国外酒店市场。他给方跃发了一个任务,让方跃给他联系一个靠谱的随行翻译。

方跃立即想到了高中校友初夏,马上微信联系她。

方跃:校花!我们公司老大要去纽约出差,需要一个随行翻译,为期七天,你看你有空吗?你要是接,待遇我给你争取最高级别的!

初夏已经知道方跃在韩烈的公司上班了,那他这位老大,应该是指韩烈吧?她确认了一下。

方跃:你忘了,就是那天我去机场接的那个。我跟你说,你别看我们老大气场又强又冷,其实他很看重工作能力。只要你干得好,他很好说话的。而且我们老大是个正经人,从来不跟女员工乱搞,你大可放心。对了,这次出国我也同行,你跟着我,保证不会出任何问题。

初夏:你们那么大的公司,没有专职翻译?

方跃:有是有,但我们老大让我找。可能是嫌弃他们水平不够吧,论学历与工作经历,跟你都没法比嘛。

初夏明白了,韩烈肯定猜到方跃会找她,所以故意不用自己公司的翻译。

如果韩烈去国外旅游,初夏还真没有兴趣陪他玩。但韩烈去考察国外市场,初夏一直都很好奇他工作的时候是什么状态,也好奇酒店行业运营方面更细节的一些东西,所以她答应了方跃,接受这份工作。

方跃又跟初夏聊了聊薪酬问题,初夏按照行价报价。

这个方跃能做主,敲定之后,方跃敲开老大办公室的门,去报告了。

"老大,翻译找好了,就是我那位校花老同学。"方跃站在韩烈的办公桌前,吹了初夏一堆彩虹屁。

韩烈眯眯眼睛,问他:"校花出过国吗?你是不是对她有意思,打算假公济私追求她?"

方跃尴尬一笑说:"不可能,校花哪会看得上我?我只是单纯地照顾老同学,而且校花北外研究生毕业,水平绝对够。"

韩烈敲敲桌面，似乎在犹豫。

方跃简直要哭了："老大，你不能这样啊，我都跟校花谈好价格了。你说你都让我找了，可不能怀疑我挑人的眼光。"

韩烈靠到椅背上，晃晃手里的钢笔说："用她也行，她性格怎么样？我是去工作的，不想带个别有居心的女人。"

别有居心的女人？方跃的大脑快速运转，明白了。曾经有个秘书想勾引老大来着，老大直接将人辞退了，从此定了一个秘书招聘标准：颜值、身材都只能是普通水平，漂亮妖娆的不要。

方跃马上担保道："老大放心，校花只是长得漂亮，人很清纯……我开个玩笑哈，只要老大别先打校花的主意。你就是脱光光站在校花面前，校花都不会正眼看你。"

韩烈瞪了他一眼。

方跃笑着问："那事情就这么定了？"

韩烈没反对。

傍晚韩烈去接初夏下班。两人见面，谁都没有主动提起纽约之行。初夏在等韩烈先开口，偏偏韩烈想看看初夏到底憋到什么时候才问，初夏要是不问，他便陪她玩一场职场游戏。事实证明，初夏非常能憋。看出韩烈不想说之后，初夏就只当过几天她要陪同的是位陌生老总。

出发前一晚，韩烈压着初夏，非常惋惜地告诉她："明天我要出差一周，去纽约。不过我保证，我会每天给你打电话、视频，就像咱们没分开一样。"

他的目光是那么认真，初夏佩服。

"没关系，我也要去出差，估计会没空接你的视频，咱们一周后再见吧。"初夏淡淡地说。

韩烈挑起一边眉毛问："这么狠心，你不想我？"

初夏道："距离产生美，适当地分开有助于保持感情的新鲜。"

韩烈说："新鲜个屁，咱们俩的感情已经经过八年风干，早成老腊肉了。"

初夏问:"你怎么不说木乃伊?"

韩烈哼了哼说:"高才生就是高才生,真有水平。不像我,只知道腊肉。"

初夏笑了下。

韩烈俊脸靠近,鼻尖擦着她的鼻尖,喃喃道:"不过再厉害的高才生,还不是被我这个小混混追到了?"说完,韩烈开始对又乖又单纯的初夏耍流氓了。

初夏觉得这样的韩烈很坏,可她就是喜欢,脚指头都蜷了起来,紧紧地抵着他有力的腿。

飞机是上午十一点半起飞,他们需要先从榆城赶往上海。

方跃与韩烈、初夏沟通的是他先去锦绣花城接初夏,再去另一处别墅接韩烈。

为了装得足够真实,韩烈一早先回另一处别墅了。

他走了没多久,方跃与司机开着韩烈那辆宾利停在了锦绣花城小区外。初夏提着行李箱,准时出来与他们会合。

方跃安排她坐后排,他坐了副驾驶。

初夏化了淡妆,安静又低调。

方跃心想,老大竟然担心校花会勾引他,真是想太多了。

半个小时后,韩烈也上车了,上车后戴上眼罩往椅子上一靠,用行动告诉众人他要补觉,谁也别吵。

两个多小时的高速,初夏也闭上眼睛养神。

十点钟到的上海机场,候机、检票,三人一起上了飞机。接下来的十几个小时,初夏与韩烈没有说过一句话。

下飞机时是当地时间下午两点,今天的行程就是入住酒店倒时差,明早再开始考察。

初夏与韩烈一人一间客房。

方跃本来想给韩烈订套房的,韩烈表示他不是那种有钱人,为了方便与翻译随时沟通,让方跃将三人的房间订在一起。于是初夏的房间就被韩烈、方跃包围了。

初夏睡到晚上七点醒了,抓过手机,看到韩烈发的微信,说醒了一起去吃饭,不带方跃。那就是情侣间的约会了。

初夏回他:不好意思韩总,我觉得还是带上方跃比较合适。

说好只是单纯的工作关系,而且这个游戏是韩烈先发起的,初夏选择遵守,韩烈也不能后悔。

在酒店餐厅吃自助的时候韩烈没后悔,晚上初夏不许他过去,韩烈后悔了。

第二天的早餐继续吃自助。

韩烈托着盘子故意跟在初夏身后,在女朋友的头顶悄声说:"算你狠。"

初夏默默地夹东西。

选好早餐,初夏回到餐桌旁,韩烈坐在她对面。确定方跃还在挑吃的,韩烈突然伸手捏了一把初夏的小手。

初夏警告他说:"韩总再这样,我可以告你性骚扰。"

韩烈痞痞地对她说:"开个玩笑而已,许小姐太严肃了。"

就在这时候,方跃朝这边走了过来,韩烈顿时又恢复了高冷霸总不近女色只谈工作的冷漠状态。

出发开始考察了,韩烈便进入了工作状态。他向当地从业人员打听情况,初夏精准地为他翻译。认真工作的人最有魅力,初夏欣赏韩烈的精明幽默、一针见血,韩烈喜欢初夏的从容自信、悦耳口音。

两人配合完美,方跃完全变成了专职司机。除了开开车订订餐厅,几乎不需要他插手任何事。

作为一个工具人,方跃看看俊美冷漠的老大,再看看安静低调的初夏，虽然两人在工作时间之外几乎没有多余的眼神接触，可方跃莫名感觉到了一丝暧昧与张力，仿佛俊男美女中间有一条线，将他们越拉越近。

这天晚上韩烈有场商业饭局，方跃、初夏也都陪同来了。对方是个蓝眼睛的老总，老总身边有个华裔男助理，也负责翻译任务。

华裔男助理对初夏很感兴趣，趁蓝眼睛老总去卫生间的时候，礼貌地提出与初夏交换联系方式，方便以后进行沟通。

初夏说自己只是翻译公司的翻译，他应该对接的人是方跃。

方跃笑着递了一张名片过去。

华裔男仍然不放弃初夏，提出与她交个朋友。

初夏并不介意手机里多一个未必会联系，或者联系一两次就会断了的好友。韩烈背靠沙发跷着二郎腿一边转动酒杯，一边冷眼旁观的时候，初夏与华裔男助理互加了好友。

蓝眼睛老总回来了，大家继续谈生意。

饭局结束，方跃开车，韩烈与初夏坐在了后排。

初夏刚坐好，韩烈的手就伸了过来。他紧紧地攥着她的手，狭长的黑眸看向窗外。初夏没有甩开他。

方跃专心开车，倒也没有注意两人的小动作。

到了酒店，侍者帮忙停车，三人一起坐电梯上去。

沿着走廊往里面走，最先经过的客房是韩烈的。

韩烈打开门，初夏、方跃一起跟他道别，然后两人继续往前走。

方跃与初夏道别后，便拿出房卡走到他的房间门口。刚刷卡成功，余光中忽然看见已经进了房间的老大又一阵风似的冲了出来，推开初夏即将关上的门挤进去，"嘭"的一声又关上了。

"啪嗒"一声，方跃手里的房卡掉在了地上。

什么情况？方跃呆呆地盯着初夏的房门。

他那位出发前特意警告他别找个狐狸精翻译的老大，竟然闯进了单纯校花的房间！是今晚喝酒喝多了动了色心，然后去吃单纯脆弱可能手无缚鸡之力的校花了?

方跃急了,如果初夏有勾搭老大的意思,今晚算是干柴烈火两相情愿,可初夏没那意思啊!他可跟初夏保证过,会保护她的安全!

方跃立即跑到初夏门前,嘭嘭嘭地敲门:"老大,你出来!"

韩烈正将初夏抵在墙上吻,听到敲门声,他也不想停。

初夏推他。

韩烈喘着粗气,盯着她问:"你还没玩够?"

初夏可以继续玩,但韩烈先认输,她也不想折磨自己的男朋友。

挡住韩烈凑过来的脸,初夏朝门外的方悦解释道:"方跃,你可以走了。"

方跃:"……"

韩烈不介意自己被方跃误会成禽兽霸总,但他不能让方跃误会初夏是那种随便的女人。

初夏睡着了,韩烈拿着手机坐到沙发上,在黑暗中翻相册。然后,他罕见地发了一条朋友圈。

方·单身贵族·跃昨晚睡得还算早,第二天六点睡醒,他像所有年轻人一样,习惯地刷了刷几大社交软件。来自老大的一条朋友圈,吸引了方跃的注意。

韩烈发了一张两张照片P到一起的照片。

照片左半部,是一个扎着马尾辫的少女,她坐在图书馆靠窗的书桌旁,低着头翻看书籍。夏天明媚的阳光照在她身上,虽然只露出了侧脸,但那种青春美丽又安静清纯的味道依然触人心弦;照片右半部,穿着红色露肩礼服的女人坐在正对厨房的吧台前。厨房宽敞明亮,阳光为女人镀了一层柔和的光晕。她微微偏过头来,清纯美丽的侧脸,与左边的马尾辫女孩一模一样,只是那种清纯里多了一丝性感妩媚。

方跃一眼就认出来了，这两张照片中的女孩都是初夏。

再看老大的文案配字：夏天回来了。

方跃："……"

原来老大与初夏早就有一腿！

方跃捧着手机震惊了很久很久，然后他想到了两个多月前的机场偶遇。那时候初夏面对老大就很不自在，他还以为校花被老大的气势震慑到了。初夏基本没有怎么装，装的是老大啊，怪不得拐弯抹角地问自己是不是对初夏有意思！

方跃真心觉得自己太惨了！老大一定是看出自己对初夏过于热情了，所以这次才叫自己陪同来美国，逼自己吃狗粮！要不是为了年终奖，方跃真想马上辞职！

韩烈发完那条朋友圈就关机了，他怕被朋友们骚扰。

清晨，韩烈被生物钟准时叫醒，客房拉着窗帘，里面黑黑的。

韩烈也不想起来，翻个身吻醒初夏，带上女朋友一起晨练。

晨练结束，初夏先去洗澡。

韩烈打开手机。

这么多年韩烈交了各路朋友，关系深的私聊他追问感情经历，关系浅的纷纷在那条朋友圈下面表示恭喜。韩烈没有时间一条条回复，重新发了一条朋友圈：人在国外，啥也别问，回去了请大家喝酒。

等韩烈去洗澡的时候，初夏才发现韩烈昨晚发的朋友圈。

两人的共同好友只有爸爸许瑞安、方跃。

方跃发了一连串的"祝老大有情人终成眷属"，爸爸居然也给韩烈点了个赞。

初夏："……"

韩烈裹着一条浴巾出来了。

初夏好奇地问他："怎么突然发朋友圈了？"

韩烈笑道:"不发,让隔壁误会咱们私生活不检点?"

初夏明白了,继续看手机。

被女朋友忽视的韩总不满意了,朝初夏"喂"了一声。

初夏再次抬头。

韩烈忽然暧昧一笑道:"出发前我问方跃你这个校花会不会打我的主意,他拍着胸膛保证说,就算我脱光了站在你面前,你都不会多看我一眼。"

初夏听到这里,立即就要低头。可惜韩烈的动作比她快,提前扯下了浴巾。

初夏:"……"

男人是不是天生脸皮比女人厚?

她抓起枕头朝韩烈丢了过去。

韩烈一只手接住枕头,把枕头丢到沙发上,抱住初夏将她扑到了床上。

初夏歪过头说:"该去吃早饭了。"

韩烈亲她的脸,亲了一下又一下。

初夏想到了他发出去的那两张照片,特别是拍摄于八年前的第一张。

"以前的照片你都留着?"初夏看着他的脸问。

韩烈摇摇头。

那时他也才二十岁,也是会冲动的小年轻。有一次韩烈喝多了酒,回到空荡荡的出租屋,想到喜欢得愿意为她掏心掏肺的女朋友不要自己了,他拿出手机翻出相册从第一张开始往下删,仿佛删了初夏的照片,就能删掉那段记忆,就可以彻底忘了初夏,让自己过得好一点。

几百张照片,删到最后,就剩一张分手前拍摄的侧脸照。韩烈舍不得删了。

这最后一张照片,韩烈保存到了U盘里,手机里也有。每次换手机之前都会发到新手机上,只差没设置成屏保。

"那几年我被你害惨了。"韩烈惩罚般咬着初夏的耳垂道。

初夏抱着他的脖子,想了想,看着韩烈道:"我没有留你的照片,只留了几张奶茶的。我的手机、笔记本屏保都是奶茶,我还打印出来做了个小摆台。其实每次看到奶茶,我都会想起你。"

韩烈又咬她一口问:"意思就是我在你心里等于一条金毛?"

他还不如金毛,金毛好歹没被删照片,她把他都删了。

初夏刚想说话,韩烈吻住了她。

几分钟或者十几分钟后,初夏终于得到了重新开口的机会。她拉低韩烈的肩膀,在他耳边说:"我虽然没有你的照片,但经常会梦到你,所以想忘也忘不掉。"

韩烈目光变了变,问她:"都梦见我做了什么?"

初夏梦见他做过很多事,梦见韩烈送她放学,梦见韩烈给她调制奶茶,梦见韩烈陪她去图书馆,梦见韩烈牵着小小的奶茶站在路边等她,梦见分手后韩烈来找她复合,梦见韩烈带她去看电影,梦见两人从亲吻到更进一步。

也许她的潜意识一直在期待着与韩烈重逢,所以才会梦到那么多,即便白天她明明没有想他。

"你梦见过我吗?"初夏问他。

韩烈冷笑道:"如果梦能变成真的,咱们孩子现在都上小学了。"

这话听起来没有什么,深思之后就很少儿不宜,毕竟孩子不是牵牵手就能变出来的。

"好了,起来了。"察觉他有现在就生孩子的意思,初夏推了韩烈一把。

韩烈接着抱了她一分钟,才在理智的说服下躺到旁边,趴在床上看初夏换衣服化妆。

"回去后,我带你去一个地方。"初夏快收拾好了,韩烈忽然说。

初夏刚涂完口红,透过化妆镜问床上的男朋友:"什么地方?"

韩烈卖关子道:"去了你自然知道。"

初夏瞪了他一眼,快三十的集团老总还玩这套,无聊。

回国不久就是国庆节。

在这个旅游高峰期,韩烈告诉初夏他订了两张去北京的机票。

初夏问:"去北京做什么?"

韩烈道:"旅游啊,我长这么大还没有爬过长城,我必须向你证明我是男子汉。"

初夏才不想陪他去长城上数人头,但她又不信韩烈真是那么有旅游激情的人,所以她还是收拾了行李箱陪韩烈去了北京。

万万没想到,休息了一晚,第二天韩烈真的带她爬长城去了。

艳阳高照,韩烈穿着一身休闲运动装戴着太阳帽,有活力得像个朝气蓬勃的大学生。初夏是被他一会儿推,一会儿拉给硬拉上去的。

从长城下来,初夏再也不想离开酒店,只想住完最后两晚马上回榆城。

女朋友喜欢宅,韩烈没有勉强她,中午他要去参加商业活动,一个人出去了半天。

下午四点左右,天气正好不冷不热,韩烈回来洗个澡换身运动装,叫初夏出门。

初夏问:"去哪儿?"

韩烈说:"你的大学,我想看看你读书的地方。"

初夏忽然明白,这才是韩烈真正要带她去的那个地方。

看眼神色如常的韩烈,初夏换上那条绿色的裙子,跟着韩烈出发了。

酒店离大学不远,两人步行过去,一路上韩烈都牵着初夏的手。

到了大学门外,两人混在进进出出的大学生中,俊男美女,尤其是初夏,还是很像学生的。

韩烈牵着初夏,让初夏给他当导游,介绍各个建筑。

因为国庆放长假，大多数学生都回家了，校园里面很清幽，环境优美，两人慢慢地闲逛，比爬长城的时候更像旅游。

初夏在这里学习生活了六年，感情深厚，带着男朋友重回母校，初夏莫名有种遗憾得到弥补的圆满。

二十岁左右的大学生，谁没向往过在这最单纯的岁月来一段校园恋情？

初夏也有过这样的向往，可她脑补的恋爱对象从来都只有一个。

当时两人分隔两地，她无法确定韩烈是否还记得她。现在她带着韩烈回来了，两人像一对普通的大学情侣一样在校园里慢步。

"喝口水。"韩烈拧开矿泉水瓶子，喂初夏。

初夏看看周围，确定没有人注意他们，才有些不好意思地就着他的手喝了一口。

韩烈就带了一瓶水，两人一起喝。

逛完一圈，回到大学正门，韩烈开始带着初夏走第二圈，沿着他的路线。

"我说过，四年前我来找过你。

"那次我特别想、特别想见你，但我不确定你还想不想见我。如果你已经有了新的恋情，我多可怜。于是我就一个人在你们学校乱逛，一边走一边观察路过的所有女生。我告诉自己，如果这么瞎逛都能遇见，如果你也是单身，就说明咱们有缘分。如果没遇见你，那就是没缘分，我该回哪儿回哪儿。"

初夏安静地听着，可是想到韩烈曾经一个人在这里找她，当晚还在喝酒时被人捅了一刀，她心里就难受。

不知不觉来到了学校的图书馆。

图书馆前面有个小广场，韩烈拉着初夏坐到一条长椅上，指着图书馆入口道："你喜欢看书，那天我在这里坐了三个小时，从下午四点坐到晚上七点。你如果在里面，六点左右肯定会去食堂吃饭，你没在里面，吃完饭可能会过来看书。"

　　这确实很符合初夏的校园生活规律，但还有一种可能，就是初夏下午有课，晚上也有课。赶上这一天，她晚上不会再来图书馆。

　　"没等到你，我就走了。"捏了捏初夏的手，韩烈淡笑着道。

　　初夏难以想象他当时的心情。

　　初夏想说点什么，突然想到一件事，问韩烈："你还记得你是哪天来的吗？"

　　韩烈靠着椅背，看着她道："国庆之后吧，具体哪天想不起来了。怎么？别说你见过我。"

　　初夏也没有准确的答案，她也记不得是哪一天，但初夏记得发生过一件事。

　　那天晚上她有课，吃完饭回宿舍休息了一会儿，然后独自出发去教学楼。

　　当时天已经黑了，学校的路灯全部开启，初夏戴着耳机边走边听英语。经过一个十字路口的时候，她看见一个高高瘦瘦的身影从东边路口往南边去了。注意到他的时候，她只来得及看见几秒的侧脸。

　　那几秒，初夏停在了原地，目光一直追着那道像极了韩烈的背影，直到那人越走越远，再也看不见。

　　大学四年，初夏不止一次见过酷似韩烈的身影，不止一次听见过酷似韩烈的声音。但每次回头去看，看到的都不是他。那晚见到的侧脸最像韩烈，可初夏又告诉自己，怎么可能是他？

　　看不见了，初夏拐个弯，孤单单地去上课了。

　　她习惯独来独往，平时她不会有孤单的感觉。每当想起韩烈时，初夏才会渴望身边多个人。

　　"记得那个人穿的什么衣服吗？"韩烈问她。

　　初夏摇摇头，苦笑道："难道你还记得你穿的什么？"

　　韩烈也笑了，没印象。

"但我感觉你看见的应该就是我。"韩烈抱住初夏的肩膀,凑过来亲了她一口。

初夏回吻了他一下。

韩烈突然拉着她站起来说:"我记得我给你留过一张字条,不知道还在不在。"

初夏:"……"

他在哪儿留的字条?都四年了,什么字条能在校园里保持原地不动、完好如初那么久?就算没有被清洁员工扫走,也被雨雪打烂了吧?

韩烈不管,朝她一笑说:"万一呢?咱们隔了八年都能重新在一起,一张字条挺过四年也可以。"

初夏不跟他争,她更好奇韩烈会将那张字条藏在什么地方。

韩烈牵着初夏去了图书馆后面的林荫道。林荫道两侧的大树亭亭如盖,韩烈率先停在了中间的一棵树下,他指了指上面。

初夏仰起头。

夕阳灿烂,照在粗糙笔直的树干上,树干离地两米左右的地方有个拇指粗细的小洞。仔细看,会发现有一卷类似字条的东西塞在里面,只露出一厘米左右。

"怎么样,我藏的位置够好吧?"

初夏笑了,不拆穿他的把戏,只问他:"你藏在这里,请问我某天经过这里,抬头发现这个字条并想方设法取出它的概率有多大?"

韩烈狭长的眼认真地看着她说:"百分之百,我放字条的时候,想的就是如果将来咱们再见面,我便带你回来取字条。"

初夏的心跳突然加快。

虽然她知道这字条是中午韩烈出来的时候准备的,虽然她知道这一切都是韩烈的套路,可她还是喜欢,还是会因为听到他说出来而感动。

"自己拿。"韩烈突然一弯腰,抱住初夏的腿将她面朝树干高高地举了起来。

初夏脸红了，但她没有去观察附近有没有学生围观，她紧张地扶住树干，抬起右手去抽那张小字条。

"放我下去吧。"拿到字条，初夏对韩烈道。

韩烈说："你先看。"

初夏只好打开。

小小的字条，上面用简笔画画了一个短发男人，他将一枚戒指放进树洞，许愿说："如果可以再见面，她一定会嫁给我。"

初夏哭了。她看向那个小树洞，里面果然还有一枚钻戒。

韩烈在等她的答案："怎么样，嫁不嫁？"

初夏不说话。

韩烈哼了哼："不嫁我就举你一辈子。"

初夏默默取出戒指，套在了自己白皙的手指上。

韩烈立即放她下来，将初夏压在树干上，深深吻她。

初夏，我一直都在等你，你知道吗？

韩烈，我一直都在想你，你知道吗？

知道啊，所以炽热如火的夏天，回来啦！

如果那年没有错过

番外

01- 盛夏

饭局结束,已经是深夜十点。

这次的生意伙伴性格豪爽,合作谈得很顺利。只是对方好酒,韩烈不得不跟着喝多了,头昏脑涨的。

司机将他扶进车后座,替他系好安全带,就去前面开车了。

韩烈靠着椅背,眼睫低垂,仿佛睡着了。过了一会儿,他烦躁地扯掉领带,连着解开了三颗衬衫扣子。

司机专心开车。

韩烈一只手揉捏眉心,目光投向窗外。

对面的马路边上有对年轻的小情侣,两人长相都普普通通的。可他们笑容很甜,看得出彼此都很喜欢对方。

韩烈嗤了下。爱情很美好,可惜他没有。

脑海里浮现出一张清纯安静的脸,韩烈忽然连自嘲的笑都难以维持。多可笑,明明已经被那人甩了四年,他还是会轻而易举地想起她,一想就刹不住。

酒意催得思念也发了狂,回到家里,韩烈冲进卫生间,故意站在冷水下,试图浇灭今晚的情愁。花洒喷下来的水清清凉凉的,初夏微红的脸却越来越清晰。

在这无人看见的角落,韩烈闭上眼睛,纵容了这一次的沉沦。

初夏,你可还记得我?

第二天,韩烈订了一张机票,于中午抵达北京。

酒店距离她的学校只有十几分钟的车程,韩烈先在酒店补个午觉养好精神,醒来后拾掇一番,换上那套大学风的黑色休闲装,然后出发,前往目的地。

大学并不禁止游人参观,韩烈又是一副大学生的打扮,顺顺利利就进去了。

下午三点,正是学生们上课的时间,校园内闲逛的学生不多,陆陆续续能看到三三两两的大学生经过。

韩烈就这么漫无目的地在校园里闲逛。

他知道初夏在这里,却不知道她在哪栋教学楼上课,也不知道她现在是单身,还是交了男朋友。

手机里倒是还保留着她的微信,可四年都没联系过了,韩烈不敢开这个头。他更怕,初夏或许早在分手那天就删了他。总之,这四年他都没见过她发一条朋友圈。

韩烈想试试自己与初夏的缘分。如果闲逛也能遇见,说明他与她之间的缘分还没有断。

一个小时后,韩烈来到了校内图书馆。

图书馆对面有个小广场,韩烈挑了一把长椅,面朝图书馆门口坐下。

初夏是个喜欢看书的学霸,他在这里守株待兔,或许能遇见她。

缘分这东西,没人规定不可以强求。

然而,韩烈从下午四点一直坐到晚上七点,都没有发现初夏的身影。

夜幕笼罩,初秋的凉意渐渐浇灭了韩烈胸中的冲动。罢了,她有她的学业,他也有公司要打理,何必还像高中生那么幼稚。

最后看一眼图书馆,韩烈收回视线,转身离开。

与此同时,初夏刚刚离开宿舍,准备前往今晚晚课所在的教学楼。

她的左耳戴着耳机,注意力一半被播放的英语音频分散,一半落在了校园景色上。

周围有很多像她一样要去上晚课的校友,忽然,一道高高瘦瘦的身影闯入她的视野。

那人步履匆匆,线条冷硬的侧脸只在初夏的视野停留几秒,便只剩背影。就在这几秒内,初夏停住脚步,目光不受控制地追逐那个背影。很像韩烈,她的初恋男友,只正式交往了一个多月,便在升入大学前分手的初恋男友。

只是,远在榆城的韩烈,怎么会来北外校园?

就在初夏准备离开时,那道背影停下脚步,似是有所感应,缓缓地转过身来。

这一刻,初夏终于看清了他的面容,飞扬挺拔的眉峰,狭长锐利的眼睛。

二十四岁的韩烈,依然俊美出众,只是气质变了,从一个痞气爱笑的奶茶小哥,变得清冷阴郁……

没等初夏分辨出更多的东西,韩烈也看到了她。

目光相对,初夏心跳加快,随即下意识地垂下眼帘。可是,回避了几十秒,她又朝那边望去。

韩烈朝她走来了,脸上带着他乡遇故知的明朗笑容,什么清冷阴郁,一定都是她的错觉。

初夏性格安静,不擅长社交,面对韩烈友善的笑容,她也笑了笑。纵使心乱如麻,面上却平平静静,一如既往。

"初夏?"双方距离只剩十多步时,韩烈试着唤道。

初夏点点头。

韩烈就又恢复了刚刚的友善笑容说:"竟然真的是你,刚刚我都没敢认。"

他的态度,仿佛两人只是普通的故交。初夏微微放松一些,笑着问:"你怎么在这里?"

如果不是知道韩烈高中都没有读完,只看他现在的穿着,连初夏都要以为韩烈也是这边的学生。

韩烈一只手插着裤子口袋,另一只手转动手机,随便指着一栋教学楼的方向道:"我来北京出差,顺便看看我表弟。他是今年刚考进这里的高才生,跟你一样,都是学霸。"

"学霸"这个称呼,让初夏面露尴尬。

韩烈不着痕迹地打量着她,语气自然地问:"晚上有课?"

初夏点头。

韩烈笑道:"几点下课?难得碰上,等会儿一起吃顿夜宵吧,我请客。"

初夏看着他手里不停转动的手机。

当年两人分手,分得平平静静,并没有结仇。今晚也算是故人重逢,她并没有拒绝这顿夜宵的理由。

"第二节下课都快九点了,会不会太晚?"

韩烈道:"不晚不晚,夜宵就是要这个时间吃。你们教室可以旁听吗?或者我找间空教室玩手机也行,不然也没有地方去。"

初夏今晚的晚课是专业小课,虽然可以旁听,可她要怎么跟同学们介绍韩烈?

她提议道:"我们旁边应该有空教室,你去那边等吧。"

韩烈笑道:"行,咱们先过去。"

两人变成了并肩而行。

路灯拉长两人的身影,韩烈仗着身高优势,偏头观察初夏。

记忆中的初夏很安静,虽然现在都读研究生了,二十二岁的初夏看起来似乎与那个高三女学生也没有什么区别。只是个子又长高了些，身材也更趋于成熟。

咳了两声，韩烈挑起话题说："你好像一点都没变，还是那么矮。"

前半句是有点暧昧的，初夏刚要紧张，就被他打趣了一番身高。

其实初夏有一米六八，在女孩子当中绝对算不上矮，奈何韩烈将近一米九的个子，跟他一对比，初夏可不就矮了。

"不说话，生气了？"韩烈笑着问。

初夏道："没有，不知道说什么。"

韩烈看起来比她自在多了："随便聊吧，可惜我文化水平不高，不能跟你聊什么高大上的东西。"

初夏觉得他是在嘲讽自己，毕竟当年分手的真正理由，就是两人的学历差别，且彼此心知肚明。

"交男朋友了吗？"韩烈忽然问。

初夏抬头。

韩烈目光坦荡地问："等会儿咱们吃夜宵，要不要把你男朋友也叫过来，免得他误会。"

原来是这样，初夏抓了抓刚刚取下来放进口袋的耳机，道："没交。"

韩烈一脸诧异地问："你这种班花、校花级别的美女，居然没有男朋友？"

初夏一直都不喜欢这类话题，尤其是提问对象变成了韩烈。她淡淡道："学习很忙，而且班里女多男少，很多女生都很漂亮，我也不是班花。"

韩烈更惊讶了："大学四年，别告诉我你一次恋爱都没谈过。"

初夏抿唇。

换个女孩子，可能会在前男友面前逞强一下，夸大自己的感情史。可初夏不是那样的性格，干脆默认了。

韩烈看着几乎一直都目视前方专心走路的女孩子，眼底有愉悦，也有一丝心疼。

没有男朋友，看她单独去上课，似乎也没有结交特别好的闺密，所以过去的四年，她都是孤零零一个人在外面过的？其实知道她喜欢安静，也习惯一个人的安静，可韩烈总是忍不住想逗她笑，想她身边变得热闹些。

"看来你们学校的男生眼光都不太好。"韩烈低声调侃了一句。

这是在恭维她，而来自前男友的恭维，不禁让初夏耳垂发热。

初夏也很好奇韩烈这些年都在做什么，却又怕他误会她的意思。因为以韩烈的教育背景，可能还在从事类似奶茶小哥的工作。她并不歧视这类工作，只是两人分手的原因与此有关，一个不慎就会伤害韩烈的自尊心。

"我说我来这边出差，你就不好奇吗？"韩烈主动和她聊了起来。

初夏这才看向他。

韩烈笑笑，有点自得又仿佛只是寻常地道："那年咱们分手不久，我继承了一笔拆迁款，然后开了一家平民酒店，运气还算不错，这几年弄成了连锁店。这次来北京，是想看看能不能把连锁店开到这边来。"

初夏很意外，也很替韩烈高兴。

当年她是真的喜欢韩烈，纵使分手，她也由衷地希望他会生活得很好。

"你很厉害。"初夏笨拙地夸赞道。

韩烈故作谦虚道："小酒店，一般一般。"

初夏笑了，她认识的那个韩烈，本也不是喜欢自谦的人。

教学楼到了。

初夏要进教室前，韩烈拿出手机说："加个好友吧，等会儿方便联系。万一我换教室待着又睡着了，你可能找不到我。"

初夏同意了，从包中取出手机。

韩烈已经打开了二维码页面。

初夏试着扫码，页面跳转出来，显示两人本就是好友的关系。她给韩烈备注的昵称是"韩非子"，在韩烈那边，她叫"乌龙奶茶"。虽然分手了，又过去了四年，可她没有删除韩烈，韩烈也没有删除她。

安静的走廊上，初夏怔怔地抬起头，下一秒，对上韩烈意味深长的眼神。

初夏立时就红了脸。

上课了。

初夏一直都是个专心听讲的乖学生，今晚却控制不住地频频走神。

她竟然在生活了四年的校园遇见韩烈了，此时此刻，韩烈就在隔壁的教室等她。

恋爱期间的相处，一幕幕地浮现于脑海，像夜晚无人时，天空中恣意闪耀的星星。

据说初恋最让人难忘，在初夏这里，确实如此。

四年了，她总会梦见韩烈，总会在学校里听到疑似韩烈的声音。只是每一次她心跳加快地望过去时，看到的都不是韩烈的脸。

还喜欢他吗？

初夏没有答案，也许这些都是因为她只谈过一次恋爱，经验太少才会有的微妙反应。

第二节课快结束时，"韩非子"发来一条消息：我在走廊等你，你可以最后一个出来。

初夏想了想，回复：你可以多坐一会儿，我要出去了再叫你。

韩非子：坐够了，就想站着。

初夏：……

下课铃响，初夏低头看书，三位才认识一个多月的研究生舍友客客气气地问她要不要一起回去，初夏笑着摇摇头说："我再自习一会儿。"

舍友们走了。

等所有同学都离去,初夏才收拾好书包。

教室门开着,初夏一走出来,就看见韩烈站在斜对面的走廊边上,颀长挺拔的身形,俊美带笑的脸,是那种很讨女生喜欢的类型。

"几年不见,你怎么学会撒谎了?"韩烈低声问。

初夏避开他那双狭长的黑眸,其实从一开始,她就不怎么敢看他的眼睛,即使只对视几秒,她也会脸红。

"什么撒谎?"初夏不解地问。

韩烈说:"刚刚我仔细观察过,你们班十八个女生,没一个比你好看的,班花非你莫属,怎么可能没人追求?"

这话会得罪其他女生,哪怕同学们不在场,出于尊重,有的人也不会说出来。可韩烈不在乎那些,他在初夏面前,从来都是想到什么说什么,更直白的话初夏也不是没听过。

初夏垂眸道:"我说的是以前的大学班级。"

韩烈恍然大悟道:"懂了,不过你不用担心,可能过不了多久,你们班的男生就会给你写情书了。"

初夏有点想笑,高中生或许还流行写情书,现在的大学生谈恋爱,才不会那么纯情。随着手机信息越来越普遍,情书这种追求手段可能要绝迹了。

她没有接韩烈刚刚的话题,似乎并不在意会不会被人追求。

韩烈看了下手机,然后一边将手机收进裤子口袋,一边道:"吃火锅吧?我看你们学校附近有家火锅店,人气还挺高的。"

初夏应道:"可以。"

两人去了火锅店,路上没怎么说话。

太久没见,最初的客套寒暄过后,一下子很难找到什么共同话题。那种熟悉又陌生的感觉,让初夏都有些后悔答应这场夜宵之约。

火锅店到了,这个时间还很热闹,很多大学生都来这边聚餐,有情侣,也有朋友。

如果要等小桌，还得排队一个多小时。韩烈听服务员说还有一间包厢，便想订包厢。

初夏说："换一家吧？就咱们两个，订包厢太浪费了。"

韩烈笑笑问："怕我请不起？"

初夏当然不是那个意思。

就在她被噎住的时候，韩烈已经订了包厢，服务员笑着给他们带路。

包厢里面是一张长餐桌，南北两侧分别摆了四张椅子。韩烈就近拉开一张椅子，示意初夏坐过来。

初夏坐好了，面朝落地窗，正好能欣赏窗外的夜景。

韩烈坐在了她对面。

虽然是对面，隔着餐桌也有近一米，这样的距离，让初夏放松了很多。如果韩烈坐在她旁边，她会很拘束。

"老熟人了，喜欢吃什么随便点，不用客气。"

韩烈先将菜单递给初夏，她就点了一荤一素。韩烈又点了好几样。

服务员走了，韩烈带初夏去外面配火锅酱料。

准备完毕，两人又面对面坐在了餐桌两侧。

韩烈有电话，走到窗边，背对初夏接听。

初夏不由得看向他的背影，听得出对面是个男人，大概是他公司里的员工。两人谈得似乎不太愉快，韩烈几次想发脾气，才起个头就又顾及什么似的放轻了声音，没能吵起来。

讲完电话，韩烈一边回到椅子上，一边无奈地对初夏解释："我才离开榆城一天，那边就一堆事找我，什么事都不能替我分担，我聘请他们图什么？"

当然，他没有告诉初夏，他这次来北京完全是冲动行事，底下人毫无准备，当然要稍微乱一下。

初夏还生活在象牙塔里，不懂公司经营，只是笑了笑。笑容还未收起，她就对上了韩烈投过来的目光。

初夏马上垂下了眼睛。

可她能感受到，韩烈一直在看着她，就那么光明正大地看，丝毫不带遮掩的。

初夏很想假装不在意，可她管不住自己的脸。

忽然，她听见韩烈笑了，调侃道："都这么大了，怎么还动不动就脸红，跟高中生似的。"

初夏不知道该如何反驳。

其实这四年追求她的男生并不少，在那些追求者面前，初夏都很平静淡然，不曾乱过一次心。可是，当坐在对面的男人换成韩烈，她一下子就变得……连自己都觉得陌生。

服务员及时出现，化解了她的尴尬。

接下来，初夏就默默地涮肉、吃菜。有点事情可做，也更容易忽略韩烈时不时投过来的视线。

"这么瘦，多吃点肉。"

忽然，韩烈用公筷给她夹了涮肉过来。

初夏抬头，对面韩烈的脸被升腾而起的雾气模糊了。

她还记得，在高考后的那个暑假，韩烈也请她吃过火锅，说过一模一样的话。是巧合，还是他也记得？

"我自己来。"初夏低头说。

韩烈没有勉强。

火锅里的汤汁咕嘟咕嘟冒泡，借着雾气的掩饰，韩烈目不转睛地看着她。

四年啊，刚分手的时候，韩烈都没料到自己会这么长情。可那是初夏啊，他只看一眼就喜欢上的女孩，隔了四年再看，他还是那么喜欢。

不过，当年他年轻气盛，直接找借口要了初夏的微信就展开了追求，现在……

韩烈垂眸，嘴角浮现一丝苦笑。

就算他现在有钱有事业，他依然还是高中没毕业的学历水平，已经甩过他一次的初夏，还会再选择他吗？曾经天不怕地不怕的韩烈，此时却没有勇气问出口。

拿起水杯，韩烈喝了一口，平平淡淡毫无滋味的水，被他喝出了酒的辛辣与苦涩。

吃完火锅，韩烈提议送初夏回宿舍楼。

初夏拒绝说："这么近，我自己回去就好。"

韩烈坚持道："太晚了，不看着你走进宿舍楼，我不放心。"

初夏看向地上的影子。

这顿火锅吃得就够沉默尴尬了，还要同行十几分钟，可能会更尴尬吧。

韩烈想到什么，自嘲一笑，低声道："放心，你走前面，我们保持距离，只当不认识。"

一句话，让初夏想起了高三的最后冲刺阶段。韩烈每晚都会在学校外面等她，穿得像个高中生，背着书包。明明是来接她的，却始终远远地和她保持着距离，不曾让任何一个同学误会她。甚至，韩烈对她的追求，也是高考后才变得热烈的。

有些人的喜欢贪婪又自私，只想着自己要得到什么，从不顾及对方的感受。

韩烈不一样，他虽然学历低，却一直都很尊重她。哪怕他有很多机会可以对她做些什么，也仅仅是口头上调侃两句，两人最亲密的接触，不过是电影院里的一个浅吻罢了。

打住脑海中的画面，初夏默默朝前走去。

地上属于韩烈的长长影子保持着静止，直到初夏再也看不到了，她才听到他跟上来的脚步声。

夜色如水，周围聚集着形形色色的大学生、社会人士。

没有韩烈，初夏大概也不会多害怕，大学附近的治安还是可靠的。

可多了韩烈，初夏就很安心。除了安心，或许，还有一丝怅然。

如果她不曾提出分手……又会怎么样？

她要读大学，韩烈如果跟着她来北京，以他的文凭，也只能找奶茶小哥这种工作，吃青春饭。

如妈妈所说，时间长了，她与韩烈之间肯定会出现问题。要么是她在恋爱的冲动过后渐渐看不惯韩烈的生活方式，要么是韩烈不耐烦等她，提前被其他漂亮的女孩子诱惑。

初夏轻轻地呼了口气。

都过去了，已经做出选择的事，不必再做假设，自寻烦恼。

宿舍楼到了。

初夏转身，看见韩烈停在拐角的树荫下，路灯照亮了他的腰部以下，上半身却隐藏在昏暗中，她看不清他的脸。

初夏露出一个礼貌的微笑，朝他挥挥手。

阴影中，韩烈也朝她挥挥手。

初夏进去了，再也看不见这个人。或许，这一次，韩烈是彻彻底底消失在了她的世界。

"叮"的一声，微信有新消息。

初夏心跳停滞，怔了怔才拿出手机。

韩非子：早点睡，不许熬夜。

熟悉的字眼，一如当年的很多个夜晚。他送她回家，再用这条消息作为一场秘密约会的结束。

视线逐渐模糊，初夏回了一个字：嗯。

韩烈不知道初夏住在这栋寝室楼的第几层第几室，可他还是在这栋宿舍楼下站了很久很久。

冲动之下来北京就是为了看看她，按理说看到了就该满足了，可他心里空空的，叫嚣着还想要更多。

苦笑一声，韩烈离开了初夏的校园。

他在北京没有亲戚也没有朋友，刚刚十点，现在回酒店，除了想她还是想她。

韩烈去了酒吧，出来的时候却被别人扶着走了出来。只因他喝了一点酒，莫名其妙卷入了一场死斗，身上挨了两刀……

凌晨两点，韩烈被医生推到了普通病房。他命大，两刀都不是致命伤。

酒早醒了，韩烈躺在病床上，面无表情地看着坐在床边的赵秦。

赵秦笑笑说："韩烈是吧？感谢你今晚的见义勇为，帮了我一场。"

他用的是"帮"，不是"救"，是因为彼此心知肚明，就算韩烈不出手，他有人保护，也不会出事。

韩烈并不想掺和别人的事，他闭上眼睛道："没想帮你，纯属喝多了没事找事。我还要睡觉，你可以走了。"

赵秦说："别啊，咱们能遇上就是缘分，交个朋友？"

韩烈道："没兴趣。"

赵秦问："你不知道我是谁？"

韩烈不耐烦地看了他一眼："你是谁？"

赵秦笑了笑，报了身份。

韩烈虽然没听说过赵秦这个人，却知道赵家名下的集团，也就明白了赵秦超级富二代的身份。

赵秦问："怎么样，有没有兴趣为我办事？"

韩烈嗤笑一声："没兴趣。"

他有自己的事业，哪怕小，也完完全全属于他，才不稀罕去给别人打工。

赵秦盯着他看了一会儿，想了想道："算了，你先休息，明天我再来看你。"

说完,赵秦离开了,留下了韩烈进手术室时他替韩烈保管的手机。

赵秦很体贴,还特意为韩烈准备了一套手机充电设备,以及他的个人名片:"有需要随时联系。"

韩烈看着他关上病房的门,才收回视线。

出了这么大的事,韩烈的心情很平静。除了身上的伤,最大的不舒服还是……想她。或许他中的不是刀,是毒。

第二天是周六,初夏没课,但她还是准备去图书馆看书。

刚选好位置,她收到了韩烈的微信语音消息。

韩非子:这个周末有空吗?

初夏顿了一分钟左右,输入文字:有事吗?

韩非子:我这边有个兼职,不知道你有没有兴趣?

初夏:什么兼职?

韩非子:医院护工。

初夏的眉头都皱起来了,正思索到底是怎么回事,韩烈发了一张照片过来。

照片中,韩烈挂着一脸苦笑躺在病床上,上半身袒露着,不过右臂、腹部都缠了纱布。初夏的脸都白了。

那边又发过来了几条消息。

我现在不能下床,请护士帮忙拍的照片。

不用担心,伤得不重,大概周一就可以出院了。

昨晚去酒吧喝了点酒,倒霉地遇到了一帮干架的。虽然我也很能打,但架不住人太多,不小心挨了两刀。

"你要来吗?其实就是需要你帮忙端水喂饭。这边医院太黑了,请护工一天要五百,与其便宜外人,不如便宜你。

"也不是钱的问题,我又不认识那些护工,你来了还能给我辅导辅导英语。"

最后这条消息，他调侃得仿佛没事人似的。

初夏的注意力却集中在韩烈解释自己为何受伤的那条语音上。

挨了两刀，说起来轻飘飘的，伤口有多深？

初夏看向自己的腹部，代入韩烈，她都觉得疼了起来。

好歹也是初恋男友，初夏愿意帮韩烈，只是……

初夏问他：怎么没叫你表弟帮忙？

韩非子：别提他了，我从昨晚开始打他电话，到现在都没有接通，也不知道在忙什么！早饭是护士喂我的，人家不乐意做这个，一直催我快点请护工。表弟那边我是不指望了，你要是有事来不了，我现在就联系护士安排护工。

初夏犹豫了一会儿，回他：医院、病房号发我，我回趟宿舍就过去。

韩非子：感谢高才生！

他语音报了医院、病房号，竟然还给初夏转了两千元钱，备注是：聘请高才生的看护费。

初夏不需要这笔钱，不过，收了也好，免得韩烈误会她愿意帮忙是因为对他余情未了。

回宿舍换了一套方便照顾人的休闲装，又在学校外面的水果超市买了几样东西，初夏便出发了。

医院。

韩烈用左手刷了好几遍他与初夏的对话。

发消息前，他真的没有把握初夏会过来，怕被她拒绝，无论用什么或真或假的理由，可她竟然同意了。

韩烈笑着看向窗外。

他的初夏，还是这么容易心软。

忽然，有人敲门。

这么快就到了？韩烈惊喜地看向门口。

房门被人推开，赵秦走了进来，一只手提着花篮，另一只手提着水果篮。

韩烈脸上的笑容凝固了。

赵秦问："怎么，还有别人要来探望你？"

韩烈冷声道："与你无关，你可以走了。"

如果说昨晚赵秦还有点怀疑韩烈这小子是不是刻意接近他，现在他是一丁点都不怀疑了。

说来也怪，如果韩烈上赶着巴结他，赵秦还不乐意。可看韩烈这么冷淡，赵秦却越来越想交这个朋友。

"女朋友要来？"放下礼物，赵秦调侃道。

韩烈心想，他倒希望初夏还是他的女朋友。不过，赵秦的这个称呼还是让他心里甜了三分，脸色也总算没有那么难看了，没承认也没有否认。

赵秦很识趣："既然是女朋友，那我就不留在这里当电灯泡了。"

询问过韩烈的伤口情况，赵秦就准备走了。

韩烈突然想到一件事，叫住他问："你不是要感谢我吗？"

赵秦一挑眉。

就在他以为韩烈终于要露出施恩图报的真面目时，韩烈左手摸摸鼻子，垂眸道："我这次来北京，是想见见我的前女友。她不知道我是特意过来找她的，还以为我在她们学校真有个刚考进去的表弟。你要谢我的话，就安排一个酷似大一高才生的小弟给我当两天的表弟，怎么样？"

赵秦："……"

他上下打量韩烈一眼，笑道："看你出手么狠，没想到还是个小狼狗。"

韩烈目光变冷了。

赵秦道："行行行，我不开玩笑了。表弟是吧，好说，哪个学校？你多交代些背景，我让小弟背熟了，免得露馅儿。"

十分钟后，赵秦走了。韩烈继续等初夏。

走廊里，初夏在经过几间病房后，终于看到了韩烈的病房。她停下来，几次深呼吸后，抬手敲门。

"进来吧，门没关。"是韩烈的声音。

初夏推开门，探头看看，就见到了韩烈，躺卧的姿势跟照片里一模一样。

VIP病房，里面就他一个。

见初夏注意到了赵秦送来的花篮、水果篮，韩烈解释道："有个生意伙伴，一早听说我病了，送了东西来。"

初夏点点头，举起她买的一袋子水果说："我也买了点。"

韩烈看着她说："你买的肯定比他买的好吃。"

初夏避开了他的视线。

初夏走到床边，放下礼物，下意识地看向韩烈身上的两处纱布，皱眉问："真的不严重？"

韩烈笑道："真严重我大概还昏迷着，放心吧，医生都说不要紧了。"

初夏就算担心也没用，她对护理一窍不通，只能听医生的。

"坐吧。"韩烈指了指刚刚赵秦拿到床边的那把椅子说。

初夏没动，看看他，又扫视一圈病房问："有什么需要我做的吗？"

韩烈知道她怕坐下来尴尬，就道："给我削个苹果吧。"

初夏松了口气，从购物袋里取出一个苹果，先拿去洗了洗。病房提供削皮器，她侧对着韩烈，站在洗手台这边给苹果削皮。

韩烈默默地看着。

今天初夏穿得很简单，头发也简简单单地扎了个马尾辫，一点都不像要与谁约会的样子。

韩烈想，都说女为悦己者容，初夏是单纯不喜欢打扮呢，还是没把他当"悦己者"？

苹果削好了。初夏走回床边，把苹果递给他。

韩烈左手接过，笑着道谢，然后咬了一口。

初夏继续观察病房，到处都干干净净的，好像没什么需要她来做的。

沉默只会更尴尬，初夏问他："你现在这样，跟家里打过电话吗？"

韩烈咀嚼的动作微顿。

咽了这一口，他才轻松随意地道："我爸我妈早就离婚重新组建家庭了，我跟着爷爷奶奶长大的。现在二老也都不在了，所以我出什么事，不需要跟任何人报备。"

初夏愕然。当年她虽然与韩烈谈过恋爱，对他的家庭背景却毫无了解。

没等她说什么，韩烈开了个小玩笑："当然，哪天我找了女朋友，还是得跟女朋友报备的。"

初夏："……"

既然他这么乐观，也就不用她安慰什么了。她拿出手机，随便刷了刷。

韩烈一边吃苹果，一边看着她白皙的侧脸。

不知道是不是他的错觉，经由初夏洗过的苹果，比他以往吃过的任何一个苹果都要甜。

韩烈吃完苹果没多久，医生过来了，检查他的伤口情况。

初夏不敢看，远远地站在角落里。

医生们走了，韩烈看着她发白的脸，笑着问道："不敢见血？"

初夏没有回答。

韩烈招招手，让她坐到斜对面的沙发上去。

静默了几分钟，韩烈似自言自语又好像解释什么般："其实我很少去酒吧，工作忙，更没有时间跟谁打架。四年了，这唯一一次意外，竟然还被你赶上了。"

初夏低着头。

韩烈不知道她在想什么，没个正经又逗她说："你说，要是我昨晚运气不好，送医院也救不过来了，我在这边又没有什么亲戚，医院联系我表弟联系不上，会不会打你的电话？"

初夏一皱眉，瞪了他一眼说："别胡说。"

韩烈笑道："如果你真接到这种电话，会不会吓哭了？"

初夏懒得理他，拿出iPad，插上耳机。iPad上播放着电影，初夏想的却还是韩烈刚刚的话。

如果他真的……初夏及时打住了这个念头。

"你在看什么？"韩烈问。

初夏回答："电影。"

韩烈说："我也要看。"

毕竟是病人，初夏就把iPad给他了，她坐在沙发上玩手机。

"会不会很无聊？"韩烈看电影并不专心，没几分钟又找她说话。

初夏摇摇头。

韩烈只好继续看电影。

看到一半时，他要去卫生间。

余光中瞥见他要下床，初夏立即放下手机，紧张地问："你做什么？"

韩烈尴尬地指指卫生间，初夏顿时脸红了。

韩烈笑道："没事，我慢慢走，扯不到伤口。"

话虽然这么说，他还没站直就吸了一口气。初夏赶紧过来扶着他。

右臂被她白皙的手托住，这也是时隔四年后两人的第一次身体接触。

韩烈调侃道："我怎么觉得自己突然变成了电视剧里的老大爷？"

初夏笑了，下一秒又收起笑容。

两人以蜗牛的速度缓慢移动，韩烈看看她，又开玩笑说："你给我当一次护工，也算为将来谈恋爱积累经验了。万一你以后的男朋友出个什么事，你肯定是照顾他的一把好手。"

初夏不予理会。

韩烈叹气道:"生病了才知道单身有多可怜,等我出院了,也得赶紧找个女朋友。"

初夏还是沉默。

韩烈说:"哎,你不会以为我真的很可怜吧?其实这几年经常有人给我介绍漂亮的女孩子,可我一心忙着创业,哪有时间谈恋爱。不过现在已经稳定了,以我的综合条件,肯定比你先脱单。"

初夏终于"嗯"了声,算是回应。

卫生间到了,初夏一直将韩烈扶到马桶前。

"能坐吗?"初夏歪着头问。

韩烈说:"不行,只能站着。"

初夏问:"那你自己行吗?"

韩烈苦笑道:"右手动不了,还不能弯腰。病号服的裤子太松了,等会儿肯定会掉下去,得麻烦你帮我提起来。"

初夏的脸变得红红的,垂着眼帮他出主意说:"可以用左手提裤子。"

韩烈咳了咳:"男女差别,左手得做别的事。"

初夏顿时想起了一些影视剧中,男人小解时的姿势。她的脸更红了。

韩烈说:"你闭上眼睛,站我后面就行了,我相信你不会偷看。"

初夏不好意思道:"那我先出去,你结束了叫我。"

韩烈应道:"也行。"

初夏马上退出了卫生间,在外面带上门。

韩烈还真不是故意逗她,左手解开病号服的松紧绳腰带,再一松开,过于宽松的裤子就掉了下去,耷拉在脚上。

一阵哗啦啦的水声后,韩烈用左手冲水,其他的就做不了了。

他朝门口道:"好了。"

"那我进来了。"

韩烈偏头看向镜子。

门开了，镜子里出现了初夏的脸，红扑扑的，竟然闭着眼睛。

韩烈笑道："睁开也没事，上面的衣服很大，该遮住的都遮住了。"

初夏抿唇，不听他的。韩烈只好老老实实地指挥她走到他身边。

初夏摸到了韩烈的后背。她松了口气，双手分别扶住他的腰侧，确定位置正确后，慢慢蹲了下去。初夏在地上摸索，碰到了垂落的裤子。找到两侧的裤腰，她继续闭着眼睛往上拉，自己也站直了身体。

"好了，麻烦你再帮我系上松紧带，我单手不方便。"

初夏："……"

韩烈说："放心，保证你什么都看不见。"

初夏犹豫了一会儿，试着睁开眼睛，透过镜子，看到韩烈调侃带笑的脸。她迅速往他下面看，发现裤腰果然提得高高的，遮掩了他所有的隐私。

初夏这才绕到他前面，歪着头替他系松紧带。

韩烈垂眸看向她羞红的脸，看她微微颤动的长睫毛。此刻，就连她白皙的耳垂，也变得红红的。

"对不起，麻烦你帮一个外人做这种事。"狭窄的空间里，韩烈忽然低声开口道。

初夏动作微停，外人吗？

除了爸爸妈妈以及一些血脉亲戚，初夏因为性格过于安静，一直都没有交过什么知心闺密。在她二十二年的人生里，除了那些亲戚，韩烈便是让她记忆最深刻的人。或许，在大众的定义中，四年没见的前男友就等于外人？

"没关系，我收了你的钱，这是我作为护工应尽的义务。"

等韩烈洗了手，初夏又扶着他回到病床前，帮他慢慢躺下。

中午，护士送了午饭过来。韩烈左手不方便，初夏喂他吃。这时候，初夏不得不坐在他的病床上，也难以避免地近距离面对他的正脸。

昨晚吃火锅时，初夏都没敢太仔细地打量他。

现在初夏才发现，韩烈的五官与四年前相比并没有太大的区别。只是他的脸部线条更加硬朗分明，那股俊美也越发具有侵略性。

她趁韩烈张嘴吃饭时偷偷打量，一旦韩烈要抬眼看过来，初夏马上就避开。

喂完饭，初夏还在收拾餐盒，妈妈廖红打了电话过来。

初夏明显紧张了一下，示意韩烈不要说话，她走到窗边接听。

"初夏啊，吃过午饭了吗？"

初夏说："刚吃完，在医院吃的，有个舍友住院了。"

韩烈微微一挑眉。

等初夏忽悠完亲妈，挂了电话，韩烈戏谑道："原来乖学生也会跟家长撒谎。"

初夏没有接他的调侃，收拾好垃圾，继续去沙发上坐着。

韩烈看得出来，初夏在这里待着很不自在。虽然他很想多与初夏在一起，却又舍不得让她继续辛苦。

他左手拿手机给赵秦发了一个暗号。

三分钟后，韩烈的手机响了。

初夏看过来，韩烈接听。

手机里传来一道困倦的男声："表哥，我刚起床，你半夜给我打那么多电话，有什么事吗？"

韩烈冷声道："我被人捅了两刀，人在医院，你说有没有事？"

"什么？不是，表哥，你在哪家医院，我马上过去！"

韩烈冷冰冰地报出了地址。

挂掉电话后，韩烈朝初夏抱怨了一通这个臭表弟，然后道："等会儿他就来了，你先回去吧，别耽误你学习与休息。"

初夏的确没有了继续留在这里的必要，她把那两千元钱又转给了韩烈。

韩烈收到消息，皱眉道："你跟我客气什么？"

初夏客气地笑道:"本来也没帮你多少,那你好好休息,我走了。"

说完,初夏收拾好包,最后看眼韩烈,头也不回地离去。

周一下午,初夏接到了韩烈的电话。

韩烈说:"我出院了,本来该请你吃顿饭道谢的。只是公司那边有事,我现在就得回榆城。"

初夏应道:"没什么好谢的,你快去忙吧。"

韩烈忙说:"忙归忙,谢也得谢。你等着,下次我过来,请你跟表弟一起吃饭。"

初夏不想就这个话题客气来客气去,就同意了。她猜测,这应该也就是韩烈的客气话。他一个大忙人,怎么可能那么快就有时间来北京?

韩烈确实很忙,可他压抑了四年的火已经重新被初夏点燃,再忙他也能抽出时间。

十一月初,韩烈腹部的伤彻底养好了,第一时间飞去了北京。他特意挑的周六,坐的早班飞机,十点就到了。

初夏在宿舍,在忙一份兼职笔译的工作。

有电话打来,初夏拿起手机,看到屏幕上的"韩非子",不禁愣了愣,按了接听。

韩烈:"高才生,我来北京了。之前说好的,要请你跟表弟一起吃饭。怎么样,中午有空吗?"

初夏下意识地按照社交礼节道:"真不用,咱们也算是朋友,我去探望一下本来就是应该的。"

韩烈:"既然是朋友,那我远道而来,请老朋友吃顿饭,不也是应该的?"

初夏没再说话了。

韩烈:"就这么定了,十一点半我去学校接你们俩,就在你们南门外面见吧。"

说完,他挂了电话。

初夏看看时间,还有一个多小时。她想接着翻译,只是心不在焉的,脑海里全是今天中午的见面。

一心二用效率太低,也容易出错,反正也不是今天就得交稿的急件,初夏干脆关了电脑。

好歹也是一场饭局,初夏去卫生间换了一套衣服,还化了淡妆。

一个同样待在宿舍的舍友笑着问初夏:"中午有约会?"

初夏简单解释道:"不是约会,一个榆城的朋友来B市玩,中午请客。"

舍友问:"男的?帅不帅?"

初夏道:"还行吧。"

舍友没有追问更多。

初夏看看时间,可能是因为做好了出门的准备,她的心稍微静了下来,便接着翻译。

十一点十五分,初夏离开宿舍楼,走向南门。

离南门还有一段距离,初夏就看到了韩烈。他还是一身黑色休闲装,帅气又干练,旁边还站着一个大学生打扮的男生,高高瘦瘦的个子,肤白唇红,俊朗清秀,很有书生气。

这个男生就是赵秦帮韩烈安排的真小弟假表弟,简称小徐。

韩烈也是刚刚才见到小徐真人,怎么看怎么不顺眼。

小徐爱笑,瞧见初夏,他低声对韩烈道:"哥,你这前女友长得真好看,怪不得你念念不忘。"

韩烈按着他的脑袋说:"谁让你多看了?再看信不信我揍你?"

小徐撇撇嘴。

初夏看到了韩烈的动作,却把此举理解成了表兄弟之间的亲昵。

三人会合,韩烈给初夏介绍道:"这就是我表弟,你叫他小徐就行。"

小徐很是狗腿地朝初夏笑着说:"嫂……夏姐好!"

初夏是个非常敏感的人,她隐隐觉得,小徐刚刚是想叫她"嫂子"。是他自己乱叫的,还是韩烈说过什么?她故意装作没听懂,客气地笑笑。

韩烈说:"走吧,餐厅我都订好了。"

校外停了一辆车,韩烈坐到驾驶位,小徐扮演表弟,当然占了副驾驶。初夏坐在了韩烈后面。

韩烈专心开车。

小徐歪着脑袋跟初夏聊天,他性格活泼,擅长交谈,还很幽默,将初夏逗笑了好几次。

"夏姐,咱们也加个好友吧。以后我学习上遇到难题,好跟你请教。"

小徐说着,热情地打开了自己的二维码。

初夏对他观感不错,笑着加了好友。

一直旁观的韩烈,脸都快黑了。

小徐是个非常健谈的男人。

中午这顿饭,几乎一直都是小徐在和初夏聊天。韩烈试着抢了几次话题,但因为初夏对他的别扭心思,两人之间什么话题都谈不开,所以话语权很快又被小徐抢了过去。

韩烈胸闷,靠坐在椅背上,假装跟员工谈事情,实则给小徐发了一条消息:你什么意思,看上初夏了?

小徐收到消息,继续吃了几口饭,才回他:大哥,我这不是看你们俩太尴尬,故意给你们活跃气氛吗?

韩烈:不用你活跃,马上找个借口走。

小徐:……

过了三分钟,小徐就以舍友有急事找他为由,饭没吃完就告辞了。

少了电灯泡,韩烈舒服多了,见初夏还在看小徐离开的背影,韩烈嗤了声:"怎么,看上我表弟了?"

初夏瞪了他一眼。

韩烈又说:"瞪我做什么?现在都流行找小鲜肉做男朋友。我表弟长得也还行,你真喜欢,我帮你撮合。"

初夏连瞪他都懒得瞪了,低头吃自己的。

韩烈有种被前女友当空气的憋闷感。

"跟他有说有笑的,跟我就没话聊?"韩烈难掩酸气,不满地说。

初夏看他一眼,解释道:"他话多,我就听着;你话少,正好我也话少。"

韩烈成功被噎住了。

喝口果汁,韩烈看着初夏道:"其实我也话多,就怕说出来你不爱听。"

初夏说:"如果怕,那就别说好了。"

韩烈:"……"

如果不是还要开车送她回去,韩烈真想让服务员拿瓶酒来。

尴尬地吃完饭,韩烈要送初夏回学校。出于礼貌,初夏坐在了副驾驶位。

韩烈开车,她摆弄手机。

突然,小徐发了消息过来。

初夏点开。

小徐:夏姐,你真是太单纯了。我想了半天,还是决定跟你说实话。

小徐:其实我不是北外的高才生,也不是韩哥的表弟。事情是这样的,上个月韩哥在酒吧见义勇为,保护了我的老大赵哥,赵哥非要还韩哥这个人情。韩哥就说,那天去北外是专程找他前女友,也就是你的,可韩哥自尊心强,不好意思在你面前说实话,就临时编了表弟的借口。住院后怕被你拆穿,才让赵哥派我过去冒充他表弟。

小徐:夏姐,这就是我知道的一切。以后我大概不会再出现了,祝你生活愉快!

小徐：对了，你是希望我把告密这件事告诉韩哥，还是先瞒下去，给你时间看他继续表演？

初夏怔怔地看着这几条消息。怪不得她与小徐说话时韩烈总是一脸不高兴，还怀疑她喜欢小徐，原来表弟是假的。

初夏又想起了上个月的重逢。

韩烈给她的第一印象是阴郁，却在认出她后，马上明朗了起来。是因为专门去学校找她，却没有找到所以才阴郁？也就是说，韩烈还喜欢她，这四年一直都没忘了她。

心跳加速，初夏按熄了手机屏幕。

前面红灯，韩烈停车，朝她这边看来。

初夏回避地看向窗外。

"脸怎么红了？"韩烈疑惑地问。

初夏垂眸道："刚吃完饭都这样。"

韩烈不信，看向她的手机，开玩笑道："不会是看了什么少儿不宜的东西吧？"

初夏不理他。

绿灯了，韩烈继续开车。

初夏偷瞥他一眼，想了想，回复小徐：谢谢你告诉我，你还是先继续装他的表弟吧，说破了更尴尬，我也继续装不知道。

小徐：好嘞，夏姐放心，我演技好着呢，保证韩哥看不出来。他要是有什么坏心思，我暗中通知你！

初夏嘴角微扬，以她对韩烈的了解，这人经常不太正经，但人品还是靠得住的，不是坏人。

这时，韩烈拿起手机，好像有电话。

初夏假装欣赏窗外的风景，其实在偷听。

"舅妈啊，我刚跟表弟吃过饭。

"什么，你让我帮他买冬装？他又不是小孩子了，你直接把钱打给他吧。"

"行吧，我帮他买。"

挂了电话，韩烈无奈地道："我舅妈，担心表弟乱花钱，让我给他买冬装去，我哪知道现在大学生们喜欢穿什么风格的啊！哎，初夏，你陪我一起去吧，帮我参谋参谋，我请你喝奶茶。"

初夏眼中浮现笑意。

如果没有小徐的通风报信，她或许会相信韩烈的胡说八道。可是现在，韩烈这个借口真是站不住脚了。都是大学生了，哪个家长还会把孩子的生活费打给其他亲戚？

她也演起戏来："我也不清楚男生的喜好，你还是叫小徐一起去吧。"

韩烈皱眉："不能带他，他会缠着我给他买名牌，还是直接买好再送他比较好。"

初夏问："万一他不喜欢呢？"

韩烈说："不喜欢也得穿，不能惯着他的臭毛病。"

初夏看向窗外，低声道："没见过你这样的表哥。"

韩烈不以为耻，反倒很骄傲地说："对表弟我可没有什么耐心，换成女朋友，女朋友喜欢什么我给买什么。"

初夏总觉得他说这话的时候，一直在看着她。

"怎么样，陪我去趟商场？"韩烈放软了语气问。

初夏摸摸手机，点点头说："那就去吧。"

韩烈笑了，放了一首轻松甜蜜的英文歌。他似乎心情很好，竟然还会跟着唱几句，发音也很标准流畅。初夏意外地看过来。

韩烈挑眉道："怎么，我会英语很奇怪吗？自从咱们分手后，我天天都在自学。"

他学历低，是因为家庭变故导致的叛逆，故意没有参加高考。

跟初夏分手后，韩烈成熟了很多，创业是为了增加经济实力，读书是为了增加自己的综合素质。

文学、科技、金融、天文、地理等,韩烈什么书都看。忙的时候就抓住碎片时间阅读,有空了可能会一口气看上半天。当然,他本身就对这些有兴趣,并不是为了读书而死读。

初夏夸奖道:"你很自律。"

韩烈笑笑。

自律,是因为他遇到了一个激励他想变得优秀的人。哪怕分手了,也想缩短两人之间的距离,而不是让那距离变得更远。

商场到了。

韩烈带着初夏,直接去了男装区,他真的完全让初夏帮忙挑了。

小徐比韩烈矮了半头,韩烈却故意在初夏挑完后,选符合他自己身高的码,由他试穿。那样子,好像初夏在帮他选衣服。

"这件穿起来好看,很显气质,你女朋友眼光真好。"导购小姐看着站在试衣镜前的韩烈,笑着赞许道。

韩烈看向初夏。她转过身,仿佛没听见导购小姐的话。韩烈也没有澄清这个让他心头甜蜜的误会。

买完三套衣服,韩烈带初夏来到三楼一家奶茶店前。看看菜单,他很随意地问初夏:"还是乌龙奶茶?"

初夏最爱喝的就是乌龙奶茶。她目光复杂地看他一眼,点点头。

韩烈点了两杯乌龙奶茶。

坐在店内小桌子旁等的时候,韩烈拿出手机,点开相册,又递给初夏。初夏看到了一只大金毛狗狗的照片,是"奶茶"。四年前她与韩烈恋爱时,韩烈收养的那只小金毛。

初夏对人比较冷淡,看到"奶茶"的照片,她的神情立即柔软下来,声音也变得软绵绵的:"这是'奶茶'吗?都这么大了?"

她眼中全是"奶茶",韩烈眼中全是她,靠近一些,仿佛要陪她一起看照片似的说:"嗯,特别能吃,每个月的狗粮钱都超过我的饭费了。这个相册里都是它的照片,你随便翻。"

初夏就一张一张地看了下去。

韩烈偷偷地将左臂搭在她背后的椅子上,虽然都没有碰到她,但能离这么近,他就很满足。

奶茶好了,韩烈取了过来,替她插好吸管。初夏一边喝奶茶,一边看"奶茶"。

"要不,下次我把'奶茶'带过来给你看看?"韩烈忽然道。

初夏一惊,抬起头,这才发现他坐得这么近。

见她拘束,韩烈忙收回胳膊,人也坐远了一些。

初夏把手机还给他,垂眸道:"算了,托运太折腾了。"

韩烈说:"还好,我要拓展在北京的分店业务,接下来可能会经常住这边,'奶茶'只需要托运一次就行。"

这是他的生活工作规划,初夏没什么可说的。

韩烈说:"回头等我安顿好了,再联系你。"

初夏可有可无地点点头。

喝过奶茶,韩烈开车送初夏回学校,路上两人都没怎么说话。

车子停在校园外,韩烈拎着三套衣服礼盒下车,对初夏道:"我先送你回宿舍,再去给表弟送衣服。"

初夏推辞道:"不用送的,你直接过去找他吧。"

韩烈说:"那不行,请客就要有始有终。放心,还是你走前面。"

初夏拗不过他,刚要同意,身后突然传来舍友的声音:"初夏?"

初夏回头看到了舍友,正是知道她要与一位朋友吃饭的那位。

舍友的目光很快就落到了韩烈的身上,想到初夏竟然用"还行吧"来形容韩烈的颜值,眼神就变得八卦起来,调侃初夏道:"这么帅,还说不是约会?"

初夏脸红了,解释道:"真不是,他是我……表哥。"

韩烈:"……"

初夏悄悄朝他使眼色。

韩烈只好认了，大大方方对舍友道："对，我是初夏的表哥，这次来这边出差，顺便看看她。"

舍友还有事，暂且放过了初夏说："回头再问你！"

舍友走了，韩烈朝初夏挑眉道："表妹？"

初夏不经逗，转身往前走。

韩烈笑了，不紧不慢地跟在她身后。

02- 炽夏

韩烈在北外附近买了一套公寓，三室两厅，不算大，装修风格温馨舒适，很有家的味道。

正式入住的第一天，韩烈便给初夏打电话说："我在这边安家了，中午请你跟表弟吃饭，怎么样？"

此时距离初夏知道小徐是假表弟这个秘密，也才过去半个月而已。

初夏问："去餐厅，还是？"

韩烈说："餐厅都吃腻了，来我家里吧，我亲自下厨。对了，'奶茶'也在，就是不知道它还记不记得你。"

初夏看向自己的桌面，那里摆了一张立式相框，正是'奶茶'小时候的照片。

"好吧，你把地址发给我。"

韩烈笑了："我去南门接你们俩，十一点见。"

初夏看看时间，已经十点半了。

简单收拾收拾，初夏离开宿舍楼，去了南门。

校园门口，韩烈还没出现，小徐已经到了，热情地朝她挥手。

初夏有点好奇地问："你这么配合韩烈，会不会耽误本职工作？"

小徐笑道："不会，韩哥也不是经常来。而且你放心，今天的午饭，我敢保证,我过去没多久,他就会让我找借口离开的。"

初夏想起上次韩烈的表现,垂眸笑了笑。

小徐低声试探道:"夏姐,你对韩哥,是不是也还有点意思?"

初夏抬头看他。

小徐连忙保证说:"你放心,我保证替你守住秘密!"

其实初夏也不知道这次重逢,她与韩烈会不会发展出什么结果。她唯一确定的是,她并不反感与韩烈见面吃饭。甚至韩烈为了见她而花费的这些小心思,也会让她的心情变得欢快愉悦。就好像,她原本的生活平静如水,韩烈的到来相当于往水里扔了几颗小石子,溅起几朵可爱的浪花。

"哎,韩哥来了!"

初夏顺着小徐的视线望过去,果然看到了韩烈。只是韩烈竟然一手拎了一购物袋的食材,步行而来。

"表哥,你这是打哪儿来的?没开车?"小徐神色语气都很自然地表演道。

韩烈看看初夏,又朝马路斜对面的公寓楼抬抬下巴说:"就在那边,走路几分钟,开什么车。"

初夏惊讶,小徐一脸感动地说:"表哥是为了方便照顾我吧,你真是我亲哥!"

韩烈扯扯嘴角,将两包食材都塞给了小徐。

小徐接过来,趁韩烈转身在前面带路,他回头朝初夏眨了下眼睛。

初夏的心,扑通扑通地跳。如果说之前韩烈对她的心思还不够明显,现在他故意将公寓买在她的学校附近,几乎就是铁证了。

公寓到了,韩烈住在802,指纹锁。

韩烈还没开门,小徐就来了电话。

韩烈也没管他,径直开锁。他刚推开一条门缝,一只金毛大狗就热情地往外钻,先扑到韩烈的身上,吐吐舌头,突然看见初夏,金毛立即抛弃韩烈，转而往初夏身上扑。

现在的"奶茶"可不是四年前那只小奶狗了，站直身体都能够到初夏的胸口，体重也惊人，初夏差点被"奶茶"扑倒，幸好韩烈及时扶住了她。

尽管如此，"奶茶"还是激动地围着初夏直转圈圈。

小徐放下电话，震惊地问："这狗认识夏姐？"

韩烈瞪他一眼说："跟你没关系，不要瞎打听。对了，刚刚谁的电话？"

小徐苦着脸道："我舍友，非要叫我过去一起打游戏。那个，中午你们吃吧，我先回去了！"

说完，也不等韩烈、初夏有什么反应，小徐就猴急地跑了。

韩烈继续演戏，对初夏抱怨道："我这表弟，把游戏看得比吃饭还重要，亏我还想亲自下厨帮他改善改善伙食。"

初夏低着头，一下一下地摸着"奶茶"的脑袋。

韩烈咳了两声，开玩笑地问："就咱俩，你还敢跟我进去吗？"

初夏看向里面的客厅，故意道："要不改天吧，我……"

韩烈忙朝"奶茶"使了个眼色，"奶茶"便绕到初夏后面，热情地将她往里面推。初夏怕踩到它，不得已进了门。

为了证明自己没有坏心思，韩烈拎着两包食材去了厨房："你陪'奶茶'玩，看电视也行。我马上做饭，尽快搞定。"

初夏看向厨房，韩烈已经关上玻璃门，开始忙碌了。

初夏没什么厨艺，自知帮不上忙，就没有过去添乱。她坐在沙发上，"奶茶"蹲坐在她面前，亲昵地跟她撒娇。她很是感慨，也没想到"奶茶"竟然还记得她。

厨房传来爆炒的声响，初夏与"奶茶"一起看了过去。

隔着透明的玻璃门，初夏看到韩烈穿着一身黑色休闲服，腰间有模有样地系着围裙。这让初夏想到了自己的爸爸。

"喝饮料吗？"韩烈突然拉开玻璃门，探头问。

初夏说："不用，我喝水就行。"

韩烈笑道："那你自己倒，别客气。"

初夏笑了笑。

韩烈继续炒菜。

"奶茶"迈开脚步跑到了饮水机那边，再回头看初夏，仿佛听得懂主人刚刚的话。这么聪明的金毛，很难不让人喜欢。

初夏自己倒了一杯水。

"奶茶"又把电视机的遥控器叼了过来，初夏没忍住，将"奶茶"抱到怀里，亲了亲它的脑顶，轻声道："谢谢你还记得我。"

"奶茶"跳到她旁边的沙发上，乖乖地陪她看电视。

米饭蒸熟不久，韩烈的三菜一汤也陆续端到了餐桌上。

初夏关掉电视，去卫生间洗了手。

"尝尝吧，也不知道合不合你的胃口。"

韩烈帮她拉开椅子，然后坐在了她对面。

初夏发现韩烈还给三道炒菜摆了盘，色有了，闻起来也挺香的。

"你经常自己做饭？"初夏问。

韩烈应道："怎么可能，除非心情特别好，其他时间要么下馆子，要么吃食堂。"

初夏默默吃饭。

韩烈用公筷给她夹菜。

初夏推辞道："我自己来就好。"

韩烈看着安静吃饭的她，再看看这间充满家的味道的房子，目光都不自觉地温柔了很多。

自从爷爷奶奶去世后，他都是孤零零一个人过。有时候虽然可以跟一群同事吃饭，可人再多，他的心都热闹不起来。端起碗，韩烈吃了一大口饭。

吃过狗粮的"奶茶"趴在餐桌旁的地板上,偶尔摇摇尾巴。

吃完饭,韩烈要去刷碗,初夏也帮忙将餐盘端进厨房。

"我来吧。"韩烈不肯让她动手,抢走了所有的活。

初夏坐在餐桌这边,看着他在厨房里面洗来洗去。

韩烈放在餐桌上的手机突然有微信消息,屏幕亮起,露出一张照片屏保。那张照片,竟然是初夏。十八岁刚刚高三毕业的初夏,坐在图书馆看书的初夏。

初夏愣住了。

韩烈无意间看过来,发现她神色不对,紧跟着就注意到自己的手机亮着屏幕。

那一瞬间,韩烈心跳加快,还有一丝害怕。他怕初夏察觉到他的心思后,不肯再与他见面。

韩烈迅速收回视线,假装没发现。

整理好厨房,韩烈解开围裙,擦擦手走了出来。

孤男寡女的,初夏站起来道:"谢谢你的午餐,我也该走了。"

韩烈没有理由挽留,笑着道:"我送你回去,顺便遛遛'奶茶'。"

初夏点点头。

韩烈给"奶茶"拴好牵引绳,跟着初夏下了楼。

出了小区,马路斜对面就是北外。

初夏对韩烈道:"我自己回去吧。"

韩烈看着她,初冬的阳光照在她身上,白净的女孩子,比阳光还让人心头灿烂。

韩烈突然不想再忍了。

其实心中早就有决断了不是吗?如果没想重新追求她,又何必做这么多事情。

"你,是不是看见我的手机屏保了?"韩烈一只手揉着"奶茶"的大脑袋,一边苦笑着问。

初夏下意识地垂眸。

韩烈见了，走得近一些，看着她的侧脸解释道："初夏，我这四年没有交过别的女朋友，也没想交，一个人的时候总是忍不住想你。我知道，咱们俩之间有很大的距离，以前我也根本没想过要来找你。可这次重新遇见，我，我就又想了。你给我个痛快话，如果我重新追你，还有没有机会成功？"

拐弯抹角什么的，从来都不是他的作风。韩烈就想踢直球，恨不得现在就把初夏追到手，现在就把她带回家。

初夏没想到，他会这么直白。可，这样才是她记忆中的那个韩烈啊。

"如果没重逢，再过几年，你是不是就忘了我？"初夏看着旁边地上的树影问。

韩烈想了想，笑道："不会。你可能不知道，之前我撞见你爸妈在锦绣花城买房，我猜到二老是替你买的，所以也在那边买了一套。"

初夏震惊地抬起头。

韩烈看着她的眼睛说："你看，我早就在计划跟你重逢了。就算今年没在学校遇见，过两年你毕业了回榆城住，咱们还是会遇见。除非那时候你已经结婚了，不然只要你单身，我肯定还会追你。"

他有满满一腔压抑了四年的情火，此时遇到那个能勾起这把火的人，那情意就一路烧到了他的眼中，烫得初夏不敢与其对视。

已经开了头，韩烈继续道："小徐不是我表弟，那天我来北外也不是为了见他，我就是来找你的。那天我特别想你，想得头疼，一刻都待不住。我知道你喜欢看书，就去图书馆前面等你，从下午四点坐到七点。

"初夏，你不知道我决定离开学校的时候有多失望；也不知道我看见你的时候，有多高兴。"

不想让路过的行人听见，韩烈的声音很低。两人牵着一只狗站在街头，仿佛一对闲聊的朋友。

可初夏的心，远没有外表那么平静。

她的确不知道这四年韩烈有多想她，又是如何熬过来的。可初夏知道，她有多想韩烈。

因为想，才会在听到酷似他的声音时一次次紧张地望过去；因为想，才会在看见别的情侣时，一次次幻想如果是她与韩烈该多好；因为想，才会在无数个夜晚梦见他，才会在清晨醒来时怅然若失。

或许当年两人相恋时，彼此对待感情的方式都不成熟。可那是初夏第一次心动，她对韩烈的喜欢，从来都是真的。

"初夏，你说话，我还有机会吗？"韩烈走到她对面，高大的身影完全将初夏笼罩。

"奶茶"什么都不懂，好玩似的蹲坐在两人中间。

初夏看着"奶茶"那双湿漉漉的黑眼睛，问他："分手的事，你不生气？"

韩烈笑道："都快气死了，本来手机里有你几百张照片，最后删得只剩屏保那张。"

"你看，无论我多生气，还是喜欢你更多一点。"

初夏笑了："谢谢。"

韩烈着急地说："你别谢啊，先回答我的问题。"

初夏一偏头说："我说没有机会，你会怎么样？"

韩烈脸色微变，不假思索道："那就继续创造机会。还是那句话，除非你跟别人领证了，否则我不会放弃。"

初夏想了想，道："我考虑考虑，回宿舍后发你消息。"

韩烈："……"

二十分钟后，回到宿舍楼的初夏拿起手机。

韩烈已经夺命连环催了，像极了他曾经无赖的样子。

初夏就回了一个字：有。

马路边上，韩烈看到回复，高兴地抱起"奶茶"，连亲了好几口！

早上六点，初夏与三个舍友一起离开宿舍，准备去食堂吃早饭。

下楼的时候，初夏与一个舍友走在后面，快到一楼大厅时，无意朝下面看了一眼。这一眼，让她错愕得停下了脚步。

舍友疑惑地看过来。

初夏迅速收起眼中的异样，可她的耳朵还是红了。

大厅中，韩烈坐在临窗的休息沙发上，茶几上摆着他特意给初夏做的早餐。

听到脚步声，韩烈抬头，看到正逐级而下的初夏，笑着站了起来。

舍友们一看他的眼神，就知道他是专门来等初夏的。

其中一个舍友见过韩烈送初夏回学校，笑着揶揄道："初夏，你表哥真好。"

初夏的脸已经变得红扑扑了。

韩烈还在添火，正式向三个舍友自我介绍道："不是表哥，我叫韩烈，目前正在追求初夏。"

舍友们起哄了一会儿就去了食堂。

韩烈有些紧张地看向初夏，不知道她会不会生气。

初夏扫眼他手里的早餐，默默接了过来，朝宿舍楼外走去。

韩烈笑了。

"你不用去工作吗？"

离开宿舍楼一段距离后，初夏才问道。

晨光熹微，她的脸颊白里透红，清秀漂亮得像朵花。

韩烈看着她解释道："八点半过去就行，现在还早。"

初夏点点头。

韩烈说："我自己做的三明治，快趁热吃吧。"

说着，他抢过早餐，将包装好的三明治递给她。袋子里还剩一盒牛奶和一盒切好的水果。

初夏确实饿了，一边慢慢走路，一边吃着三明治。

偶尔有学生路过，或是骑着自行车，或是步履匆匆。

韩烈看着那些身影，视线落回她身上，低声感慨道："当年我放弃高考，真是一时冲动。不过在遇到你之前，我也没有后悔过。等后来遇到你，我就经常做梦，梦见我跟你一个学校一个班级，一天三顿都一起去食堂吃饭，早晚再接送你上学放学。"

初夏只能安慰他说："你现在自己创业，也挺成功的。"

韩烈笑道："那也是因为你。如果不是遇见你这么优秀的心上人，我不会对自己有这么高的要求。"

初夏垂下眼睛说："其实在这边，我也没有你以为的那么优秀。"

或许在她当年的高中，她的确是学霸。可放在北京甚至全国的一所所高校名校里，她真的就是个特别普通的学生。她没有妈妈的商业能力，也没有爸爸精湛的医术，最多就是继承了父母颜值上的优点。最重要的是她的性格，注定不会有什么大成就。

韩烈拦在了她面前。

初夏抬起头。

温和的晨光从她背后洒过来，照亮了韩烈那张俊美的脸。

他平时喜欢开玩笑，颇有几分玩世不恭的痞气，可此时此刻，韩烈的眼神十分认真。

初夏心中悸动，习惯性地避开他的眼。

韩烈径自道："当年我对你一见钟情的时候，并不知道你是学霸。所以我喜欢你，跟你是不是优秀毫无关系，就像你喜欢我，也与我的学历、职业无关。"

初夏不知道该说什么。

韩烈忽地笑了，摸了摸她的头说："我喜欢你，那在我心里，你就是天底下最优秀的初夏，谁都比不上你。"

初夏："……"

她不由得眼睛发酸。

韩烈不想惹她哭，重新走到她身边，往前轻轻推了推她的肩膀说："快吃吧。"

初夏只好压下心头种种感触，若无其事地吃着他亲手做的三明治。

宿舍楼距离教学楼有十几分钟的路程，走到一半时初夏就吃完了三明治。

韩烈用竹签扎了一瓣去皮的橙子，递到她嘴边。

初夏很不自在地说："我自己来。"

韩烈坚持要喂她："算是报答你在医院喂我的那顿。"

周围已经有路过的学生朝他们这边看过来了，越僵持就越尴尬，初夏只好垂眸，由他喂了起来。

"来这边，树挡着点，省得你不好意思。"

路过一棵双人合抱粗的槐树时，韩烈走到树后，笑着对初夏道。

初夏就像一只不得不接受他投喂的小松鼠，乖乖地跟了过来。

连续吃了几瓣，还剩一些，初夏摇摇头，让韩烈吃掉。韩烈也没有推辞，不过还剩最后一瓣的时候，他又递到了初夏嘴边。

水果吃完，两人继续往前走。路过一个垃圾桶时，韩烈将水果盒扔了进去，剩下一盒牛奶，放进了初夏包里。

经过一棵树的时候，韩烈突然拉住初夏的手，下一秒，初夏就被他抵在了树上。

初夏心跳加快，睫毛颤抖着，却不敢抬头。

韩烈一只手扣着她的手，另一只手抬起她的下巴，哑声道："其实我喜欢吃橙子，刚刚那最后一个，后悔给你了。"

初夏道："那……"

她才开口，韩烈便吻了下来，微凉的唇，带着酸酸甜甜的橙子味道。

初夏只觉得心头噌地蹿起一把火，烧得她无法思考。

四年前，她与韩烈也在电影院吻过，青涩又笨拙；四年后的现在，她依然青涩，韩烈也依然笨拙，可扑通狂跳的心丝毫未变，甚至更胜从前。

悸动过后,初夏迅速软在了韩烈的热情之下。这个男人,她从来就没能抵挡过。

她越乖,韩烈就越贪婪。可惜校内的大学生们起哄,有男生经过时,还故意吹口哨。

初夏清醒过来,连忙推他。

韩烈这才恋恋不舍地微微拉开距离,漆黑明亮的眼眸直直地看进她的眼睛。

初夏脸色通红。

韩烈又亲了亲她的唇问:"生气吗?"

初夏垂着眼。

她不是一个多热情的人,不懂得在喜欢的男人面前撒娇,可初夏素来诚实。她没有生气,所以只是沉默。

韩烈看得出来,他笑着握住初夏的手,霸道地宣布道:"不生气,那从今天开始,你又变成了我的女朋友。"

初夏抿了抿唇,也没有反驳。

过去四年的经历足以证明,她并不是一个容易被男生追到的女孩子。可只要是韩烈,基本他一追,便能到手。

脚步再慢,两人还是来到了教学楼下。初夏让韩烈不用再送到楼上了。

韩烈看着她笑道:"也行,那我先去工作,晚上再来接你,咱们去看电影。"

初夏点点头。

傍晚五点多,韩烈开车来接初夏。两人先去商场吃饭,韩烈已经订好了包厢。

虽然确定了恋爱关系,初夏还是之前那副样子,在韩烈面前安静拘束，无法放松。

幸好，韩烈一直都是主导的那个。

他笑着坐在初夏身边，趁上菜之前这段时间打开手机，将他提前保存进来的一些照片展示给初夏看。其中有他的身份证、房产证，也有公司的相关证件、合同。

初夏不懂他的意思。

韩烈道："虽然你相信我，可我还是想证明一下我各方面的条件，证明我不是个骗子。"

初夏道："我还以为你在故意跟我显摆。"

韩烈一怔。初夏偏头笑了。

韩烈这才反应过来她竟然也会开玩笑，松口气的同时，忍不住将初夏拉到怀里吻她。

初夏怕服务员突然闯进来，情急之下，咬了他一口。

韩烈不得不放开她。

平复了一会儿，韩烈调侃道："我真想显摆，就该买套三四百平方米的豪华公寓带你过去吃饭。"

初夏问："那你怎么没买？"

韩烈摸了摸鼻子说："我真那么俗，你会喜欢我？"

初夏的确不喜欢他那样做。

韩烈说："我就知道，你喜欢的是我的脸，跟我有钱没钱无关。"

初夏："……"

这时，服务员开始上菜了。

等服务员走后，初夏想起一件事，疑惑道："你的公司，为什么叫三季？"

韩烈幽怨地看着她说："你甩了我，我的夏天就没了，当然是三季。"

初夏真的吃惊了，原来韩烈刚创业的时候，心里想的也是她。

韩烈给她夹菜。

吃了一会儿，初夏问："现在呢，你会考虑给酒店改名吗？"

韩烈道："不改，夏天只能是我的，不能放在酒店名字里。"

初夏："……"

反正怎么说他都有道理。

电影院就在商场的五楼，吃过饭，两人手牵手地过去了。

这是一部喜剧片，两个小时几乎就在笑声里过去了。离开电影院时，是晚上十点。

韩烈坐在驾驶位上设置导航时，垂着眼对着手机，随口似的问："再去我那边坐坐？奶茶挺想你的。"

初夏脸上一热。她已经二十二岁了，不至于还像一个高三女生那么单纯，觉得韩烈真的只是想让她去陪奶茶玩。

"算了，还是先送你回宿舍吧，改天再去看奶茶。"

韩烈并没有表现出来的那么镇定，他无比渴望初夏，渴望自己喜欢的女人，却也怕吓到还没有真正走出象牙塔的初夏。

设置好导航，韩烈放首歌曲，然后就专心开车了。

这让初夏放松了下来。

她看向窗外，可是没多久，就被玻璃窗倒映出的韩烈侧脸所吸引。

她二十二岁了，韩烈也二十四岁了，两人都早已成年。既然恋爱关系都确定了，她也不是对他没有感觉，那今晚还是过几天的晚上，又有什么区别？总之，只要是韩烈，她都愿意的。

初夏拿出手机，编辑了一条消息，又在车子停在一个红绿灯路口时，选择发送。

下一秒，韩烈的手机发出"叮"的一声。

韩烈的余光都在初夏身上，听到消息提示音，他心不在焉地看向手机屏幕。

老婆：去看看奶茶吧。

韩烈："……"

他难以置信地看向副驾驶位的初夏。

初夏微微偏着头,注意到前面的信号灯变绿了,她漠然般提醒道:"绿灯了。"

韩烈恍然回神,发动汽车。

车子开出一段距离,韩烈才从那种震惊中彻底恢复过来,唇角高高上扬。

车子从韩烈的公寓楼前经过,最终停在了北外的南校门外。

初夏意外地看向韩烈。

韩烈摸了下鼻子,看着她道:"我是很想今晚就带你回去。可早上刚确定关系,发展太快,显得我像个骗色的坏蛋。"

半个小时前,初夏刚同意的时候,韩烈是真的高兴,心花怒放。可初夏越是相信他,韩烈反而越不敢随心所欲。再等等吧,四年都熬过来了,他还怕什么。

韩烈退了一步,初夏又不能拉着他非要今晚就过去,就跟着一起下了车。

晚上十点多,校园的路上几乎没什么学生了。韩烈牵着初夏的手,慢慢地走着。

明明可以直接将初夏送到宿舍楼,韩烈却故意绕了一条大远路。初夏完全随他。

路过一条长椅时,韩烈拉着她坐了下来,要初夏坐在他腿上。

第一次这么亲密,初夏的身体有些僵。

以前她下了晚自习,经常会看见情侣们坐在这样的长椅上,或是并肩说笑,或是在夜色的掩盖下接吻。没想到,她也会有跟男朋友一起坐在这里的一天。

"前四年,你真没谈过别的男朋友?"韩烈捏着她的手,戏谑地问。

初夏摇摇头。

韩烈心疼地问:"别人都成双成对的,就你孤零零地过了四年,会不会羡慕?"

初夏靠着他的肩膀,想了想,说了实话:"偶尔会。"

韩烈问:"那怎么没谈一个?"

初夏回道:"没遇到喜欢的,不想勉强。"

或许有的人会因为孤单想找个男朋友,她不会。她如果谈恋爱,那一定是先对对方动了心。

韩烈什么也没说,抬起她的下巴,深深地吻了起来。

这是一个危险的吻,尤其是当它发生在一对成年男女之间的时候。

韩烈控制不住自己的手。

因为是在户外,初夏无力地按住了他。

韩烈停下来,在她耳畔喘着气,问:"我这样,你会不会误会我只是图你的色?"

初夏缓了一会儿,反问道:"当年我跟你分手,现在却又跟你在一起,你会不会误会我势利眼,图你的财?"

韩烈笑了,揉揉她的头说:"不会。"

初夏问:"为什么这么肯定?"

韩烈看着她道:"第一是直觉。非要分析的话,你在我面前的表现跟四年前一点都没变,连我看你三四秒都受不了,一定会避开,要么就脸红。"

初夏的耳朵变得比刚刚更热了。

韩烈捧住她的脸,在她唇上轻啄了一下,低声问:"我呢,你怎么知道我不是图你的色?不要太相信社会上的男人,他们很可能是故意装老实的,其实早在心里将你吃了七八遍。"

他目光炽热,声音暧昧,令初夏心跳加快。

不过,她表现得还算平静,垂眸道:"第一,我也有直觉,你不是那种人;第二,就算你图色,只要我愿意,就算事后分手,我也没有任何损失。"

都是成年人了,那种事情也是两相情愿的,说不上谁占谁的便宜,又不是封建社会,还讲究什么三贞五烈。

韩烈怔了怔,下一秒,他拉起初夏,带着她就往校外走。

女朋友这么开明,他再继续别扭,简直就不是男人。

初夏看着他修长挺拔的背影,笑了笑。

学校附近有家超市,韩烈先带初夏过去买了一些零食。在收银台结账的时候,韩烈朝初夏使个眼色,然后神色如常地从这边的货架上拿了一盒计生用品。

初夏脸颊微红。

出了超市,两人上了车。在初夏系安全带的时候,韩烈咳了两声,提醒道:"如果你后悔,现在还有一次机会。"

初夏垂下睫毛,没吭声。

韩烈笑了,发动汽车,开回公寓楼。

已经晚上十一点了。

韩烈一开门,"奶茶"就扑了过来。

韩烈白天忙工作,早晚会有助理帮忙遛狗。只是"奶茶"很想他,韩烈不回来,"奶茶"怎么可能会睡觉。

一下子看到两个主人一起回来,"奶茶"高兴地围着两人打转。

韩烈花了几分钟陪"奶茶",然后就把"奶茶"关到它的房间去了。

"我去洗澡,你自己看看电视?"

明亮的客厅灯光下,韩烈端着一杯水走过来,充满暗示地看向坐在沙发上的初夏。初夏垂眸拿起遥控器。

韩烈很快就去了卫生间。

卫生间有两个,主卧一个,外面一个,可能是担心初夏不好意思,韩烈用的是卧室的卫生间。

初夏并没有心情看电视。

阳台上挂着几件韩烈的衣服，其中有件白衬衫。初夏取下那件白衬衫，去了卫生间。

五分钟后，韩烈洗完澡出来了，一头短发还湿漉漉的。让他意外的是，沙发上的女朋友已经不见了。

就在韩烈怀疑他是不是把初夏吓跑了的时候，旁边卫生间内传来了花洒的喷水声。

韩烈："……"

他难以置信地看着卫生间紧闭的门。

初夏竟然也去洗澡了？他的乖女孩，原来这么胆大吗？

震惊过后，韩烈笑了。初夏当然胆大了，四年前胆大，所以敢答应他这个奶茶小哥的追求。现在也胆大，所以不怕他只是图色。

初夏洗得比韩烈久一些，而且还要吹头发。

等她出来，就见韩烈坐在沙发上，似乎在看一部电影。

目光相对，初夏垂下眼睫，韩烈眸色变暗。

此时的初夏，只穿着他那件白衬衫。

韩烈有接近一米九的身高，初夏身形纤细娇小，白衬衫宽大的衣摆几乎要遮到她的膝盖，下面露出一双白皙笔直的小腿。

窗帘已经拉上了，韩烈朝初夏笑笑，伸出一只手，邀请道："过来看会儿电影。"

初夏走了过来。

韩烈握住她的手，让她坐在自己怀里。

韩烈只穿了一条大裤衩，初夏这一坐，两人的小腿便轻轻地贴上了。仿佛有轻微的电流涌动，初夏心跳开始加快。

韩烈喉结滚动，一只手抱着她，另一只手探向茶几，拿了先前给她预备的水杯，声音微哑地说："喝点吧。"

初夏想接杯子，韩烈紧紧攥着水杯，要喂她喝。

她喝过，韩烈也喝了起来，头往后仰，露出修长的脖子与中间一颗喉结。初夏看着他咕咚咕咚地连喝了好几口。

在韩烈放回杯子时,初夏将目光投向了电视屏幕,播放的是一部经典的武侠电影。

初夏明明心不在焉,却又表现得仿佛看得很认真。

韩烈似乎也并不着急,动作自然地抱着她,目光也落在屏幕上。

初夏能感觉到他身体的变化,特别是他的体温,正一截一截地往上攀。

热度传到她这边,白皙的耳垂、脸颊变得绯红,清清楚楚地落在韩烈眼中。

韩烈关掉电影,将她转过来,捧着她发烫的脸吻了上去,唇齿交缠,不分彼此。

"知道这些年,我做过多少类似的梦吗?"

纵使真的拥有了,韩烈还是有种身处梦中的不安。他怕这一切又是一个梦,明天一醒,初夏就不见了。

初夏抬眸,对上了他俊美潮红的脸,以及那双满满都是她的眼睛。她摇摇头。

韩烈笑了下,越发疯狂,用这种方式让初夏感受他有多想她。

初夏目光迷离,双手却紧紧地攀住他的肩膀,像她在那些梦里做过的一样。

日有所思,才会夜有所梦。

这四年,韩烈想她,她又何尝不是?

这一晚初夏几乎没怎么睡觉,韩烈就像一条不知餍足的狼,将她翻来覆去地吃了好几遍。

卧室里拉着窗帘,初夏迷迷糊糊地醒来,根本无法根据光线判断时间。

她下意识地去床头柜上摸手机,过了会儿才想起来,手机放在客厅沙发上了。

重新躺好，昨晚的记忆便一幕幕地出现在初夏脑海中。他的每一个吻，每一次冲撞，都清清楚楚。

忽然，外面传来熟悉的手机铃声。

初夏紧张得想要坐起来，可视线扫过周围，根本没有她的衣服，都落在沙发上了……

就在此时，韩烈的脚步声传了过来，初夏不得不重新在被窝里躺好。

韩烈推开门，见她醒了，他抬起手机，快速解释道："阿姨的。"

初夏一听，顾不得尴尬，示意他别出声。

韩烈将手机递到她手里。

初夏一只手拉着被子，另一只手按下接听键，瞥眼手机屏幕，竟然已经十点多了。

廖红："初夏呀，你在做什么呢？"

初夏小声道："在图书馆。"

廖红："怎么又是图书馆？今天周六，没跟同学出去逛街？"

初夏讪讪道："没什么好逛的，平时基本都是网购。"

廖红觉得女儿的生活太单调枯燥了，可是孩子离得远，她暂且也没有什么办法。

"行吧，你先看书，中午吃完饭咱们再视频。"

初夏嗯了声，等妈妈挂掉电话，她才松了口气。

这时，韩烈打开了卧室的灯。初夏的脸红红的。

韩烈笑道："我去帮你拿衣服，已经干了。"

昨晚他将两人的换洗衣服放进洗衣机，初夏睡着时他起来挂到阳台上，现在刚好能穿。

初夏默默地等着。

很快，韩烈去而复返，一只手提着初夏的小内内，另一只手提着那条宽松的白衬衫。

初夏微恼道:"我要我昨天穿的那套。"

韩烈道:"可我喜欢看你这么穿。"

他的笑容带着一丝痞气,叫人生气,却也忍不住喜欢。

初夏想,她这辈子大概都要被韩烈吃死了。幸好韩烈还不算太坏,放下衣服就出去了。

白衬衫就白衬衫,总比没有强。初夏迅速穿上衣服,去卫生间洗漱。

镜子里照出她现在的模样,长发凌乱,脸颊通红,眼睛因为昨晚被韩烈欺负哭了好几次,还肿着。

再回想刚刚韩烈看她的温柔眼神,初夏笑了。

洗完脸,虽然眼睛还有些肿,但是看起来总算清爽多了。挂好毛巾,初夏拉开门。

韩烈就站在外面,突然出现的高大身影,吓了初夏一跳。

韩烈看过来,目光在她身上扫视一遍,最后故意又落在她修长白皙的腿上。初夏不由得往下拽了拽白衬衫衣摆。

韩烈低声道:"看也看了,摸也摸了好几遍,还害羞呢?"

初夏被他闹了个大红脸。

韩烈上前一步,将她抵在门板上欺负。可怜的初夏,还没有吃到早饭,就又被他吃了一顿。

"不舒服吗?"眼看她又掉了泪,韩烈心里慌了一下。

初夏红着脸摇摇头。

韩烈懂了,戏谑道:"那就是舒服过头了。"

初夏:"……"

在她生气之前,韩烈亲掉她眼角的泪,哑声道:"你这样,比我梦里梦见的还叫我丢不下手。"

他不肯丢,初夏就只能像一条无绳的小船,在他掀起的风浪中飘摇不定。

最后,两人一起倒在了床上。

初夏是一丝力气也没有了。韩烈一会儿看她的眼睛,一会儿看她的脸,仿佛永远也看不够似的。

"初夏。"

"嗯。"

"我们再也不要分开了,好不好?"

"嗯。"

"不许嗯,说你喜欢我。"

"韩烈。"

"嗯?"

"我喜欢你。"

北外放寒假了。

韩烈明明在榆城,还非要特意飞到北京,说什么都要陪初夏回家。

飞机场的候机室里,初夏接过韩烈递来的水,不赞成地道:"我又没什么行李,何必折腾?"

韩烈问:"想你这个理由够不够?"

初夏默默地喝水。

韩烈搂着她的肩膀,在她耳侧说:"我就是想把过去四年想陪你做却没有机会做的事,都做一遍。"

如果那四年没有分开,他肯定会经常跑到北京来与初夏约会,也会在她每次回家的时候,陪她一起回家,帮她取放行李,帮她买水买吃的,方方面面都不用她受累。

这个理由,初夏无法反驳,并且心里非常受用。

"今天我爸上班,我妈会去机场接我。"

韩烈不怕见她的家长,只是要看初夏的安排:"你准备什么时候告诉叔叔阿姨?"

初夏说:"你现在事业有成,我妈妈肯定不会再反对了,就怕你们之间会尴尬。"

韩烈捏了捏她的耳垂说:"大家都成年了,那点尴尬算什么?阿姨是为了你好,我都理解,不会怨她。"

初夏问:"真的?"

韩烈道:"当然是真的,毕竟她也是我妈。"

初夏被他的厚脸皮逗笑了。

检票,登机。

初夏的座位挨着窗,韩烈坐在她旁边。

因为有他陪着,两个半小时的航程仿佛没多久就过去了。

飞机降落,韩烈牵着初夏往外走。

等周围的旅客没那么多了,初夏才小声道:"现在就见面的话,我妈都没个心理准备。路上还要开车,不能分心。"

韩烈忙说:"那我先在里面待会儿,你上车了给我发个消息,我再出去。"

男朋友这么配合,初夏有点歉疚。

韩烈笑笑,将她带到一个监控拍不到的角落,吻了一下。

"人都是我的了,不怕你跑。"分开时,韩烈笑着在她耳边道。

初夏脸红红的,垂眸道:"那我先走了。"

韩烈握着她的手,直到距离拉远,她的指尖终于脱离他的手。

初夏走出一段距离,回头,看到韩烈倚着墙,颀长挺拔的身影,帅气得像影视剧里走出来的人。

韩烈朝她摆摆手。

这才分开,初夏竟然就开始想他了。

接机大厅,廖红终于看到了女儿,满脸是笑。

初夏与妈妈抱了抱。

廖红仔细打量女儿一番,高兴道:"好像变得更漂亮了。"

初夏摸摸自己的脸问:"有吗?"

廖红说:"嗯,精神不一样了,以前你太过安静,现在瞧着活泼了一点。告诉妈妈,是不是谈恋爱了?"

初夏心虚地别开眼。

廖红惊讶道:"真谈了?"

初夏不打算再隐瞒家里,就抱着妈妈的胳膊道:"先回家,晚上爸爸回来了一起说。"

廖红只好先陪女儿离开机场。

上了车,初夏悄悄给韩烈发了一条消息,示意韩烈可以出来了。

韩烈:好,你先陪妈妈吧,有空了再联系。

初夏甜蜜蜜地收起了手机。

廖红还想打听女儿男朋友的消息,初夏让妈妈专心开车。

回了家,廖红就开始一门心思地追着女儿打听。毕竟做妈妈的,肯定关心女儿的恋情。

初夏躲不过,只好坐在沙发上,拿出手机,找到一张她与韩烈的合照,问妈妈:"看看,还认识吗?"

廖红接过手机,就见照片里女儿被一个俊美帅气的男人搂着肩膀,两人笑得都很甜蜜。

廖红盯着那个男人,手指微紧道:"这是,韩烈?"

这回轮到初夏吃惊了:"你竟然还记得他?"

廖红幽幽地看向女儿说:"你们俩是一直都有联系,还是最近才重新在一起的?"

初夏就把今年她与韩烈的重逢给妈妈讲了一遍。

廖红沉默着,似乎在思考什么。

初夏握住妈妈的手,认真道:"他没忘记我,我也没忘记他,现在我们在一起了。我很高兴,希望你跟爸爸也都支持我。"

廖红比女儿还先知道韩烈这四年的发展,他现在是个很成功的男人,经济上也比自家强多了。

"他这些年，没交过别的女朋友？"廖红不太放心地问。她怕韩烈记仇，重新追求女儿的目的不纯。

初夏说："没交过。"

廖红又问："你怎么确定？他嘴上肯定那么说。"

初夏理解妈妈对自己的关心，可她相信自己的判断，也相信韩烈不会在这种事情上对她撒谎。

"我信他。"

初夏只说了这一句，其他的，她无法用语言证明什么。

廖红沉默了。

初夏道："如果你跟爸爸都不反对，咱们找个机会一起吃顿饭吧，见了面你们就更了解他了，不然我说再多都没用。"

廖红无奈道："行吧，等你爸爸回来，问问他的意思。"

暂且放下这个话题，母女俩聊起了别的。

傍晚许瑞安回家了，听老婆说完，他笑着对初夏道："是你跟韩烈谈恋爱，只要你喜欢他，爸爸都支持的。"

廖红瞪他一眼说："你倒是心大，就不怕韩烈欺负初夏？"

许瑞安说："咱们初夏又不傻，韩烈真的只是为了报复，初夏能看不出来？大不了再分手一次，年轻人谈恋爱，分分合合很正常，重要的是当下。"

有感觉的时候就恋爱，没感觉了就分开，只要没结婚，谈恋爱其实很简单。

廖红哼了哼。

初夏笑道："那就明晚一起吃顿饭？"

许瑞安点了点头，廖红也没反对。

吃过晚饭，初夏去房间跟韩烈视频。

视频里，韩烈坐在一栋别墅里面，身边卧着奶茶。

见初夏在笑，韩烈调侃道："捡钱了，笑得这么开心？"

初夏说:"我跟爸爸妈妈摊牌了,如果你有空的话,明晚咱们一起吃饭吧?"

韩烈本来懒散地靠着沙发,听到这话一下子坐直了,素来自信的脸浮现出一丝紧张:"叔叔阿姨都同意了?"

初夏笑道:"我爸很好说话的,我妈有点担心你会报复我。"

韩烈失笑道:"阿姨脑洞够大的。"

初夏替妈妈说话:"她就我这一个女儿,当然要操心很多。"

韩烈应道:"明白,那我订个餐厅,确定好了发你。"

初夏点点头,然后看着镜头里的男朋友,眼中带着笑意。

韩烈问:"笑什么?"

初夏回:"觉得你好像有点紧张。"

韩烈说:"能不紧张吗?盼这一天盼了四年多。"

初夏笑道:"好吧,你用心准备,明晚好好表现。"

说是让韩烈准备,结果这晚初夏兴奋得失眠了。

第二天傍晚,韩烈开车来小区接他们一家。

出门前,初夏抱住妈妈的胳膊,小声撒娇道:"我真的很喜欢他,等会儿你对他好点。"

廖红在女儿眼里看到了一种亮光,那是属于陷入热恋中的女孩的,她又怎么舍得掐灭女儿眼中的光?

在小区门口,双方见面了。

许瑞安是医生,气质温润,平易近人。廖红是公司高管,气势很强,不过韩烈也不是普通人,接得住,不卑不亢。

廖红直言道:"你很优秀,我像你这么大的时候,还只是公司的一个小职员。"

韩烈说:"我们这代人是吃了时代的红利,阿姨如果跟我们生在一个年代,肯定比我们更成功。"

廖红嘴角翘了翘说:"你倒是会说话。"

韩烈说:"事实而已,初夏知道的,我一直都很佩服您与叔叔。"

廖红忽然明白,为什么四年前还只是奶茶小哥的韩烈就能赢得女儿的心了。人长得帅又嘴甜,哪个女孩子抵挡得住?

因为韩烈擅长应酬,态度也足够真诚,这顿饭吃得双方都很满意。

初夏与韩烈的恋情,算是正式得到了父母的认可。

年假一放,很快就要除夕了。

初夏知道,韩烈的父母都各自成立了家庭,自打爷爷奶奶去世,这些年韩烈都是一个人过除夕。她提前跟父母商量,想邀请韩烈来自家过年。

廖红调侃女儿道:"今年来家里吃饭,明年你们是不是就要领证了?"

初夏还没想那么远,只是既然在一起了,她就不希望韩烈再孤孤单单的。

廖红哼了声说:"想叫就叫过来吧,反正年夜饭那么丰盛,咱们三口从来都没吃光过。"

除夕一早,韩烈就来了这边。他穿着一身正式无比的西装,两只手都拎着礼物。

初夏去楼下接他,两人走出电梯时,遇到了同楼层的邻居。

"哎,初夏带男朋友回家啦?"邻居一边笑眯眯地问,一边打量韩烈。

初夏就给邻居介绍了一下韩烈。

邻居说:"长得可真帅,初夏眼光就是好。"

韩烈开玩笑说:"她眼光才不好,要不是我锲而不舍地一直追她,她才不会答应我。"

这话看似在损初夏,其实是告诉邻居,这段恋情是他主动追求的初夏,用另一种方式说明初夏比他优秀多了。

廖红出来接人,正好听到韩烈这句,看韩烈的眼神立即温柔了几分。

告别邻居,一家人进了门。

韩烈脱掉碍事的西装外套,穿着一件白衬衫,主动帮忙做起各种家务来。

廖红跟许瑞安开玩笑说:"瞧瞧,比咱们家初夏还勤快呢。"

初夏一嘟嘴说:"妈,你这是开始偏心他了?"

廖红笑而不语。

到了准备年夜饭的时候,韩烈更是用他的厨艺彻底征服了许瑞安、廖红夫妻。

饭桌上,许瑞安与韩烈碰了碰酒杯,笑着道:"咱们俩倒是像,都是在家做饭的命。"

韩烈看眼初夏,道:"说明咱们命好。"

这一句,把大家都逗笑了。

廖红心生感慨,老公与女儿都是安静的性格,家里全靠她话多活跃气氛。现在韩烈一来,倒是省了她很多事。

吃完年夜饭,一家人坐在客厅看春晚。看到十点多,年纪大的许瑞安与廖红先去睡觉了。

徐家有三个房间,两间做卧室,一间做了书房。

长辈们一走,韩烈悄悄靠近初夏,问:"今晚我睡沙发?"

初夏脸颊微红,瞪了他一眼。

他就是明知故问,现在是冬天,就算开空调,晚上睡沙发也容易生病。

韩烈很激动。

有了许瑞安夫妻的默许,过了今晚,以后就是他拉着初夏去他那边过夜,也没有关系了。

午夜十二点,钟声敲响,开始了新的一年。

关掉客厅的灯,韩烈放轻脚步,跟着初夏回了她的房间。

未来岳父岳母就睡在隔壁,今晚注定会是比较纯洁的一晚。可韩烈非常兴奋,他压在初夏身上,亲了很久很久。

初夏说:"好了,该睡了,明天还要早起拜年呢。"

韩烈睡不着,他太高兴了,孤零零地过了那么多个除夕夜,今晚他身边终于有人陪着了。

"初夏,等民政局开始办公了,咱们去领证?"

初夏不由得怔住了,这算是求婚吗?

韩烈认真地看着她的眼睛说:"我这人很贪,有了你,还想有个家。"

初夏笑了,主动抱住他的脖子应道:"嗯。"

她也想给他一个家,一个独属于他们的家。

(全书完)